丰子恺译文集

第三卷

丰陈宝　丰一吟　杨朝婴　杨子耘　丰睿

编

ZHEJIANG UNIVERSITY PRESS

浙江大学出版社

本卷说明

　　本卷收录丰子恺先生翻译的日本物语小说三种:《竹取物语》《伊势物语》《落洼物语》,根据上海译文出版社二〇〇八年七月第一版校订刊出。为便于读者理解,卷首收录唐月梅撰写的"译本序"。

本卷目录

译 本 序

　　物语文学的产生是日本文学史的一个重大转折,是抒情诗向古代小说发展的重要里程碑。它对于日本文学的发展,有不可忽视的作用。

　　物语一词,要从"语"(Kataru)这个词说起,它是将发生的事向人们仔细讲说的意思。这样,"物语"便成为故事、传说、传奇之类的概括性的词汇。物语文学产生于十世纪初,起先分为两大类。一类为虚构物语,亦即对民间流传的故事进行加工,增大其虚构性,并加以润色,提炼成完整的故事,具有传奇的色彩。另一类为"歌物语",与我国的"本事诗"近似,以和歌为主,和歌和散文结合,互为补充。这两类物语都是脱胎于神话故事和民间传说,向独立的故事发展的一种文学形式。本集中收入的《竹取物语》和《落洼物语》是属于前一类,《伊势物语》则属于后一类。

　　每一民族文学的产生,都有其社会的原因以及文学本身的因素。物语文学诞生于十世纪初的日本平安朝,正是处在日本古代社会开始瓦解、阶级矛盾日趋尖锐的时期。表现在藤原氏实行摄关政治,从政治上排斥异己,独揽朝纲;从经济上扩大庄园,垄断经济,集政经大权于一族之手,他们独享荣华富贵,生活穷奢极侈。另一方面,大批没落的贵族惶惶不可终日,纷纷到地方另谋出路,加强了地方贵族的势力。这就必然导致贵族阶级内部以藤原氏为代表的中央贵族(上层贵族)和地方贵族(中下层贵族)之间的矛盾和斗争的深化。中小地主不断起来反抗国司的统治,一般农民则处在水深火热之中。整个平安社会危机四伏,各种矛盾变得日益深刻和尖锐化。平安贵族在歌舞升平的背后,正处于盛极而衰的转折时期。中下层贵族势力的壮大为这一阶层的文人更多地干预生活提供了机会,而他们对现实和生活比之上层贵族出身的知识分子又更为熟悉,在文学创作上更富有进取精神,因此,随着他们的政治力量和地位的变化,一种与上层贵族的文学相抗争的新的文学和新的文学形式,必然会应运而生。

在思想领域,这个时期正是宗教思想盛行,净土宗兴起。面临贵族阶级的日渐没落和社会腐败的世态,贵族阶级的知识分子,尤其是中下层贵族中的文人墨客深感焦虑、不安、怀疑与孤独。他们一方面比较容易地接受极乐净土的思想和宿命思想,以作为精神寄托,幻求遁世,企图在现实矛盾的不安中寻找慰藉和解脱。另一方面则从贵族社会的种种矛盾中体验到个人与社会的对立,探求人的精神和人性,开始要求对人生、对社会采取自我反省和批判的态度。这些贵族社会现实、政治、经济乃至思想的因素,就造就了物语文学诞生的土壤。

物语文学的产生,也是日本文学本身不断发展的结果。首先,日本古代有着丰富的神话故事和民间传说,以及史传文学,尤其十分盛行佛教的神怪传说,其中许多富于文学意味的描写手法都被吸收到其后的文学中来,丰富了文学的表现手法,这对物语文学的产生和发展有明显的影响。其次,物语文学产生之前,汉文小说的存在以及古代诗歌运动的蓬勃发展,也使物语文学创作得到了丰富的养分。但日本古代诗歌形成的背景是社会矛盾还没有激化,作者和社会可以说几乎还没有根本的对立。有的作者如柿本人麻吕创作的悲剧色彩,大伴旅人作品的忧郁情调,特别是山上忆良写的《贫穷问答歌》虽都有对现实社会的愤懑与控诉,反映了社会的一定矛盾,但就大多数诗歌而言都是表现自我,吟颂自然,或者作为贵族社交及恋爱赠答的工具。这种短诗类型已难以反映复杂的社会生活的变化和发展,而且诗歌也开始出现衰颓的倾向。这种文学的发展过程,势必要求一种新的形式或体裁来补充。再加上九世纪后期,日本民族创造了自己的民族文字(假名),从此日本文体逐渐替代汉文文体,克服了长期存在的文字与语言不谐调的矛盾,把文字更直接地同日常语言统一起来,使之更易于表达思想与感情。这也为当时物语文学的形成提供了物质基础。日本文学史上第一部物语文学《竹取物语》就是用假名书写的。当然,日本这几部物语文学也或多或少吸收了中国六朝的志怪小说和隋唐的传奇小说的精华,比如六朝、隋唐文学采用"神异"的构思,融合寓言和志怪传奇的表现手法,乃至"升天"这样的中国古代传统故事,都影响了日本物语文学的发展,这一点恐怕是可以肯定的。

综上所述,可以看出虚构物语《竹取物语》《落洼物语》和歌物语《伊势物语》的出现,正式确立了日本古代文学的一种新体裁,逐渐成为日本文学的主流,推动了日本文学的变革与发展。它的诞生标志着日本古代小说正式成为一种独立的样式,形成了自己的规模和特色,并且使日本小说日臻成熟,至此日本小说进入了一个新的阶段。

《竹取物语》是最早的一部物语文学作品,同《伊势物语》一起被称为平安朝物语文学的先驱。其后问世的《源氏物语》在"赛画"一回中就指出《竹取物语》是"物语鼻祖"。《竹取物语》出世年代有各种推测,上至弘仁(810—824 年),下至天历年间(947—957 年),相距一世纪之遥。一般说法则是十世纪初。作者不详,多数评论家推断是男性,认为此人有相当的佛典、汉籍的教养,也有和歌的才华。现在流传下来的版本,几经历朝人的修改,但从整体来说,仍保持古代小说的风格。

　　《竹取物语》又称《辉夜姬物语》，"竹取"即伐竹之意。故事记述竹取翁在竹筒中发现一个三寸长小女孩，带回家中盛在竹篮里抚养。三个月后女孩长大成人，姿容艳美，老人给她取名辉夜姬。从此老人伐竹，常常发现竹节中有许多黄金，不久便自然成了富翁。这时天下男子不论贫富贵贱都想方设法要娶辉夜姬，尤以石作皇子、车持皇子、右大臣阿部御主人、大纳言大伴御行、中纳言石上麻吕五人的求婚最为热烈。但辉夜姬要求他们分别寻觅天竺如来佛的石钵、蓬莱的玉枝、唐土的火鼠裘、龙首的五色玉、燕子的子安贝等罕见的宝物，以表诚意，能找到者她就下嫁于他。这五个求婚者有的去冒险求宝，有的采用欺骗办法求宝。但一个个都落了空，终究失败了。这时天皇也想凭借权势，甚至亲自上门强行拉辉夜姬入宫，辉夜姬也不答应。最后在一个中秋之夜，在天皇千军万马的包围之中，她留下不死之药，穿上天衣升天，回归月宫去了。天皇令人将不死灵药放在最接近苍天的骏河国的山顶上，连同自己的赠诗"不能再见辉夜姬，安用不死之灵药"一起烧成了烟。从此这座山被称为不死山，即富士山[1]，烟火至今不灭。

　　从这个故事梗概可以看出，《竹取物语》是由化生、求婚和升天三部分构成的。它通过求婚与抗婚的矛盾斗争，突出了对金钱与权势的蔑视和反抗，以愚弄、奚落乃至痛骂的表现手法来嘲笑当时上层贵族和天皇的无知与虚伪，从客观上起到了一定的批判现实的作用。辉夜姬以机智和计谋抗婚的描述，不仅以细致的笔触刻画了一个纯洁少女的智慧的力量，而且通过五个贵族或冒险或欺骗的情节以及他们的滑稽出丑，淋漓尽致地揭露了贵族们的愚昧、庸俗与丑恶。紫式部在《源氏物语》中也道

---

　　[1]　日语不死与富士发音相似。

出了阿部御主人是"真乃乏味之至",车持皇子"可谓无聊之极了"。作者把真善美与假丑恶作了鲜明的对比。竹取翁劝辉夜姬入宫以及辉夜姬严拒圣御的描写尤为突出:

> "当皇上差使的女官要辉夜姬入宫,辉夜姬不从,女官说:'皇上说的话,在这国土里的人难道可以不听从',辉夜姬坚决不答应地说:'如果我这样说违背了皇帝的话,就请他赶快把我杀死吧!'皇帝无计可施,给老翁许愿,如果辉夜姬入宫,则封其为五品官。老翁劝说辉夜姬时,辉夜姬就说:'您等待我去当宫女,以便取得您的官位,我就同时死去!'最后皇帝仍恋恋不舍,给辉夜姬赠诗相劝,辉夜姬回答一诗曰:'蓬门茅舍经年住,金殿玉楼不要居。'"

这段生动的、对比鲜明的描述表现了一个纯洁少女"富贵不淫,威武不屈"的高尚精神,同时也间接地反映了抗拒强暴的意志以及争取美好自由生活的愿望。作者爱与憎的思想感情是鲜明的。作者以"化生"、"升天"作为开头与结尾,可能是用天上的洁净和人间的繁杂进行对照,加入"求婚"一节的强烈比较,对现实社会作一番冷嘲热讽。从某种意义说,"升天"是"污浊"与"洁净"的对比,是对现世的污浊的一种批判。由此看来,物语文学产生之初,就显示了它的生命力。

《伊势物语》与《竹取物语》差不多同期问世,它是日本第一部歌物语。关于它产生的具体年代,众说纷纭。一种说法是,由于物语的中心人物是六歌仙之一的在原业平,而当中的和歌又以他撰写的居多,占六分之一,另外多少还收入了在原业平的日记、歌作备忘录等,所以推断作者是以在原业平为主、后人补笔,或是平安朝初期的歌人以在原业平的歌稿为中心而编成的。另一说是歌人伊势御之作。还有一说认为作者是《古今集》和《新撰和歌集》的撰者、歌人纪贯之。至今仍没有统一的说法。成篇年代也各说不一。一般认为是延喜(901年)之后,即约在十世纪初。无论有关作者的说法怎样地不一致,但物语的主要人物都与在原业平有关,在原业平是阿保亲王的第五王子,也称在五中将,或称在中将,所以《伊势物语》又称《在五物语》或《在五中将日记》。书名之由来,也有各种不同的解释,有的认为是因为书中谈及伊势斋宫,或全书最重要的是叙述伊势斋宫的事,有的认为是因为书中涉及伊势国之事,也有的认为是因为作者为女歌人伊势,更有的认为伊是女,势是男,正是男女故事,所以才称《伊势物语》。

这部物语由一百二十五话、二百零六首和歌构成(也有的版本为二百零九首),每话相互联系不大,主要通过一个影射在原业平的"风流"、"好色"的男人,把每个小故事松散地贯穿起来,没有完整的统一的情节。写的是主人公举行初冠(日本古代贵族十一岁至十六岁时举行的成年仪式)、外出游猎,以及在宫廷内外的恋爱情事,一直到他临终赋诗感慨人生。书中反映的主要是男女间的爱情。其中有男女的纯真爱情,夫妇的恩爱;也有男人的偷情,女人的见异思迁。表现了风流的情怀,好色而不淫。也有的地方对王朝歌功颂德,对暮年悲伤慨叹;有的地方则注意到对社会生活,主要是贵族生活的描写,如皇上行幸、高官宴饮;有的地方则是对景致的素描,以景托情;也有个别地方写到了身份低微之人,如"在荒凉乡村里的美女"、"在农村耕作的人"、"身份卑贱的仆役"的生活,从不同角度揭示了喜怒哀乐的种种世相。以第三十九话为例,它描写一个富家公子,爱上他母亲使唤着的丫环,父母认为这少女是卑贱之身,加以反对。儿子没有一点反抗的勇气,少女更无力去抗争,最后少女被其主人驱逐,这家公子则幽思悲伤不已。在阶级社会里,婚姻制度是社会制度的有机组成部分。这一简短描写社会地位不同的青年男女的爱情小故事,不仅表现了纯洁的爱情,而且揭示了古代社会在婚姻问题上存在的不合理的门阀制度。它显得没有一点批判的力量,却流露了趋于没落的贵族的彷徨、孤独和不安的思想情绪,而且最后是以回避矛盾来结束故事,但从一个侧面也反映了当时社会存在的贵族豪门和市井细民间的对立。

《落洼物语》是一个中篇物语,成书年代也没有定论,一般认为同《宇津保物语》同期,大约在十世纪末。作者不详,推测是一个身份不太高的男子。

这部物语描写中纳言源忠赖的女儿,受到继母的冷落,被迫住在一间低洼的屋子里,因而人们把她叫做"落洼"。落洼在家中备受虐待,只有侍女阿漕同情她。在阿漕和阿漕的丈夫——左近卫少将道赖的仆人带刀的帮助下,落洼认识了少将。少将真诚地爱落洼,并娶她为妻,过着美满的生活。为此继母怀恨在心,对阿漕和带刀加以打击,另一方面少将对中纳言一家进行种种无情的报复。源忠赖故去之后,继母被彻底整垮,最后少将等见继母略有悔悟便宽恕了她,对她加以庇护,从而清除了家庭的冲突。故事是围绕贵族家庭生活而展开的。其中写了恋爱故事,也写了人世的寡情和官场的角逐。但中心思想似乎是劝善惩恶和宣扬贵族家庭的道德伦理。比如落洼、阿漕、带刀以及少将的扬善避恶,都是带有警世的意味,具有一定的哲理。作者甚至把少将描绘成"纵令皇帝许以公主,他也绝不接受"的人物,表现了对女性的专心一意,这显然是为了反映落洼的幸福,衬托继母虐待迫害落洼的失败。其他如描写典药助在继母的唆使下,对落洼的捉弄,反过来少将等让一个呆子白面驹同继母的四女儿结婚来报复继母,以及突出落洼和少将婚后的荣华富贵等等,目的也是在于宣扬善有善报、恶有恶报的因果报应思想。但另一方面,也提出了一种贵族社会新的道德的规范和价值,突出了爱情专一的可贵精神。作者在书中无论是对落洼和少将之间交往的描述,还是对阿漕和带刀之关系的着墨,都没有写出他们或她们同别的异性的关系。作者如此处理,在一夫多妻制下的当时,可以说是逸出了常轨,这于其他作品是不多见的。所以有的日本文学评论家认为这部物语着意提倡"一夫一妻主义"也不无道理。

以上三部物语风格不同、题材迥异,但有一个共同点,就是将以往的一般文学作品,从单纯记神怪与写轶事的狭窄天地,引向了现实生活的广阔道路。它们揭露社会矛盾,歌颂进步理想,鞭挞落后思想。从作品中可以看出,尽管作者极力控制自己的思想与感情,尽量地将故事作纯客观的描写,我们从中还是不难看出它们所蕴含的暴露和批判的力量。虽然这种暴露和批判是不深刻的、无力的,但它在日本小说史上却是首创的,而且无疑是成功的。当然,这些作品除了程度不等地表现一定积极意义外,还含有一些不可忽视的消极因素,明显地杂有许多宿命、虚无、遁世、调和等等思想,比如《落洼物语》中少将和落洼最后同继母的言和,似可说明这个问题。《伊势物语》对在原业平的描述,也有粉饰他空虚无聊生活的一面。作者们往往是让人物性格发展到顶点时,就以调和或者妥协来收束他们笔下的故事。在许多情况下,甚至把贵族人物理想化。

尽管这三部作品受到种种时代的局限,但《竹取物语》对贵族的讪笑,《伊势物语》对现实世界的咏叹,《落洼物语》对贵族婚姻制度是非观念的评价,都做到了发前人之所未发。因此它们从内容上、题材上和思想境界上,都为日本古典文学的发展,各自做出了贡献。

《竹取物语》、《伊势物语》、《落洼物语》在日本小说的创作上有各自的艺术特色。它们不仅开辟了物语文学的道路,而且开创了古典现实主义和浪漫主义的创作方法,在艺术上取得了很大的成就。

这三部物语问世之前,日本文学作品一般只是粗陈梗概,结构松散,人物形象不很鲜明,但这几部作品开始脱离了这种简陋的状态,注意到了曲折的情节、比较完整的结构以及人物性格的细腻描写,使之具备了小说的规模。在古代小说形成之初,能够达到如此水平,是很不容易、很有价值的。

其次,它们开始摆脱古代寓言、神话、史传的色彩而转向对现实生活的描述,并具有一定的批判的因素。如《竹取物语》全篇用通过幻想反映现实的表现方法,亦即以非现实的故事题材来描写现实的生活。"化生"、"升天"虽带着某种神奇性,但却显示了浓厚的浪漫主义色彩,又不失其真实性。小说中出现的五个上层贵族在史书上至少有三人确有其真名实姓,而且所描绘的贵族求婚以及皇上提亲之类,也是有一定现实生活基础的。"竹取"的故事尽管是来自许多民间传说的素材,原先只有一个简单的梗概,但经过有意识的虚构,增加了生动的对话和细节的描写,让想象在现实生活的基础上驰骋,终于形成《竹取物语》这样一个故事,因此是可信的。如果说《竹取物语》还是融合寓言和神怪的表现手法,只具有讽刺文学的某些特点并带有一些神怪色彩的话,《落洼物语》则完全采取古典现实主义的创作方法,如实地反映贵族生活的一角。继母虐待前妻子女的事在当时社会是一种普遍的生活现象和社会矛盾。

作者捕捉这个问题加以描述,已不是属于原来的生活纪录,而是对生活作了更多的概括。

第三,它们开始注意人物的塑造,注意个性化,有了比较鲜明的形象。《竹取物语》虽然多少还留有古代说话点缀的痕迹,人物性格描写也不够充分,但它无论对竹取翁和辉夜姬的描写或对五个贵公子和皇帝的刻画,都注意表现他们的心理和性格,特别是竹取翁劝说辉夜姬入宫、皇帝给竹取翁封官许愿等情节的描述,更是加深了竹取翁、皇帝两人性格特征的色彩。《落洼物语》对继母、落洼、阿漕、带刀等几个主要人物,都赋予各自独特的个性,尤其对继母的描写更是如此。比如她虐待落洼时的狠毒心肠、受到少将报复时的悔恨交加、得到落洼和少将宽恕时的喜出望外,都刻画得入木三分。其他人物的性格,如落洼的温柔、阿漕的刚强、带刀的淳朴,都突出表现了他们的鲜明的个性,开始做到了人物形象描写中不可缺少的共性与个性的统一。

在故事情节、艺术结构上,这三部物语各有不同的特色。《竹取物语》分"化生""求婚""升天"三部分,《落洼物语》也有类似之处,由"虐待""报复""宽恕"三部分构成,按时间顺序、故事的进展,将三段独立的故事贯串成章,形成一个统一的整体的记述,首尾一贯,情节多变,线索分明,始终围绕一条主线展开,随着主线的发展,逐步深入揭示人物之间的矛盾联系,并运用细节描写来加强人物的特征。同时它们又都是采取散文、韵文配合的形式,以散文为主辅以少量和歌,以加强抒情的气氛。其中《落洼物语》几乎没有自然景物的描写,而且许多时候,是通过诗歌、书信和对话形式来叙述故事,甚至还用这些多变的手法来表述故事的环境和人物的性格。比如《落洼物语》开章就以落洼吟诵的两首诗:"忧患日增心郁结,人间何处可容身"和"愿奴早日离尘世,忧患羁身不自由"，形象地表述了人世之无常和落洼自身之不幸。《伊势物语》则是以一百二十五话组成，故事的描述和人物的刻画全赖于和歌，散文则非常简洁，多者一话二三千字，少者二三十字，而且各话之间似相连又不相连，各有其不同内容。在表现方法上，作品中的人物性格，大多是通过诗歌表现，很少从人物的语言和行动来表达。如第五十三话：

> "从前有一个男子，咏一首诗送与一个无情的女子，诗曰：
>
> 　　现世无由见，除非梦里逢。
>
> 　　醒来襟袖湿，疑是露华浓。"

寥寥几笔把男子的痴心、女子的寡情的心理状态表现得活灵活现。也有的用散文诗式的语言来描绘风光景物。简洁的散文配以诗歌，加浓了气氛。

这三部作品的共同点是，在日本各种文学形式交互影响下，运用了诗歌和散文结合、抒情与叙事结合的方法。这点，对形成日本古典文学的特点之一——抒情性有着共同的贡献。当然，这三部作品诗与文各有侧重，从而形成了各自的独特风格。它既有美妙的意境，也有细致的刻画，从美学价值的角度来看，也远远超过了过去的文学作品的成就。

这三部物语文学作品的产生，无论从内容上或艺术上对后世文学的影响都是很大的。日本许多古典著作包括诗歌、小说、戏曲都模仿了《竹取物语》、《落洼物语》中的"竹取"、"虐子"的故事，以及《伊势物语》中的男女恋爱的风采。它们一直影响到现代日本文学，比如从当代日本戏剧家木下顺二的《夕鹤》、《鹤妻》中，也可以找到《竹取物语》的影子。从艺术结构来说,日本古典文学《源氏物语》就是继承了虚构物语和歌物语的传统,对物语的创作进行了探索和创新,把日本古典文学推向新的高峰的。可以说,这三部作品在日本文学史上的地位和作用,是不可忽视的。

唐月梅
1983 年 6 月

竹取物语

丰子恺 译

一　辉夜姬的出生

从前有一个伐竹的老公公。他常到山中去伐竹,拿来制成竹篮、竹笼等器物,卖给别人,以为生计。他的姓名叫做赞岐造麻吕。有一天,他照例去伐竹,看见有一枝竹,竿子上发光。他觉得奇怪,走近一看,竹筒中有光射出。再走近去仔细看看,原来有一个约三寸长的可爱的小人,住在里头。于是老公公说:"你住在我天天看见的竹子里,当然是我的孩子了。"就把这孩子托在手中,带回家去。

老公公把这孩子交给老婆婆抚养。孩子长得非常美丽,可是身体十分细小,只得把她养在篮子里。

老公公自从找到了这孩子之后,去伐竹时,常常发现竹节中有许多黄金。于是这老头儿便自然地变成了富翁。

孩子在养育中一天天长大起来,正像笋变成竹一样。三个月之后,已经变成一个姑娘。于是给她梳髻,给她穿裙子。老公公把她养在家里,不让出门,异常怜爱她。这期间,孩子的相貌越长越漂亮,使得屋子里充满光辉,没有一处黑暗。有时老公公心绪不好,胸中苦闷,只要看到这孩子,苦痛自会消失。有时,即使动怒,一看到这孩子,立刻心平气和。此后老公公仍然天天去伐竹,每一节竹里都有黄金。于是家中日渐富裕,老翁变成了一个百万长者。

孩子渐渐长大起来。老公公就到三室户地方去请一个名叫斋部秋田的人来,给她起名字。秋田称她为"嫩竹的辉夜姬"。或可写作"赫映姬",意思是夜间也光彩焕发。取名后三天之内,老翁举行庆祝,大办筵席,表演种种歌舞音乐。不论男女,都被请来参加宴会。

二　求　婚

天下所有男子，不论富贵之人或贫贱之夫，都想设法娶得这辉夜姬。他们徒闻其名，心中恍惚，有如燃烧，希望只见一面也好。住在辉夜姬家附近的人和住在她家隔壁的人，也不能窥见辉夜姬的容颜，何况别的男子。他们通夜不眠，暗中在墙上挖一个洞，张望窥探，聊以慰情。从这时候起，这种行为被称为偷情。然而他们只是暗夜里在无人居住之处漫步，一点效果也没有。至多只能向她家里的人开口，好像要讲什么事情。然而没有人答应他们。虽然这样，他们也不懊丧。那些公子哥儿离不开这地方，有许多人日夜在这里彷徨。

容易断念的人们，知道已经没有希望，在这里徘徊，徒劳无益，于是回心转意，不再来了。然而其中还有五个有名的人，继续不断地来访。这五个人不肯断念，仍是日日夜夜地梦想着。其中一人叫做石作皇子，另一人叫做车持皇子，又一人叫做右大臣阿部御主人，再一人叫做大纳言大伴御行，最后一人叫做中纳言石上麻吕。这些人，只要听见哪里的女人容貌美丽，即使是世间寻常的女人，也立刻想看看。因此听到了辉夜姬的大名，心中焦灼不堪，魂梦颠倒，饭也不吃，便跑到她家附近，徘徊彷徨，然而一直毫无效果。写了信送去，也得不到回音。于是相思成病，写了失恋的诗送去，然而也没有答复。明知无用，心一直不死，隆冬天气，冰雪载途或是炎夏六月，雷鸣雨打之时，他们还是继续不断地来访。有一天，有一人把老翁叫出来，低头合掌，向他要求道：

"请把您的女儿嫁给我！"

老翁只是回答他道：

"她不是我生的女儿,所以我不能自由做主。"

不知不觉地又过了些时光。

这样,这些人回家去,都魂牵梦萦,懊恨之极,便去求神拜佛,或者许下愿心,要菩萨保佑他们忘怀这女子。然而还是无用。于是他们又回心转意:老公公虽然这样说,难道这女子可以终身不嫁人么? 便照旧到辉夜姬家附近流连彷徨,借此表示他们的至诚。

老翁看到这般光景,有一次对辉夜姬说:

"我家最高贵最高贵的姑娘! 你原是神佛转生,不是我这个老头儿所生的孩子。但是我费尽心血养育你成长,你可否顾念我这点微劳,听我说一句话?"

辉夜姬答道:"啊呀! 什么话我都听。不过您说我是变怪转生,我直到现在一直不知。我只知道您是我的生身父亲呀!"

老翁说:"啊,那是再好没有了! 我现在已经七十多岁。老实说,我的命尽于今日或明日,不得而知了。我有一句话要对你说:大凡是人,既已生在这世界上,男的一定要娶一个女的,女的一定要嫁一个男的,这是人世间的规则呀。必须这样,方才门户增光,人口繁盛。就是你,也非走这条路不可呢。"

辉夜姬答道:"哪里有这种事,我不愿意。"

老翁说:"啊呀! 你虽然是神佛转生,总是一个女人呀。现在,我活着的时候,不妨这样过日子。如果我死了,怎么办呢? 那五个人,那样经年累月地来访,对你恋慕之心实在很深。他们已经明言要娶你。你应该早点下个决心,和其中某一个人定亲,好么?"

辉夜姬答道:"唉,这些都是庸庸碌碌的人呀。不知道对方的心,而贸然地和他定亲,到后来他的心变了,教人后悔莫及。无论这人地位怎样高,相貌怎样好,不知其心而同他定亲,断然不可。"

"嗯,你说得有理。"老翁点头称是。又说:"那么,你究竟想同怎样的人定亲呢?那五个人都是对你很诚心的啊。"

辉夜姬答道:"怎样的人嘛,我并没有特别的要求,只是有一点点小事。那五个人之中,无论哪个都很诚心,怎么可说哪一个优,哪一个劣呢?所以,我希望,谁能把我最喜欢的东西给我取来,谁便是最诚心的人,我就做这人的妻子。请您这样对他们说吧。"

"这办法很好。"老翁也表示赞成。

到了傍晚,那五个人都来了。他们有的吹笛,有的唱谣曲,有的唱歌,有的吹口笛,有的用扇子打拍子。他们这样做,想把辉夜姬诱出来。于是老翁出来对他们讲话了:

"列位大人呀,长年累月地劳驾你们到我这荒僻的地方来,实在很不敢当!我已风烛残年,朝不保夕。所以我已经对我家这女孩子说,叫她仔细想想,在这样诚恳的五位大人之中,选定一位出嫁。女孩子说:'我怎么能知道他们对我爱情的深浅呢?'这话也说得有理。她又说,你们五位之中,很难说性情孰优孰劣。所以,你们五位之中,谁能把她最喜爱的东西拿来给她,谁便是最情深,她便嫁给谁。我以为这办法也好。你们不论哪一位,都不会怨恨我吧?"

五个人听了这话,都说:"这样很好。"老翁便走进去,把这话传达给辉夜姬。

辉夜姬说:"对石作皇子说,天竺有佛的石钵,叫他替我去取来。"

又说:"对车持皇子说,东海有一个蓬莱山,山上有一棵树,根是银的,茎是金的,上面结着白玉的果实,叫他替我折一枝来。"

她继续说:"另一位呢,叫他把唐土的火鼠裘取来给我。大伴大纳言呢,把龙头上发五色光芒的玉给我取来。石上中纳言呢,把燕子的子安贝取一个来给我。"

老翁说:"唉,都是难题。这些都不是国内所有的东西。这样困难的事,叫我怎样向他们传达呢?"

老翁有些为难,辉夜姬说:"有什么困难呢! 你只管对他们说就是了。"

老翁出去,把话照样传达了。那些王公贵人听了,大吃一惊,心灰意冷地说:"出这样的难题,为什么不爽爽快快地说'不许你们在这附近徘徊'呢?"大家垂头丧气地回去了。

三　佛前的石钵

虽然如此,他们回去之后,总觉得不看到辉夜姬,做人没有意义。其中石作皇子最为机敏。他仔细寻思,石钵既然在天竺,总不会拿不到的。但他转念又想,在那遥远的天竺地方,这也是独一无二的东西。即使走了千百万里,怎么能把它取到手呢? 于是有一天,他到辉夜姬那里报告:今天我动身到天竺去取石钵了。过了三年,他走到大和国十都市某山寺里去,把宾头庐(十六罗汉之一)面前的被煤烟熏黑的钵取了来,装在一只锦囊里,上面用人造花作装饰,拿去给辉夜姬看。辉夜姬觉得奇怪,伸手向钵中一摸,摸出一张纸来。展开一看,纸上写着一首诗:

"渡海超山心血尽,

取来石钵泪长流。"

辉夜姬看那钵没有光,连萤火那样的光也没有。于是回答他一首诗:

> "一点微光都不见,
>
> 大概取自小仓山。[1]"

辉夜姬便把这钵交还他。皇子把钵扔在门前,再写一首诗:

> "钵对美人光自灭,
>
> 我今扔钵不扔君。"

他把这诗送给辉夜姬,但辉夜姬不再作复。皇子见她不睬,咕哝着回家去了。他虽然扔了那钵,但其心不死,希望或有机缘,可以再来求爱。从此以后,人们把这样厚颜无耻的行为叫做"扔钵"[2]。

四　蓬莱的玉枝

车持皇子是个深思远虑的人。他对外说是要到筑紫国(九州)去治病,就请了假,来到辉夜姬家里,对那些仆役说:"我现在就动身去取玉枝。"就向九州出发了。他属下的人,都到难波港来送行。皇子对他们说:"我此行是很秘密的。"因此他并不多带从人,只带几个贴身侍者,就出发了。送行的人看他走了,都回京去。

―――――――――

〔1〕 小仓山是大和国十都市的一个山名。仓字发音与暗字相同,故此诗甚为巧妙。可惜这是翻译不出的。

〔2〕 钵字与耻字在日语中发音相同。

这样，大家以为他到筑紫国去了。岂知三天后，皇子的船又回到难波港。他预先苦心劳思地布置好，一到之后，立刻去把当时第一流的工匠内麻吕等六人叫来，找一个人迹难到的地方，建造起一座门户森严的房子，叫这六个人住在里头。他自己也住在那里。而且，把他自己所管辖的十六所庄园捐献给神佛，仰仗神佛的援助而制造玉枝。这玉枝竟制造得同辉夜姬所要求的分毫不差。于是皇子拿了这玉枝，偷偷地来到难波港。他自己坐在船里，派人去通知家里的人说："今天回来了。"他脸上装出长途旅行后的疲劳之相。许多人来迎接他。

皇子把玉枝装在一只长盒子里，上面覆盖绫锦，拿着走上岸来。于是世人纷纷传说："车持皇子拿着优昙花回来了。"大家赞叹不止。

辉夜姬闻得这消息，想道：我难道要输给这皇子了么？心中闷闷不乐。不久，听到有人敲门，车持皇子来了。他还穿着水路旅行的服装。照例由老翁出来接待他。

皇子说："我几乎丢了性命，终于取得了这玉枝。请你快快拿去给辉夜姬看！"

老翁拿进去给辉夜姬看，但见其中附着一首诗：

"身经万里长征路，
　不折玉枝誓不归。"

玉枝是玉枝，诗是诗，都是千真万确的。辉夜姬看了，茫然若失。老翁走进来了，说道："喏喏，你嘱咐皇子去取蓬莱的玉枝，他分毫不差地取来了。现在还有什么话可说呢？皇子还穿着旅行服装，没有到过自己家里，直接到这里来了。来！你也快点出去和他会面、同他定亲吧。"

辉夜姬默默不语,只是一手支着面颊,唉声叹气,沉思冥想。

皇子则另是一套,他以为现在辉夜姬没话可说了,便老实不客气地跨上走廊来。老翁认为这也是应该的,便对辉夜姬说道:"这玉枝是我们日本国里所没有的。现在你不能拒绝他了。况且,这位皇子的品貌也是挺优秀的呢。"

辉夜姬狼狈得很,答道:"我一直不听父亲的话,实在很抱歉。我故意把取不到的东西叫他去取,想不到他真个取来了,真是出我意料之外。如今如何是好呢?"老翁却不管一切,连忙准备新房。他对皇子说道:"这棵树究竟生长在什么地方? 实在珍贵之极、美丽得很呢!"

皇子回答道:"你听我讲:前年二月间,我乘船从难波港出发。起初,船到海中,究竟朝哪个方向走好呢,完全没有办法。然而我打定主意,这点愿望不达到,我不能在世上做人。于是让我的船随风漂泊。我想:如果死了,那就没有办法;只要活着,总会找到这个蓬莱山。那船漂流了很久,终于离开我们的日本国,漂向远方去了。有时风浪很大,那船似乎要沉没到海底去了。有时被风吹到了莫名其妙的国土,其中走出些鬼怪来,我几乎被他们杀死呢。有时全然失却方向,成了海中的迷途者。有时食物吃光了,竟拿草根来当饭吃。有时来了些非常可怕的东西,想把我们吞食。有时取海贝来充饥,苟全性命。有时生起病来,旅途无人救助,只得听天由命。这样地住在船中,听凭它漂泊了五百天。到了第五百天的早上辰时(八九点钟)左右,忽然望见海中远处有一座山,大家喜出望外。我从船中眺望,看见这座山浮在海上,很大,很高,形状非常美丽。我想,这大概就是我所寻求的山了,一时欣喜若狂。然而总觉得有些可怕,便沿着山的周围行船,观察了两三天。忽然有一天,一个作天仙打扮的女子从山上下来,用一只银碗来取水。于是我们也舍舟登陆,向这女子问讯:'这座山叫什么名字?'女子回答道:'这是蓬莱山。'啊！我听到了这句话,乐不可支。再问这女子:'请教你的芳名?'女子答道:'我叫做宝嵌琉璃。'就飘然地回到山里去了。"

"且说这座山,非常险峻,简直无法攀登。我绕着山的周围步行,看见许多奇花异卉,都是我们这世间所看不到的。金银琉璃色的水从山中流出来。小川上架着桥,都是用各种美丽的宝玉造成的。周围的树木都发出光辉。我就在其中折取一枝。这一枝其实并不特别出色,但和辉夜姬所嘱咐的完全相符,因此我就折了回来。讲到这山的景色,实在是无与伦比的绝景。我本想在那里多住几时,以便饱览美景。但是既已取得此花,便无心久留,连忙乘船回来。幸而归途是顺风,走了四百多天,就到家了。这完全是我的愿力宏大的善报。我于昨日回到难波港。我的衣服被潮水打湿,还没有换过,就直接到这里来了。"

老翁听了这番话,非常感动,连声叹息,口占一首诗送他:

"常入野山取新竹,

平生未历此艰辛。"

皇子听了,说道:"我多年来忧愁苦恨的心,好容易到今天才安定了。"便答他一首诗:

"长年苦恋青衫湿,

今日功成泪始干。"

　　这样看来,这皇子的计谋顺利地完成了。可是忽然有六个男子,走进辉夜姬家的院子里来。其中一人拿着一根棒,棒头上挂着一个字条,写着请愿的文字。他说道:"工艺所工匠头目汉部内麻吕上言:我等六人为了制造玉枝,粉身碎骨,艰苦绝粒,已历千有余日,皆筋疲力尽,然而不曾得到一文工钱。务请即刻偿付,以便分配。"

　　老翁吃了一惊,问道:"这些工艺匠说的究竟是怎么一回事?"此时皇子狼狈周章,哑口无言。辉夜姬听到了,说道:"请把他们请愿的文字给我看看。"但见上面写道:"皇子与我等卑贱之工艺匠共同隐居一处,凡千余日,命我等制造精美之玉枝。当时曾蒙惠许:成功之日,不但酬劳从丰,并且授予官爵。我等思量,此乃皇子之御夫人辉夜姬所需之物,我等应向此地领赏,今日即请惠赐。"

　　愁眉不展的辉夜姬看了这请愿书,笑逐颜开,便唤老翁进来,对他说道:"我以为这真个是蓬莱的玉枝,正在忧虑,原来这是假的,我真高兴!这种讨厌的伪物,他竟会送进来。赶快叫他走出去!"

　　老翁也点头称是,说道:"分明是伪物了,应该叫他滚蛋。"

　　辉夜姬现在心情开朗了,便写一首诗回答皇子:

　　　　　　"花言巧语真无耻,

　　　　　　伪造玉枝欲骗谁!"

将这诗和那伪造的玉枝一起送还了他。

　　老翁本来和皇子亲切地谈话,现在意气沮丧,只得假装打瞌睡。皇子想起身回家,觉得不成样子;照旧坐着吧,又觉得难为情。于是只得低着头躲着。直到天色渐黑,才偷偷地从辉夜姬家溜了出去。

辉夜姬把刚才来请愿的六个工艺匠叫进来。她感谢他们,给了他们许多钱。六个人非常高兴:"啊,今天称心如意了!"拿着金钱回家去。岂知在途中,被车持皇子派来的人痛打一顿,打得头破血流,金钱也被抢走,只得四散逃命。

事已至此,车持皇子叹道:"我一生的耻辱,无过于此了。不能得到所爱的女子且不说,最要紧的是被天下人耻笑。"他就独自一人逃到深山中去了。他的家臣们带了许多人四处找寻,终于影迹全无,大约已经死了。

推想皇子的心情,非但无颜再见他的朋辈,即使在他的家臣面前,也觉得可耻,因此只得销声匿迹。从此之后,世人称此种行为为"离魂"。

五　火鼠裘

右大臣阿部御主人,家中财产丰富,人丁繁荣。他写一封信给那年舶来日本的中国贸易船上的王卿,托他买一件火鼠裘。他在侍从中选了一个精明干练的人,叫做小野房守的,叫他把信送给王卿。房守来到贸易船停泊的博多地方,把信呈上,并且缴付一笔货款。王卿得信,便作复如下:

"火鼠裘,我中国并无此物。我曾闻其名,却并未见过。如果世间确有此物,则贵国应有舶来。阁下言不曾见过,则恐世间并无此物也。总之,阁下所嘱,乃难中之难。然而,万一天竺[1]有此物舶来我国,则鄙人可向我国二三富翁询问,或可借彼等之助力而获得,亦未可知。如果世间绝对无有此物,则所付货款,当交来人如数璧还。专此奉复。"

———————————

〔1〕 印度。

王卿带了小野房守,回到中国。几个月之后,他的船又来到日本。小野房守乘了这船回到日本,即将入京。阿部御主人等得心焦了,闻讯之后,连忙派人用快马去迎接。房守快马加鞭,只走七天,已从筑紫来到京城。他带来一封信,信中写道:

"火鼠裘,我曾四处派人采购。据说此物在现世、在古代,都不易见到。但闻从前天竺有圣僧持来中国,保存在遥远之西方寺中。这是朝廷有旨要买,好容易才买到的。我去购买时,办事人员说此款不够,当即由我补足,终于买到。垫付黄金五十两,请即送还。如果不愿付出此款,则请将裘送还为荷。"

阿部御主人得到此信,笑逐颜开,说道:"哪有这话! 金钱不足道,岂有不还之理? 当然会送还的。啊,我得到裘,真乃莫大的喜事啊!"他欢欣之余,合掌向中国方向拜谢。

装火鼠裘的箱子上,嵌着许多美丽的宝玉。裘是绀青色的,毛的尖端发出金色光辉。此裘穿脏了,可放在火中烧,烧过之后,就更加清洁。但此裘火烧不坏,还在其次,首先是其色泽之美丽。实在,此物就是看看,也觉得是一件可贵的珍宝。

阿部御主人看看这裘,叹道:"辉夜姬欲得此物,不是无理的。啊!造化造化!"便将裘放入箱中,饰以花枝。他自己打扮一番,以为今夜可以泊宿在辉夜姬家,得意扬扬地出门。此时吟一首诗,放入箱中。诗曰:

　　"热恋情如火,不能烧此裘。
　　经年双袖湿,今日泪方收。"

阿部御主人站在辉夜姬家的门前了。叩门问讯,老翁出来,接了火鼠裘的箱,拿进去给辉夜姬看。

辉夜姬看了,说道:"啊!这裘多么漂亮呀!不过,是不是真的火鼠裘,还不可知呢。"

老翁答道:"还有什么真假呢!你把裘藏在箱中吧。这是世间难得见到的裘,你必须相信它是真的。像你这样一味怀疑别人,实在是不行的。"说着,就去请阿部御主人进来。他想,这回她一定肯接见这人了。老翁当然这样想,连老婆婆也这样想。老翁常常为了辉夜姬没有丈夫,孤身独居,觉得非常可怜,所以希望找到一个好男子,让她有所依靠。无奈这女孩子无论如何也不肯,他也不能勉强她。

辉夜姬对老翁说道:"把这裘放在火中烧烧看。如果烧不坏,才是真的火鼠裘,我就遵他的命。你说这是世间难得见到的裘,确信它是真的。那么,必须把它烧烧看。"

老翁说:"你这样说,倒也很有道理。"他忽然改变主意,把辉夜姬的话传达给大臣。

大臣说:"这裘啊,中国境内也没有,我是千方百计弄来的。关于它的质量,还有什么可怀疑呢?你们既然这样说,就快点拿来烧烧看吧。"

这裘一放进火里,立刻劈劈啪啪地烧光了!辉夜姬说:"请看,这便可知它是一张假的皮毛。"大臣看到这情景,面孔就像草叶一般发青。辉夜姬高兴得很,连忙作了一首答诗,放在装裘的箱子里,还给阿部御主人。诗曰:

"假裘经火炙,立刻化灰尘。

似此凡庸物,何劳枉费心!"

于是,大臣只得悄悄地回去了。外间的人们便问:"听说阿部大臣拿了火鼠裘来,就做了辉夜姬的夫婿,已经来到这屋子里。大概住在这里了吧。"另有人回答他说:"没有没有!那件裘放在火里一烧,劈劈啪啪地烧光了,因此辉夜姬把他赶走了。"世人都知道这件事。从此以后,凡是不能成遂的事情,都叫做"阿部主人"。

六　龙头上的珠子

大伴御行大纳言把家中所有的家臣都召集拢来,对他们说:"龙的头上有一块发出五色光辉的玉。哪一个取得到,随便你们要什么东西我都给你们。"

听了这话的人都说:"我家主人的命令,实在是很可感谢的。不过,这块玉,大概是很难取得的宝物吧。龙头上的玉,怎样才能取得呢?"这些人都咕哝着叫苦。

于是大纳言说:"做家臣的,为了完成主人的愿望,性命也要舍弃。这是家臣的本分呀!况且龙这东西,并非我国没有而特产于唐土[1]、天竺的东西。我国的海边山上,常有龙爬上爬下。你们怎么说是难事呢?"

家臣们答道:"那么,没有办法。无论是怎样难得的宝物,我们遵命去找求吧。"

大纳言看看他们的神情,笑道:"这才对了。我大伴家里的家臣,是天下闻名的,难道会违背我主人的命令吗?"

于是家臣们出门去寻找龙头上的玉。大纳言把家中所有的绢、锦和

---

〔1〕　中国。

金子都取出来,交给这些家臣,作为他们的路费。又对他们说:"你们出门之后,我就吃斋念佛,直到你们回来。如果取不到这玉,不准你们回到我这里来!"

家臣们听了主人的嘱咐,一个个懒洋洋地出门去了。他们都想:主人说,如果取不到龙头上的珠子,不准再回到这里来。但这东西,根本是取不到的。他们各自随心所欲地东分西散。众家臣都咒骂主人,说他好奇。他们把主人给他们的东西随意分配一下,有的拿了东西回家乡去了,有的随心所欲地到别处去了。他们都诽谤大纳言,说道:不管是爹娘还是主人,这样胡说八道,叫我们没有办法。

大纳言全然不知道这情况。他说:"给辉夜姬住普通的房屋太不像样。"连忙建造起特殊的房屋来:室内四壁涂漆,嵌上景泰窑装饰,施以各种色彩。屋顶上也染成五彩,挂上各种美丽的带子。每一个房间里都张着美丽无比的锦绣的壁衣。而且把他本来的老婆和小老婆都赶走。无论何事,他都不爱,一天到晚为了准备迎接辉夜姬而忙碌。

且说派遣出去取龙头上的玉的家臣们,不管大纳言朝朝夜夜地等待,过了年底,到了明年,一直音信全无。大纳言不胜焦灼,便悄悄地带了两个随身侍从,微行来到难波港。看见一个渔夫,便问他:"大伴大纳言家的家臣们乘了船去杀龙,取它头上的玉,这新闻你听到过吗?"

渔夫笑道:"哈哈,你这话真奇怪! 第一,愿意为了做这件蠢事而放船出去的船夫,在这里一个也没有。"

大纳言听了这话,心中想道:"这些船户都是没志气的。他们不知道我大伴一家的强大,所以讲这种胆怯的话。"又想:"我们的弓多么有力!只要有龙,一箭便可把它射死,取它头上的玉,这是毫无问题的。这些家臣不决不断,直到现在还不回来,我在这里老等,实在不耐烦了。"他就雇了一只船,向海中到处巡游,渐行渐远,不觉来到了筑紫的海边。

这时候,不知怎的,发起大风暴来,天昏地黑,那只船被风吹来吹去,吹向什么地方,完全不得而知。风越来越大,把船吹到了海的中央。大浪猛烈地冲击船身,船被波浪包围了。雷声隆隆,电光闪闪。好个大纳言,到此也束手无策了。他叹道:"唉!我平生从来不曾吃过这种苦头,不知到底怎么样啊!"

那个船户哭着说道:"我长年驾着这船来来去去,从来不曾碰到这种可怕的情况。即使幸而船不沉没,头上的雷电也会打死我吧!即使幸而神佛保佑,船也不沉,人也不死,但结果我这船终将被吹到南海之中。唉!我想不到碰着了这个古怪的雇客,看来我的命运是很悲惨的了!"

大纳言听了他的话,说道:"乘船的时候,船户的话是最可靠的。你为什么说出这种不可靠的话来呢?"说着,不知不觉地口中吐出青水。

船户说:"我又不是神佛,有什么办法呢?风吹浪打,我是长年以来习惯的。但这雷电交加,一定是你想杀龙的缘故。这暴风雨一定是龙神带来的。你赶快祈祷吧!"

大纳言听了这话,忽然说道:"啊,你说的是。"便大声祈祷:"南无船灵大明菩萨!请听禀告:小人愚昧无知,胆大妄为,竟敢图谋杀害神龙,实属罪大恶极!自今以后,不敢损害神体一毛,务请饶恕,不胜惶恐之至。"

他大声念这祈祷,有时起立,有时坐下,有时哭泣,念了千百遍。恐是因此之故,雷声渐渐地停息,天色渐渐明亮起来,但风还是猛烈地吹着。

船户说道:"啊,如此看来,刚才的风暴正是龙神菩萨带来的。现在的风,方向很好,是顺风,不是逆风。我们可以乘这风回家乡去了。"但大纳言已经吓破了胆,无论如何不相信船户的话。

这风继续吹了三四天,似乎可把船吹到原来的地方去了。岂知向岸上望望,这是播磨国明石地方的海岸。但大纳言总以为到了南海的海岸,疲劳之极,躺倒在船里了。他带来的两个随身侍从便上岸去报告当地的衙门。衙门里特地派人员来慰问。然而大纳言不能起身,直挺挺躺在船舱里。无可奈何,只得在海岸的松树底下铺一条席子,扶他起来躺在席子上。到这时候,大纳言方才知道这里不是南海的岛。他好容易坐起身来。这个人平常有些伤风,就神色大变,这时候竟变成腹部膨胀,眼睛像两颗李子一般肿起。派来的人员看了发笑。

大纳言连忙叫衙门里的人替他备一顶轿子,坐了回家。以前他派出去取龙头上的玉的家臣们,不知从哪里知道消息,现在都回来了,对他说道:"我们因为取不到龙头上的玉,所以不敢回来。现在,大人自己也已完全相信此物难取,想来不会责罚我们,所以回来了。"

大纳言站起身来对他们说道:"龙头上的玉,难怪你们取不到。原来龙这东西,是与雷神同类的。我叫你们去取它头上的玉,犹如要杀死你们这许多家臣。如果你们捉住了这条龙,连我也要被杀死的。幸而你们没有把龙捉住。这大约是辉夜姬这个坏家伙企图杀死我们而安排的阴谋。我今后决不再走到她家附近去。你们也不要到她那里去。"就把家中剩下的棉絮和金子赏赐了取不到龙头上的玉的家臣们。

以前离婚了的妻子听到这则消息,几乎笑断了肚肠。新造房子屋顶上挂着的五彩带子,都被鹞鹰和乌鸦衔去做窠了。

于是世间的人们都说:"听说大伴大纳言去取龙头上的玉,没有取到,眼睛上生了两个李子回来了。啊,吃不消呀!"

从此以后,凡做无理的事,叫做"啊,吃不消呀"。

七　燕子的子安贝

中纳言石上麻吕对家中仆役们说:"燕子做窠时,你们来通知我。"仆役们问:"大人要做什么呢?"答道:"我要取燕子的子安贝。"

仆役们说:"我们曾经看见人们杀过许多燕子,但它们的肚子里从来没有这样的东西。也许,燕子产卵的时候会生出这东西来。然而,怎样取得到呢? 燕子这东西,一看见人就逃走的呀。"

另外有一个人说:"宫中大厨房内,煮饭的屋子栋柱上的许多洞里,都有燕子做窠。在那里搭起架子来,叫几个壮健的人爬上去,向许多洞里窥探。那里燕子很多,说不定有一两只正在产卵,就可把它们打死,夺取子安贝。"

中纳言听了这话,非常高兴,说道:"这办法很对,我倒没有想到。你的话很有道理。"就选了忠实的男仆二十人,在那里搭起架子来,叫他们爬上去。中纳言不断地派人去问:"怎么样? 子安贝取到了没有?"

可是,那些燕子看见这么许多人爬上来,都害怕了,不敢飞近。就有人把这情况报告中纳言。中纳言悲观了,不知如何是好。

这时候,大厨房里有一个年老的司事,名叫麻吕的,走来对中纳言的家臣说:"你们大人要取子安贝,我倒有一个办法呢。"家臣们通报中纳言,中纳言便召见这老人,亲切地同他谈话。麻吕说道:"要取燕子的子安贝,这办法是没有用的。这样做,一定取不到。第一,这样乌丛丛的二十个人爬上去,那些燕子吓坏了,是不敢飞近来的。应该把这架子拆掉,叫这许多人都走下来。然后选定一个干练的男子,叫他坐在一只大篮子里。篮子上缚一根索子,用滑车挂在梁上。燕子飞来了,连忙拉索子,篮子升上去,这男子便伸手去取子安贝。这样,保管你取到手。"

中纳言说:"这确是个好办法。"便把架子拆毁,把那些人叫回来。他问麻吕:"那么,怎么会知道燕子要产卵了,把人拉上去呢?"

麻吕答道:"燕子要产卵,尾巴一定向上翘,翘了七次,卵就产下来。看到它第七次翘尾巴的时候,把篮子拉上去,便可取到子安贝。"

中纳言听了这话,欢喜无量,便偷偷地走进大厨房,挤在人群中,日日夜夜地督促那人去取子安贝。同时,因为麻吕教了他这方法,他大大地褒奖他,对他说道:"你不是我家的人,倒很能称我的心呢。"他还没有取得子安贝,就像已经取得了那样高兴,把自己身上的衣服脱下来,赏赐给麻吕,对他说道:"今晚你必须再来一次大厨房,帮帮忙。"便叫麻吕暂时回去。

天色渐暮,中纳言来到大厨房。一看,燕子果然正在做窠,而且正如麻吕所说,尾巴正在翘动。他连忙叫人乘入篮子里,把篮子拉上去,叫他伸手到燕子窠里去摸。那人摸了一会,说道:"什么也没有!"

中纳言生气了,说道:"这是你不会摸的缘故。"他想另外选一个人去摸,左思右想,终于说道:"还是让我自己上去摸吧。"便坐在篮子里,那篮子徐徐地拉上去。他向燕子窠里窥探——好极了!燕子正在翘尾巴。他连忙伸手到窠里去摸,摸着了一块扁平的东西,便叫道:"啊,有了!有了!把我放下来吧!麻吕!有了,有了!"人们围集拢来,把篮子上的索子往下拉。岂知太用力了,那索子被拉断。篮子里的中纳言跌下来,正好落在一只大锅子里。

人们大吃一惊,赶忙走过去,把中纳言抱起。一看,他两眼翻白,呼吸也停止了,连忙把水灌进他嘴里。过了一会,他方才苏醒过来。人们按摩一下他的手臂和腿,然后把他从锅子上抱下来,问他:"现在您觉得怎么样?"中纳言上气不接下气地说道:"稍微好点了。腰还是动不得。但子安贝牢牢地握在我手中,目的达到了。不管别的,赶快拿蜡烛来,让我拜见这件宝贝。"

他抬起头,张开手来一看,原来握着的是一块陈旧的燕子粪!中纳言叫道:"唉!没有贝!"

从此以后,做事无效,叫做"没有贝"。

中纳言看到这不是子安贝,当然不能装在匣子里送给辉夜姬,心情大为沮丧。况且又是折断了腰骨。他做了愚蠢的事,以致弄坏了身体,生怕这情况被世人知道,不胜苦恨。但他越是苦恨,身体越是衰弱。取不到贝,还在其次;被世人耻笑,才真是丢脸。这比普通患病而死更没面子。

辉夜姬闻知了这消息,做一首诗去慰问他,诗曰:

　　　　"经年杳杳无音信,
　　　　　定是贝儿取不成。"

家人把这首诗念给中纳言听了,中纳言在苦闷之中抬起头,叫人拿来纸笔,写一首答诗。诗曰:

　　　　"取贝不成诗取得,
　　　　　救命只需一见君。"

他写完这诗,就断气了。辉夜姬闻此消息,深感抱歉。

八　出猎游幸

　　皇帝闻得辉夜姬的美貌盖世无双,有一天对一个名叫总子的女官说:"听说这女子对爱慕她的男人,都看得同仇敌一样,绝不听他们的话。你去看看,究竟是怎样的一个女子。"

　　总子奉了圣旨,退出皇宫,来到竹取翁家里。竹取翁恭敬地迎接。总子对老婆婆说:"皇上说,你家的辉夜姬相貌美丽、盖世无双,特地命我来看看。"

　　老婆婆说:"好好,我就去对她说。"便走进去对辉夜姬说:"赶快出去迎接皇帝的使者!"但辉夜姬答道:"哪里的话! 我的相貌并不怎么美丽,羞人答答的,怎么可以出去会见皇帝的使者呢?"她无论如何不肯听话。

　　老婆婆说:"你这话多么无礼! 皇帝的使者难道可以怠慢的么?"辉夜姬说:"我这样说,并没有得罪皇帝呀。"她完全没有想会见使者的样子。

　　老婆婆想,这孩子是她从小抚育成长,同亲生女儿一样,然而对她讲话,她满不在乎地反抗。她想责备她,也不知道该怎样讲才好。

　　老婆婆就出来回复使者:"真是万分对不起了! 我家的姑娘,还是一个毫不懂事的女孩子,而且脾气倔强,无论如何不肯出来拜见呢!"

　　女官说:"可是,皇上说一定要我来看看。我如果看不到,是不能回去的。皇上说的话,这国土里的人难道可以不听么? 你们说这话太没道理了!"她严词责备。然而辉夜姬听了这话,不但坚决不答应,又说道:"如果我这样说违背了皇帝的话,就请他赶快把我杀死吧!"

　　女官无可奈何,只得回宫去报告皇帝。皇帝说:"哈哈,这样的心肠,是可以杀死许多人的!"一时把她置之度外。然而,总觉得心中不快:这样倔强的女子,难道可以让她战胜么? 皇帝回心转意,有一天,把竹取翁叫来,对他说道:

"把你家的辉夜姬送到这里来! 听说她的容貌非常美丽,以前我曾派使者去看,但结果是徒劳往返。是你教她这样无礼的么?"

竹取翁诚惶诚恐地回答道:"哪里,哪里! 小人不敢。不过这个女孩子,恐怕是不肯进宫的。小人实在无可奈何。不过,且让小人回去再劝一番吧。"

皇帝听了这话,点头称是,对他说道:"这才不错。是你抚育成长的人,难道你不能自由做主吗? 如果你把她送进宫来,我封你一个五品官员。"

竹取翁欣然回家,对辉夜姬说道:"皇帝对我如此说,难道你还不答应么?"

辉夜姬答道:"不不,无论怎样,我决不去当宫女。如果再要强迫我,我就要消失了。这算什么呢。你等待我去当宫女,以便取得你的官位,我就同时死去!"

竹取翁说:"啊呀,这使不得! 我要得到爵禄,而叫我的可爱的孩子死去,这成什么话呢? 不过,你究竟为什么那样地厌恶当宫女? 谈不到死的呀!"

辉夜姬答道:"我这样说了,如果你还以为我是说谎,那么就请你把我送进宫里去,看我是死还是不死。过去有许多人诚心诚意、积年累月地求我,我尚且都不答应。皇帝的话还是昨天今天的事呢。如果我答应了,世间的人将怎样地讥笑我! 这等可耻的事情,我是决不做的。"

竹取翁说:"天下之事,无论怎样大,绝不会关系到你的生命。那么,让我再进宫去回复皇帝,说你不肯当宫女就是了。"

　　竹取翁就进宫去对皇帝说:"上次皇上的话,小人非常感激,立刻去劝小女入宫。岂知这女孩子说:'要我入宫我情愿死。'原来这孩子,不是我造麻吕亲生的,是从山中找来的,因此她的性情和普通人不同。"

　　皇帝听了这话,说道:"啊! 对了对了! 造麻吕啊,你家住在山脚边吗? 这样吧,让我到山中去打猎,就闯进你家去看看辉夜姬,如何?"

　　竹取翁答道:"这是再好没有了。当她不知不觉地坐在家里的时候,皇帝突然行幸,便看到她了。"

　　于是皇帝连忙选定一个日子,到山中去打猎。他闯进辉夜姬家,一看,只见一片光辉之中,坐着一个清秀美丽的女子。皇帝想,正是此人了,便向她走近去。这女子站起身来,逃向里面。皇帝走上前去,拉住了她的衣袖。女子就用另一衣袖来遮住了脸。但皇帝已经清楚地看到了她的相貌,被她的美丽所迷惑,如何肯离开她呢? 他想就此把她拉出来。

　　这时辉夜姬开言道:"我这身体,倘使是这国土里生出来的,我就替你皇帝服役。可是我不是这国土里的人,你硬拉我去,是没有道理的呀!"

　　皇帝听了这话,说道:"岂有此理!"无论如何定要拉她出来。他叫銮舆开过来,想把辉夜姬拉到这车子里去。真奇怪,忽然辉夜姬的身体消失,影迹全无了! 皇帝想:啊呀,这便完了! 原来真如竹取翁所说,这不是一个普通的人。于是说道:"好,好,我不再想带你去了。你快回复原形,让我再看一看,我就回去了。"辉夜姬就现出原形。

　　皇帝看了辉夜姬的原形,恋情愈加热烈,不能自制。然而无论恋情如何热烈,现在已经毫无办法了。他便向竹取翁道谢,说竹取翁能让他看到辉夜姬,他很高兴,应予褒奖。翁也很感谢,拿出酒食来招待皇帝的随从。

　　皇帝离开了辉夜姬回去，心里实在恋恋不舍，怀着郁郁不乐的情绪上了车。临行作诗一首送给辉夜姬，诗曰：

　　　　"空归銮驾愁无限，
　　　　只为姬君不肯来。"

　　辉夜姬回答他一首诗：

　　　　"蓬门茅舍经年住，
　　　　金殿玉楼不要居。"

皇帝看了这首诗，实在不想回去了。他的心掉落在这里，似乎觉得有人在后面拉住他的头发。然而，在这里宿一夜，到底不行。无可奈何，只得回驾。

　　自此以后，皇帝觉得经常在他身边侍奉的女子们，和辉夜姬一比，竟是云泥之差。以前所称为美人的，同辉夜姬比较起来，完全不足道了。

　　皇帝的心中，经常有辉夜姬的幻影留存着。他每天只是独自一人郁郁不乐地过日子。他意志消沉，不再走进皇后和女官们的房中去，只是写信给辉夜姬，诉说衷情。辉夜姬也写优美的回信给他。自此以后，皇帝随着四季的移变，吟咏关于种种美丽的花卉草木的诗歌，寄给辉夜姬。

九　天的羽衣

　　辉夜姬和皇帝通信,互相慰情,不觉过了三年。有一个早春之夜,辉夜姬仰望月色甚美,忽然异常地哀愁起来,耽入沉思了。从前有人说过,注视月亮的脸是不好的。因此家人都劝辉夜姬不要看月亮。但辉夜姬不听,乘人不见,便又去看月亮,并且吞声饮泣。

　　七月十五日满月之夜,辉夜姬来到檐前,望着月亮沉思冥想。家人看见了,便去对竹取翁说:“辉夜姬常常对着月亮悲叹,近来样子愈加特殊了,大概她心中有深切的悲恸吧。要好好地注意呢!”

　　竹取翁便去对辉夜姬说:“你到底有什么心事,要如此忧愁地眺望月亮? 你的生活很美满,并没有什么不自由呢。”

　　辉夜姬答道:“不,我并没有什么特殊的忧愁和悲哀,只是一看到这月亮,便无端地感到这世间可哀,因而心情不快。”

　　竹取翁一时放心了。后来有一天,他走进辉夜姬的房间里,看见她还是愁眉不展地沉思冥想。老翁着急了,问她:“女儿啊! 你到底在想什么? 你所想的到底是怎样的事呢?”辉夜姬的回答仍然是:“没有,我并没有想什么,只是无端地心情不快。”老翁就劝她:“喏,所以我劝你不要看月亮呀! 你为什么看了月亮就这样地默想呢?”辉夜姬答道:“不过,我难道可以不看月亮么?”她还是照旧,月亮一出,她就到檐前去端坐着,沉思冥想。

　　所可怪者,凡是没有月亮的晚上,辉夜姬并不沉思默想。有月亮的晚上,她总是叹气,沉思,终于哭泣。仆人们看到了,就低声地议论,说姑娘又在沉思默想了。两老和全家的人,都毫无办法。

将近八月十五的一天晚上,月亮很好,辉夜姬走到檐前,放声大哭起来。这是从来不曾有过的事,她竟不顾旁人,哭倒在地。老公公和老婆婆吓坏了,连声问她为了何事。辉夜姬啼啼哭哭地答道:

"实在,我老早就想告诉你们的。只恐两老伤心,因此直到今天没有说出。然而不能永远不说出来。到了今天此刻,不得不把全部情况告诉你们了。我这个身体,其实并不是这世间的人。我是月亮世界里的人,由于前世某种因缘,被派遣到这世间来。现在已经是该要回去的时候了。这个月的十五日,我的故国的人们将要来迎接我。这是非去不可的。使你们愁叹,我觉得可悲,因此从今年春天起,我独自烦恼。"说罢,哭倒在地。

竹取翁听了这番话,说道:"这究竟是怎么一回事! 你原来是我从竹子里找来的。那时你真不过像菜秧那么大。现在怎样? 现在养得和我一样高了。到底谁要来迎接你? 不行不行,这是断然不可的!"

接着,他大声号哭,叫道:"要是这样,还是让我去死了吧!"这情景实在悲痛不堪。

但辉夜姬说:"我是月亮世界里的人,在那里有我的父母亲。我到这国土里来,本来说是极短时间的,但终于住了这么长的年月。现在,我对月亮世界里的父母亲,并不怎样想念,倒是觉得此地驯熟可亲得多。我回到月亮世界去,一点也不觉得高兴,只是觉得悲哀。所以,并不是我有什么变心,实在是无可奈何,不得不去呀。"

于是辉夜姬和老翁一同哭泣。几个女仆长时间随伴着辉夜姬,回想这位姑娘,人品实在高尚优美,令人真心敬爱,现在听说要分别了,大家悲伤不堪,滴水也不入口,只是相对愁叹。

皇帝闻到了这消息,就派使者到竹取翁家来问讯。老翁出来迎接使者,话也说不出来,只是号啕大哭。老翁过度悲哀,头发忽然白了,腰也弯了,眼睛肿烂了。他今年只有五十岁〔1〕,由于伤心,忽然变老了。

使者向老翁传达皇帝的话:"听说辉夜姬近来常常忧愁悲叹,是真的么?"

老翁哭哭啼啼地答道:"多承皇帝挂念,实在很不敢当,本月十五日,月亮世界里要派人来迎接辉夜姬。我想请皇帝派一大队兵马来。如果月亮里那些家伙来了,就把他们抓住。不知可不可以?"

使者回宫,把老翁的情况和他的话全部奏告了皇帝。皇帝说:"我只见过辉夜姬一面,尚且至今不忘,何况老翁朝夕看到她。如果这辉夜姬被人接去,教他情何以堪呢!"

到了这个月的十五日,皇帝命令各御林军,选出六个大军,共两千人,命一个名叫高野大国的中将担任钦差,领兵来到竹取翁家。

大军一到竹取翁家,便分派一千人站在土墙上,一千人站在屋顶上。命令家中所有的男仆,分别看守每一个角落。这些男仆都手持弓箭。正屋之中,排列着许多宫女,叫她们用心看守。老婆婆紧紧抱着辉夜姬,躲在库房里。老翁把库房门锁好,站在门前看守。

老翁说:"这样守护,难道还会输给天上的人群么?"又对屋顶上的兵士说:"你们如果看见空中有物飞行,即使是很小的东西,也立刻把它射死。"兵士们说:"我们有这么许多人看守,即使有一只蝙蝠在空中飞,也立刻把它射死,叫它变成干货。"老翁听了这话,确信无疑,心中非常高兴。

但辉夜姬说:"无论关闭得怎样严密,无论怎样准备作战,但战争对

---

〔1〕　前文言七十岁,此处言五十岁,想是作者笔误。

那国土里的人是无用的。第一,用弓箭射他们,他们是不受的。再则,即使这样锁闭,但那国土里的人一到,锁自然会立刻开脱。这里的人无论怎样勇武地准备战争,但那国土里的人一到,个个都没有勇气了。"

老翁听了这话,怒气冲冲地说:"好,等那些人来了,我就用我的长指甲挖出他们的眼球。还要抓住他们的头发,把他们的身体甩转来。然后剥下他们的裤子,教他们在这里的许多人面前出丑!"

辉夜姬说:"唉,你不要这样大声说话。被屋顶上的武士们听到了,不是很难为情的么? 我辜负了你们长时间的养育之恩而贸然归去,实在抱歉得很。今后我倘能够长久地住在这里,多么高兴! 然而做不到,不久我就非走不可了。这是可悲的事。我因为想起双亲养育之恩未报,归途中一定不堪痛苦,所以最近几个月来,每逢月亮出来,我就到檐前去请愿,希望在这里再住一年,至少住到年底。然而不得许可,所以我如此愁叹。使得你们为我担心,实在是非常抱歉的。月亮世界里的人非常美丽,而且不会衰老,又是毫无苦痛的。我现在将要到这样好的地方去,然而我一点也不觉得快乐。倒是要我离开你们两位衰老的人,我觉得非常悲恸,恋恋不舍呢。"说罢嘤嘤啜泣。

老翁说:"唉,不要说这伤心的话了。无论怎样美丽的人来迎接你,都不要担心。"他怨恨月亮世界里的人。

这样那样地过了一会,已经将近夜半子时。忽然竹取翁家的四周发出光辉,比白昼更亮。这光辉比满月的光要亮十倍,照得人们的毛孔都看得清楚。这时候,天上的人乘云下降,离地五尺光景,排列在空中。竹取翁家里的人,不论在屋外或屋内的,看到了这光景,都好像被魔鬼迷住,茫然失却知觉,全无战斗的勇气了。有几个人略有感觉,知道这样不行,勉强拿起弓箭来发射。然而手臂无力,立刻软下去。其中有几个特别强硬的人,提起精神,把箭射了出去,然而方向完全错误。因此,谁也不能战斗,但觉神志昏迷,只得互相顾视,默默无言。

这时候,但见离地五尺排列在空中的人们,相貌和服装非常美丽,令人吃惊。他们带来一辆飞车。这车子能够在空中飞行,车顶上张着薄绸的盖。这些天人之中有一个大将模样的人,走出来叫道:"造麻吕,到这里来!"

刚才神气活现的竹取翁,现在好像喝醉了酒,匍行而前,拜倒在地。天人对他说道:"你好愚蠢啊!因为略有功德,所以我们暂时叫辉夜姬降生在你家。至今已有很长时间,而且你又获得了许多金子。你的境遇不是已经大大地好转,和以前判若两人了么?这辉夜姬,由于犯了一点罪,所以暂时叫她寄身在你这下贱的地方。现在她的罪已经消除,我来迎接她回去。所以你不须哭泣悲叹。来,快快把辉夜姬还出来吧!"

老翁答道:"你说暂时叫辉夜姬降生在我家。可是我将她扶养成长,至今已有二十多年。大概你所说的辉夜姬,一定是降生在别处的另一个辉夜姬吧。"

他又说:"我这里的辉夜姬,现在患着重病,躺在那里,绝不能出门。"

天人不回答他,却把那飞车拉在老翁家的屋顶上,叫道:"来!辉夜姬啊!不要只管住在这种污秽的地方了!"

这时候,以前关闭的门户,都自动地打开,窗子也都自己敞开了。被老婆婆紧紧地抱着的辉夜姬,此时翩然地走出来。老婆婆想拉住她,无论如何也拉不住,只得仰望而哭泣。老翁无可奈何,只是伏地号啕。

辉夜姬走近老翁身旁,对他说道:"我即使不想回去,也必须回去。现在请您欢送我升天吧。"

老翁说:"我这样悲恸,怎么还能欢送?你抛撇了我这老人而升天,叫我怎么办呢?还是请你带了我同去吧。"说罢哭倒在地。辉夜姬烦恼之极，不知怎样才好。

后来她对老翁说："那么，让我写一封信留在这里吧。你想念我的时候，就请拿出这封信来看看。"说罢，便一面啜泣，一面写信。她的信上写道：

"我如果是同普通人一样地生长在这国土里的人，我一定侍奉双亲直到百年终老，便不会有今日的悲恸。然而我不是这样的人，必须和你们别离，实在万分遗憾！现在把我脱下来的衣服留在这里，作为我的纪念物。此后每逢有月亮的晚上，请你们看看月亮。唉！我现在舍弃了你们而升天，心情就像落地一样。"

于是有一个天人拿一只箱子来，箱子里盛着天的羽衣。另有一只箱子，里面盛着不死的灵药。这天人说："这壶中的药送给辉夜姬吃。因为她吃了许多地上的秽物，心情定然不快，吃了这药可以解除。"便把药送给辉夜姬。辉夜姬略微吃了一点，把余下的塞进她脱下来的衣服中，想送给老翁。但那天人阻止她，立刻取出那件羽衣来，想给她穿上。

辉夜姬叫道："请稍等一会！"又说："穿上了这件衣服，心情也会完全变更。现在我还有些话要说呢。"她就拿起笔来写信。天人等得不耐烦了，说道："时候不早了！"辉夜姬答道："不要说不顾人情的话呀！"便从容不迫地写信给皇帝。信上写道：

"承蒙皇帝派遣许多人来挽留我的升天，但是天心不许人意，定要迎接我去，实在无可奈何。我非常悔恨，非常悲恸。以前皇帝要我入宫，我不答应，就因为我身有此复杂情节之故，所以不顾皇帝扫兴，坚决拒绝，实属无礼之极。今日回思，不胜惶恐之至。"末了附诗曰：

　　　　"羽衣着得升天去，

　　　　　回忆君王事可哀。"

　　她在信中添加壶中的不死之药,将其交与钦差中将。一个天人便拿去送给中将,中将领受了。同时,这天人把天上的羽衣披在辉夜姬身上。辉夜姬一穿上这件羽衣,便不再想起老翁和悲哀等事,因为穿了这件羽衣能忘记一切忧患。辉夜姬立刻坐上飞车,约有一百个天人拉了这车子,就此升天去了。这里只留下老公公和老婆婆,悲叹号哭,然而毫无办法了。旁人把辉夜姬留下的信读给老翁听。他说:"我为什么还要爱惜这条命呢? 我们还为谁活在这世间呢?"他生病了,不肯服药,就此一病不起。

　　中将率领一班人回到皇宫,把不能对天人作战和不能挽留辉夜姬的情况详细奏明,并把不死之药的壶和辉夜姬的信一并呈上。皇帝看了信,非常悲恸,从此饮食不进,废止歌舞管弦。

　　有一天,他召集公卿大臣,问他们:"哪一座山最接近天?"有人答道:"骏河国的山,离京都最近,而且最接近天。"皇帝便写一首诗:

> "不能再见辉夜姬,
> 　安用不死之灵药。"

他把这首诗放在辉夜姬送给他的不死之药的壶中,交给一个使者。这使者名叫月岩笠。皇帝叫他拿了诗和壶走到骏河国的那座山的顶上去。并且吩咐他:到了山顶上,把这首御著的诗和辉夜姬送给他的不死之药的壶一并烧毁。月岩笠奉了皇命,带领大队人马,登上山顶,依照吩咐办事。从此之后,这个山就叫做"不死山",即"富士山"。这山顶上吐出来的烟,直到现在还上升到云中,到月亮的世界里。古来的传说如此。

伊势物语

丰子恺　译

第 一 话

从前有一个男子,方始束发加冠之年,因在奈良都春日野附近的乡村中有自家的领地,所以到那地方去打猎。在这乡村里,住着高贵而美貌的姐妹两人。这男子就在墙垣的隙缝中窥看她们。想不到在这个荒凉的乡村里,无依无靠似的住着这么两个美人,他觉得奇妙,心中迷惑不解。就在自己的猎装上割下一片布,在布上写了一首歌,送给这两个女子。此人穿的是信夫郡出产的麻布制的猎装。歌曰:

> "谁家姐妹如新绿,
> 使我春心乱似麻。"

年纪还很轻,而说话全是大人口气。

那两个女子,大概也觉得这样地咏歌是富有趣味的吧。

从前有一首古歌:

> "君心何故如麻乱,
> 我正为君梦想劳。"

上文的歌,是巧妙地运用这古歌的意思吟成的。

从前的人,虽然年纪很轻,就会试行即兴地表现风流情怀。

第 二 话

　　从前有一个男子,在那时候的奈良都,当地居民已经迁走;这新的平安都,家屋还没有建设完整。有一个女子住在这新的西京。这女子的性情和容貌,都比世间一般女子优秀。而且除了容貌美丽之外,另有一种高雅的气品。此人似乎已有情郎,并非至今还独身的。这男子对她有真心的爱,去访问她,谈了种种话。回去之后作何感想呢? 他送了她这样一首歌,时在三月初头,正是春雨连绵的日子:

　　　　　"不眠不坐通宵恋,

　　　　　　春雨连绵整日愁。"

第 三 话

　　从前有一个男子,他把一些制鹿尾菜[1]用的海藻送给他所恋慕的女子,附一首歌:

　　　　　"若教能免相思苦,

　　　　　　枕袖卧薪亦不辞。"

　　这是二条皇后尚未侍奉清和天皇而还是普通身份的女子时的事。

───────────

〔1〕 日语鹿尾菜与枕袖发音相似。

第 四 话

从前,皇太后住在东京的五条地方,其西边的屋子里住着一个女子。有一个男子,并非早就恋慕这女子的,只因偶然相遇,一见倾心,缠绵日久,终于情深如海了。不意那年正月初十过后,这女子忽然迁往别处去了。向人打听,得悉了她所住的屋子。然而这是宫中,他不能随便前往寻访。这男子就抱着忧愁苦恨之心度送岁月。

翌年正月,梅花盛开之际,这男子想起了去年之事,便去寻访那女子已经迁离了的西边的屋子,站着眺望,坐着凝视,但见环境已经完全变更。他淌着眼泪,在荒寂的屋檐下,横身地面上,直到凉月西沉,回想去年的恋情,吟成诗歌如下:

"月是去年月,春犹昔日春。

我身虽似旧,不是去年身。"

到了天色微明之时,吞声饮泣地回家去。

第 五 话

从前有一个男子,他和住在东京的五条地方的一个女子私通。本来是未得父母许可的偷情,所以不能公然地走进门去,而是从乡间孩子们踏破了的泥墙的缺口处爬进去。这地方本来不大有人看见,但次数多了,女子的父母有了风闻,便在这恋爱的通路上每夜派人值班戒备。那

男子去访,不能逢到所恋的女子,只得折回。他悲戚地咏这样一首歌:

> "但愿墙阴巡守者,
>
> 连宵瞌睡到天明。"

那女子闻知了,怨恨父母无情。但是后来,父母大约是可怜他们吧,允许他们会面了。

第 六 话

从前有一个男子,他和一个绝不能公开结婚的女子私通,持续了好多年。这女子也并不嫌恶这男子。因此这男子终于和女子约通,在某一天黑夜里把她偷出来,相偕逃走了。他们沿着一条名叫芥川的河的岸边走去,女的看见路旁的草上处处有露珠闪闪发光,便问男的:"那些是什么东西呢?"然而前途辽远,而且夜已很深,因此男的没有答话的余裕。

这期间忽然雷声轰响,大雨倾盆。男的看见这地方有一所荒芜了的仓屋,不知道这里面有鬼,把女的隐藏在屋里了,自己拿着弓,背着箭壶,站到门口。他一心希望天快点亮才好。这期间鬼早已把女子一口吞食。那女子大叫一声"啊呀!",然而这声音被雷声掩盖,男的没有听到。

好容易雷雨停息,天色渐明。男的向仓屋中一看,不见了他所带来的女子。他捶胸顿足地哭泣,然而毫无办法了。于是他咏诗一首:

> "问君何所似,白玉体苗条。
>
> 君音如秋露,我欲逐君消。"

　　说明：这是二条皇后在她的当女御的堂姐宫中当侍从时的事。这二条皇后气品高尚，容貌美丽，因此有一个人背负了她，逃出宫去。她的哥哥堀河大臣藤原基经及其长子国经大纳言，那时候身份还低微，这一天进宫去，在途中听见一个女子痛哭的声音，便把她唤回来，一看，原来这女子是他的妹妹，便把她带了回去。前文说有鬼，便是暗指此事。这时候这二条皇后年纪还轻，还是普通人身份。[1]

第 七 话

　　从前有一个男子，他在京都住不下去了，便迁居到遥远的东国去。道经伊势和尾张之间的海岸时，眺望雪白的波浪，咏歌如下：

> "追思往昔哀愁重，
> 浪去重回羡慕深。"

第 八 话

　　从前有一个男子，他认定自身在京都是个无用之人，不想再住下去，便希望到寂寥的东国去找求自己可住的土地，出门旅行去了。他在途中眺望信浓国的浅间岳上升起的烟云，咏歌如下：

---

　　〔1〕"堂姐女御"——藤原良房的女儿明子，是文德天皇的女御，清和天皇的母后。
　　这物语是想象性的。《国史大辞典》中说："在原业平看见良房欲将高子（二十二岁）送入宫中去当清和天皇（十四岁）的后室，欲设法拦阻，便和高子私通，诱她到五条宫来，出奔宫外。基经（良房之养子、高子之兄）等大怒，把业平的发髻剪去，驱逐到东郡。"——原注

> "信浓山下青烟起，
>
> 远国行人入眼愁。"

　　原有一两个朋友相偕一同旅行，然而没有一个人能充当赴东国的领路人，前途茫茫地一路行去，信步走到了三河国的一个叫做八桥的地方。

　　这八桥地方，河水正像蜘蛛的脚一般分流，河上架着八座板桥，因此名为八桥。水边的树荫之下，有一伙人下马坐地，嚼着乏味的干饭。水边有美丽的燕子花迎风招展地开着。其中有一个人看见这花，说道："我们用和歌来吟咏旅途的心情吧。"他就吟道：

> "抛却衣冠与爱侣，
>
> 远游孤旅好凄凉。"

　　于是诸人心中都涌起思念京都的恋情，流下泪来。膝上的干饭被眼泪润湿了。

　　自此继续旅行，来到了骏河国。

　　他们向着那有名的宇津山行进。眺望前途，但见此后即将步入的山路上，树木繁茂，天光阴暗，道路渐渐狭小，外加茑萝藤蔓繁生，使人不知不觉地胆怯起来，觉得这真是意想不到的穷途。

　　此时，对面有一个山中隐士走来，叫道："你们为什么走到这深山中来？"诸人吃了一惊，仔细看看，这山中隐士原来是在京都时曾相识的。于是写了一封信给片刻不忘的都中的恋人，托这山中隐士设法送去。

　　信中有歌曰：

"寂寂宇津山下路,

征夫梦也不逢人。"

仰望富士山,在这炎暑的五月中,顶上还盖着白雪。便咏歌曰:

"富士不知时令改,

终年积雪满山头。"

这富士山,如果拿都中的山来比较,其大小足抵得二十个比睿山。形状像个晒盐的沙塚,实甚美观。

再继续旅行,来到武藏野和下总交界处的大河边。大河名叫隅田川。

这男子和人们一起站立在河岸边,回想过去,好容易来到这遥远的地方。正在亲切地共话之时,一个船夫叫道:"喂,请你们快上船吧,天已经黑了呢!"被他一催,大家都上了船。然而大家满怀旅愁,在抛舍了的京都中,毕竟都有难忘的人,因此各人都在心中愁叹。

正在这时候,忽见一只白色的水鸟,在水上游来游去捕鱼。这水鸟全身雪白,只有嘴和脚红色,身体有鹬鸟那么大。在京都看不到这种鸟,因此没有一个人知道这是什么鸟。这男子便问船夫,船夫答道:"这就是那个……那个叫做都鸟的呀。"男子便咏诗道:

"都鸟应知都下事,

我家爱侣近如何?"

船里的人听了这诗歌,都流下泪来。

第 九 话

从前有一个男子,流浪到武藏国地方,和当地的一个女子发生了爱情。女子的父亲说要把女儿嫁给别的男子;母亲呢,一心想找求一个品性良好而身份高贵的女婿。这是因为父亲本是普普通通的人,而母亲则是当时有名的藤原氏血统的女子。因此之故,母亲希望把这个上品的从京都流浪来的男子招为女婿。她就写了这样一首诗歌,送给未来的女婿。这人家所住的地方,叫做入间郡吉野里:

"吉野田中雁,忠诚一片心。

也知怜上客,翘首向君鸣。"

于是未来的女婿答诗道:

"吉野忠诚燕,声声向我鸣,

我心非木石,永远不忘情。"

这男子来到这遥远的乡村里,也不断地逢到这种风流事。

第 十 话

从前有一个男子,旅行到了东国地方,旅途中吟一首诗,寄给京都的

朋友,诗曰:

> "虽隔云程路,两情永不忘。
> 愿如天际月,常出自东方。"

第十一话

　　从前有一个男子,他偷偷地把人家的一个女儿诱拐出来,带着她逃到了武藏野。这男子不能说是真正的盗贼,然而这毕竟是盗贼的行为,因此当地的巡逻者把他抓住了。这男子是在把女子隐藏到草丛中以后自己逃出来才被抓住的。有几个人不知道男子已被抓住,继续到路上来寻找。他们说:"这原野中一定有盗贼躲着。"想把草丛烧着,以便赶他出来。隐在草中的女子听到了,唱出一首诗歌:

> "今朝请勿烧枯草,
> 我与情郎伏草中。"

　　人们听见了歌声,便把女子抓住,和以前抓住的男子一并拉了回去。

第十二话

　　从前有一个流浪到武藏野尽头的男子,写一封信给他从前亲近的一个京都女子,信中写道:"明言难为情,不言不放心。我好苦闷也。"下面署名只是"独身的鳏"数字,此后便音信全无了。那京都女子咏了这样一首诗寄给他：

> "既将心相许，此外复何求？
> 无信心悲戚，有书亦惹愁。"

男子看了这诗，觉得痛苦不堪，便咏了如下的诗：

> "有信君多语，无书我如仇。
> 人生当此际，一死便甘休。"

第十三话

从前有一个男子，无端地流浪到遥远的陆奥国地方。这地方有一个女子，大概她认为京都的男子是可贵的吧，一直对他表示恋慕的态度，咏诗曰：

> "切莫殉情死，应同蝶舞双。
> 平生欢聚处，无限好风光。"

这女子不但人品粗俗，连所咏的诗歌也乡气。但这男子大概是可怜她吧，竟来到她家里，和她共衾同枕了。天还没有亮，男子就起身要回去。女子便咏惜别的诗：

> "恶鸡啼夜半，催走我情郎。

待到天明后,定将水桶装。"

但这男子不管她,过了若干时,终于回京都去了。临行时写一首诗送给女子:

"青松生草野,不解化人身。
安得同车去,相将赴上京?"

但那女子不懂得诗的意义,高兴得很,常常对人说:"他在想念我。"

第十四话

从前有一个男子来到奥州,和一个毫不足取的人家的女儿私通了。说也奇怪,这女子完全不像一个乡下姑娘,似乎是有来历的。他就咏诗道:

"何当潜入君心里,
窥见灵台底奥深。"

那女子觉得这男子的人品和诗歌都无限优美,然而此身住在这毫不足道的野蛮地方,无可奈何,谦抑为怀,不敢和诗。

第十五话

　　从前有一个叫做纪有常的人,曾经侍奉三代天皇,享受过荣华的日子。但到了晚年,随着时势的推移和权力的变迁,渐渐不遇,零落到了比普通宫廷人员还不如的地位。他的人品优美高尚,爱好风雅,不同凡俗。虽然生活贫困,还是怀着从前荣华时代的心情,不懂得处世之道。因此,和他常年相伴的妻子对他的爱情淡薄起来,终于出家为尼,移居到以前就当尼姑的姐姐那里去了。

　　这女人的性格如此,所以有常和她表面上虽然至今不曾真心地亲睦相处,然而到了她要出家的时候,回想起长年的往昔,不免发生哀愁之感。他想有所表示,但因贫乏,饯别也办不到。考虑的结果,写一封信给近来亲近的朋友,信中写道:"因此之故,我妻终于出家了。我连表示一点心迹也办不到,就此送她出去,不胜遗憾之至。"末了附一首歌:

　　　　　　"结发共处情长久,
　　　　　　屈指于今四十春。"

　　朋友看了这封信,觉得可怜,便给他送去许多衣服和被褥,附诗歌一首如下:

　　　　　　"共处长年过四十,
　　　　　　夫人几度感君情?"

有常大喜,咏诗道:

> "羽衣应是君家物,
> 下赐荆妻不敢当。"

他以不胜感谢之情,又加咏一首:

> "秋来霜露浓如许,
> 感激涕零袖不干。"

第十六话

有一个长久不曾来访的人,在樱花盛开的时候来看花了。附近人家的女主人咏一首歌送给他:

> "樱花自昔易消散,
> 今朝留待偶来人。"

这来客回答她一首歌道:

> "今朝过后飘香雪,
> 不会消融定是花。"

第十七话

　　从前有一个性情有些浮躁的女人,她家附近住着一个男子。这女子设想那男子是好色而善于吟诗的,想试试他的风情看,便折取一枝稍稍开过了的菊花送给他,添附一首歌道:

　　　　　"白菊原来同白雪,
　　　　　　如今衰退泛红晕。"

　　这客人和她一首歌道:

　　　　　"白菊泛红如蒙雪,
　　　　　　折花人袖正如花。"

第十八话

　　从前有一个男子,此人和在宫中任职的某贵妇人家的一个侍女相亲爱,但不久两人就分别了。然而同在一个地方当差,所以女的每天看到这男子。可是这男子竟莫知莫觉,似乎不知道那女子是在这里的。女子便咏一首歌送给他:

　　　　　"可怜疏隔云天远,
　　　　　　注目遥看欲语难。"

男子和她一首道：

"去来倏如行云过，

只为山中有暴风。"

这是表示怀恨。因为这女子原是一个风骚女子，有着许多情郎。

第十九话

从前有一个男子，看见一个住在大和国里的女子，寄与相思，互相订交，成了夫妇。在同居期间，男的因为是在宫中供职的，不能常住在此，便别却这女子，回京都去了。时在暮春三月，此人在归途中看见柔嫩的枫树红而美，便折取一枝，添附在一首歌上，从途中托人送给这大和的女子，歌曰：

"为汝一枝亲手折，

春红凄艳似秋枫。"

此人回到了京都，这女子派使者送他一首和歌：

"何时移变成秋色？

料想君家无有春。"

第二十话

　　从前有一个男子和一个女子,两人情投意合,世无伦比,一向毫无浮薄之心。但不知怎的,为了秋毫之末似的一点儿感情冲突,那女子感到夫妇生活的痛苦,决心脱离家庭。她临行时在室中某处题了这样的一首歌:

　　　　　　"出走人言心轻率,
　　　　　　　闺房隐事有谁知。"

然后出走了。那男子看到了她遗留着的歌,怪她为什么要这样,左思右想,无论如何也想不出其理由来。他啼啼哭哭地走到门口,向这边望望,向那边望望,不知道应当到哪里去找她。没有办法,只得回进屋里,咏了这样一首歌,沉入深思中了:

　　　　　　"相望相思空自苦,
　　　　　　　莫非怪我早离心?"

接着又咏一首歌道:

　　　　　　"离家是否还思我?
　　　　　　　面影长留我眼前。"

此后这女子一直不回家来。但是日久以后,大约是忍不住了吧,咏了这样一首歌托人送来:

"久别终当思旧梦,

莫叫忘草植君心。"

那男子就回答她一首歌:

"闻道卿心栽忘草,

浑忘旧怨我心安。"

不久这女子就回来,夫妇之间的感情比以前更加深切了。但那男子咏歌道:

"恐君又将遗忘我,

比昔离居更可悲。"

那女子回答他一首歌,诉说她的苦心。歌曰:

"我欲投身云海外,

销声灭迹免君疑。"

不久,两人各自另外找到了配偶,又疏远了。

第二十一话

从前有一个女子，并无什么缘故，和男子断绝了关系。然而还是不能忘情，咏一首歌曰：

> "人虽可恨终难忘，
> 一半恩情一半仇。"

她把这首歌折好，放在家里，然后出走了。既而又想：不知男的有否看到这歌，我原是想惩戒他一下的。便再咏一首诗曰：

> "不作巫山会，神交自怡悦。
> 犹如岛旁水，既分终当合。"

这天晚上她就回家去，和男的共衾同枕了。寝后两人交谈过去未来之事，直到天明。男的诚恳地咏一首诗：

> "但愿秋宵永，千宵并一宵。
> 八千宵共度，别恨始全消。"

女的回答他一首歌：

> "纵使千宵成一夜，

谈情未了晓鸡鸣。"

男的觉得这女子比以前更加可爱了，便继续和她做夫妻。

第二十二话

从前，有一个在农村耕作度日的人，家里有一个男孩。这男孩和邻家一个女孩为游钓伴侣，常在井户旁边一起玩耍。但是随着年龄的长大，男的和女的逐渐疏远，相见时都觉得难为情了。然而男的决心要娶这女子，女的也倾心于这男子，父母们向他们提出别的亲事，他们听也不要听。

有一天，男的咏了这样一首诗送给女的：

"当年同汲井，身似井栏高。

久不与君会，井栏及我腰。"

女的和他一首诗道：

"当年初覆额，今日过肩身。

此发倩谁结？除君无别人。"

后来两人终于如意称心地结婚了。

过了若干年月，女子的父母都死了，生计渐渐困难。女的无可奈何。男的以为既然身为男子，不能和女的一起度送清苦的生活，便到各处去经商。这期间他在河内国的高安里地方结识了第二个恋人。

　　虽然如此,本来的妻子对他并不表示怨恨之色,每次总是热心地替他准备行装,送他出门。于是男的起了疑心:莫非这女子有了外遇,所以巴不得我出门? 有一天,他装作赴河内去,却躲在庭中的树荫里窥探情况。但见这女子浓妆艳饰,愁容满面地站在门口向外眺望,吟唱这样的诗句:

> "立田山下终朝寂,
> 暗夜夫君独自行。"

　　男的听到了这诗句,觉得这女子无限地可怜,此后极少到河内去了。

　　有一次,他又到河内高安里那女子的家里,但见她不像从前那样装扮得齐齐整整,而且没精打采地把头发胡乱卷起,拉长了面孔,变成一个令人讨厌的女子,正在自己拿着勺子把饭盛进碗里去。男子看到了这模样,觉得无聊之极,此后不再到她那里去了。

　　于是这高安里女子向大和方面遥望,吟诗曰:

> "欲向生驹山,遥望大和国。
> 山雨带云来,勿隐山形迹。"

　　她唉声叹气地等待,希望这大和男子会再来;她满心欢喜地等待,但每次都是空欢喜。于是又吟诗曰:

> "夜夜望君来,不见君形影。
> 徒怀空欢喜,恋恋待日暝。"

男的终于不再来访了。

第二十三话

从前有一个男子,和一个女子住在偏僻的乡间。男的说要到京都去入宫供职,向女的依依不舍地告别,出门去了。一去三年,音信全无。女的等得十分厌烦。这时候有一个人亲切地来慰问她。这女子被他的诚意所感动,便同他订约:"那么今晚我们相会吧。"但是这天晚上,前夫突然回来了。他敲门,叫道:"把门儿开开!"但女的不开门,咏了一首歌塞出去给他:

"坐待三年音信杳,

只今另抱琵琶眠。"

男的回答她一首诗曰:

"弓有各种弓,人有各种人。

请君爱此人,似昔我爱君。"

他想走了,女的答他一首歌曰:

"不管他人容我否,

我心自昔只依君。"

　　但男的径自回去了。女的满怀悲恸去追他,但追不着,在清水流着的地方跌倒了。她就咬破手指,用血在那里的岩石上写一首诗道:

　　　　"不解余心素,离家岁月迁。
　　　　留君君不住,我欲死君前。"

　　这女子就在那地方徒然地死去了。

第二十四话

　　从前有一个男子,恋慕一个女子。这女子不愿意和他同居,但并不坚决谢绝,却用言语举动来暗示。男的便送她一首诗曰:

　　　　"秋晨行竹籔,两袖露滂沱。
　　　　不及孤眠夜,衣襟热泪多。"

　　这风流女子回答他一首诗曰:

　　　　"我身非俗物,君岂不知情。
　　　　夜夜空来往,怜君太苦辛。"

第二十五话

　　从前有一个男子,恋慕一个住在五条地方的女子,然而最终不能到手。他的朋友同情他，来安慰他说："听说你最终不能得到那个女子，我很同情你呢。"

这男子咏一首诗来回答这朋友，诗曰：

"不料君相慰，感恩涕泪流。

流多如海岸，潮涌大唐舟。"

第二十六话

从前有一个男子，到一个女子家里只宿一夜，不再去了。女子的母亲非常愤怒，等女儿早上起来盥洗的时候，走过去拿起她盖在脸盘上的竹席子，把它丢掉了。女儿哭起来。她无意中看见哭泣着的自己的面貌反映在水盘里，就咏一首诗：

"唯我多愁思，人间无等伦。

岂知清水下，更有一愁人。"

那个不再来的男子听到这首诗，和她一首道：

"青蛙无友谊，也解共同鸣。

照影盆中者，多半是我身。"

第二十七话

从前有一个女子，厌恶她的男子，出家而去。男的无可奈何，咏了这样一首歌：

"山盟海誓应犹在，
何故相逢似此难？"

第二十八话

从前，皇太子的母后的宫女[1]在樱花贺宴上招待许多官人的时候，有一个近卫府的官人[2]咏了这样一首诗：

"年年花共赏，常恨太匆匆。
今岁看花日，此情特别浓。"

第二十九话

从前有一个男子，咏了这样一首歌，送给他偶然遇见过一次的女子：

---

〔1〕 皇太子的母后的宫女，乃暗指清和天皇的宫女，即二条的皇后高子。——原注
〔2〕 近卫府的官人，近卫是宫中的武官。乃暗指在原业平。——原注

> "相见匆匆如短梦，
>
> 君心虽苦似长绳。"

第三十话

从前，有一个男子在宫中，经过一个身份相当高的宫女的房间门口时，听见这宫女在说话：

"好吧！忘记了我而专向别人通情的男子，不久就要像草叶一般枯死在霜露之下，我也只得冷遇他了。"

她大约是有所怨恨而说这话的。这男子听见了这话，即刻咏诗曰：

> "我身无罪您，谴责太无情。
>
> 不久君被弃，心头忘草生。"

这宫女听见了这首诗，觉得可憎。

第三十一话

从前看一个男子，曾经和一个女子亲切地立下盟誓，但是隔绝了好几年。他咏一首诗曰：

> "旧日恩情重，往来密似梭。
>
> 安能今返昔，欢叙似当初。"

那女子大约没有发生什么感情吧,连答诗也没有给他。

第三十二话

从前有一个男子,和住在摄津国菟原郡的一个女子通情。这女子察知这男子正在考虑,今后倘回京都去,大概不会再到这地方来,她就怨恨这男子无情。男的咏了这样一首诗送给她:

"可恨情难忘,思君多苦辛。
形同石矶岸,芦密满潮生。"

女的回答他一首歌道:

"君心深似江湾水,
舟楫如何测得来?"

一个乡下女子咏这样的歌,是好的呢,还是坏的呢?总之是无可非难的吧。

第三十三话

从前有一个男子,咏了这样一首诗,送给一个无情的女子,诗曰:

"欲说无由说,不言心更焦。

此时情绪恶,愁叹到深宵。"

这是真正难于忍受而咏的诗吧。

第三十四话

从前有一个男子,由于漫不经心,和一个所欢的女子断绝了往来,咏了这样一首诗送给她:

"巧结系明玉,虽宽永不松。

犹如君与我,别后必重逢。"

第三十五话

从前有一个男子,长久不去访问所欢的女子了。这女子怀恨在心,推想他如此疏远,大概是已经忘记我了吧。那男子就咏了这样一首诗送给她:

"蔓草生幽谷,连绵上顶峰。

两情长好合,应与此相同。"

第三十六话

从前有一个男子,和一个多情女子相亲爱。他看见这女子如此风骚,颇有些不放心,便咏了这样一首诗送给她:

"君如牵牛花,未晚即变色。

勿为外来人,漫解裙带结。"

那女子回答他一首诗道:

"共绾合欢带,同心结已成。

除非君欲解,不把带轻分。"

第三十七话

从前有一个男子,因为他所亲爱的朋友纪有常到别处去,久不归来,便咏了这样一首诗送给他:

"久待无消息,翘盼多苦心。

世人谈恋爱,恐是此心情?"

纪有常回答他一首诗如下:

"平生无恋爱,不解此中情。

不料君相问,安能指教君?"

第三十八话

从前有一位西院天皇,他的皇女名叫崇子。

这皇女死了。举行葬仪的晚上,住在宫邸邻近的一个男子,想看看送葬的仪式,搭在一辆女车中出发了。

等候了很长的时间,灵柩的车子还不出来。这男子只是表示了哀悼之意,不想参观了,便准备回去。这时候,天下有名的滑稽家源至也来参观。他看见这边的车子是女车,便走近去,说些调笑的话。源至最爱看女人,便拿些萤火虫投进女车中去。

车中的女子想:萤火的光,照不见我们的姿态吧,想把萤火虫赶出去。这时候同乘的那个男子就咏一首诗送给源至,诗曰:

"柩车深夜出,断送妙龄人。
可叹灯油尽,愁闻哀哭声。"

源至回答他一首诗曰:

"柩车行渐远,忍听哭号啕。
不信芳魂游,也同灯火消。"

作为天下第一的滑稽家的诗歌,未免太平凡了吧。

第三十九话

从前有一个男子,爱上了他母亲使唤着的一个姑娘,一个相貌不很难看的少女。但他的母亲是一个精明的人,担心着长此下去,两人互相思慕,也许会变成不能分离的关系,便想把这少女遣送到别处去。她心中虽然这样想,但是暂时不动,看看样子再说。

这男子原是个孝顺儿子,没有反对父母的勇气,不能阻止母亲的行事。那少女是卑贱的仆役身份,当然没有抗拒主人命令的力量。在这期间,两人的相思愈加深切起来,于是母亲连忙驱逐这少女。那男子流着血泪叹息,没有办法挽留她。不久这少女被人带着出门去了。她咏了一首歌,托送她的人带回来给那男子:

　　　　　"欲知送我行何处,

　　　　　　森森泪川无尽时。"

男的看了,哭哭啼啼地咏一首歌道:

　　　　　"昔时相恋无穷苦,

　　　　　　今日分离苦更多。"

咏罢之后便断气了。母亲看到了,非常吃惊。她平日看这儿子不起,常常喋喋不休地骂他,想不到竟闹出这样的事情来。但儿子确已断气,母亲慌张不堪,连忙求神拜佛。结果是当天傍晚断气,到了次日黄昏戌时才苏醒过来。

从前的青年,如此拼着性命热衷于恋爱。当世年长的人,也不能有这样纯洁的至情。

第四十话

从前有姐妹两人，一人的丈夫身份低微而家道贫困，另一人则嫁了一个身份高贵而财产丰厚的丈夫。丈夫身份低微的那个女子，于十二月三十日，为了丈夫没有新年穿的新衣，无可奈何，只得把旧的外衣亲自浆洗。她原是很小心的，但因不惯于做这种苦工，浆的时候把这外衣的肩头弄破了。这女子毫无办法，只有哭泣。那个身份高贵的男子闻知此事，非常可怜她，立刻找出一件漂亮的绿色的外衣来，送给这女子，附一首歌曰：

"一样紫丹皆可爱，

一家姐妹本同根。"

古歌有云："紫丹开遍武藏野，一枝可爱万枝娇。"他那首诗想必是根据这古歌而作的。

第四十一话

从前有一个男子，他明知某女子性情风骚，却和她亲爱。但这女子也自有其长处，并不十分令人讨厌，所以这男子始终和她通情。然而因为这女子生性如此，所以他还是很不放心。但已经结了不解之缘，总是每晚去访。后来有两三天，因有事故，不曾去访，便咏了这样一首诗送给这女子：

> "君家常出入,足迹宛然留。
>
> 不悉分携后,有人重踏否。"

他因为怀疑这女子的心,所以咏了这样的诗送她。

第四十二话

从前有一位亲王,叫做贺阳亲王。这亲王可怜那些当差的女子,对待她们非常和蔼。因为如此,自然有许多优秀的侍女来服待他了。其中有一个特别引人注目的妙龄女子,男人们当然不能无动于衷。有一个最早和她通情的男子,以为这女子只有他一个情人,岂知并不如此,另有一个男子,在很久以前早已和她发生亲密的关系了。这男子闻知此事,写了一封异常痛恨的信给她,并在信中画一只杜鹃,附一首歌道:

> "杜鹃处处娇声啭,
>
> 可爱时多恨亦多。"

那女子为安慰这男子,回答他这样一首歌:

> "徒有娇声非取媚,
>
> 请君勿怨我多啼。"

这时候正好是杜鹃啼彻的五月中。男的便也回答她一首歌:

> "但得我乡声不绝,
>
> 飞鸣处处也无妨。"

第四十三话

　　从前有一个男子,他给一个将赴外地任职的人置酒饯别,把这人请到他家里来。因为两人是知己朋友,所以叫他的妻子也入座劝酒。并且送朋友一套女装衣服。此时主人咏一首诗,写在纸上,结在送朋友的衣服的腰带上。诗曰:

> "此日君当去,解袍为饯行。
>
> 祝君风帆顺,愿我也安宁。"

第四十四话

　　从前有一个富裕人家的女子,是在父母的宠爱之下成长起来的。她爱慕一个男子,想把心事告诉父母,但是不便开口。这女子终于生病了。到了濒死的时候,她才把如何恋慕的情况告诉了乳母等人。父母听到了,流着眼泪,派人去通知那个男子。然而这女子终于死了。于是男的立刻来到女子家里,无可奈何,只有为这女子服丧。

　　这正是六月底盛暑的时候。晚间演奏管弦乐,以慰女子的亡魂。夜深之后,凉风渐渐吹来。许多萤火虫乘着夜风在高空中飞行。那男子躺在席上眺望流萤,咏这样一首诗:

"流萤云际去,传告我仙姬:
　夜界秋风爽,芳魂请早归。"

接着又咏一首诗:

"夏日长难暮,荒居整日愁。
　无端悲思涌,瘦损两眉头。"

第四十五话

从前有一个男子,和一个朋友非常亲爱,互相怀念,一刻也不能忘记。但这朋友要到远方去旅行了,这男子无法挽留他,只得和他道别。过了若干时候,朋友从旅途中寄一封信来,信中说道:

"不知不觉之间,相别已历多时。足下能无相忘乎?思慕之情难堪,真乃可怜之至。原来人之性情,不论交谊何等深厚,阔别多年,势必两相遗忘也。"

这信中有怀恨之意。那男子便回答他一首歌:

"分携虽久无时忘,
　面影长留我眼前。"

第四十六话

从前有一个男子,恋慕一个女子,希望和她相会。但那女子一向闻

知这男子常常变心,所以每次都给他冷淡的回信。后来她咏了这样一首歌送给他:

　　　　　"闻道君家多粉黛,

　　　　　　钟情到我我无情。"

　　那男子回答她一首歌道:

　　　　　"粉黛虽多皆草草,

　　　　　　终当归结到君身。"

第四十七话

　　从前有一个男子,办了酒席给一个朋友饯行,但这朋友迟迟不来。他咏了这样一首诗:

　　　　　"盼待心焦灼,今朝我始知。

　　　　　　从兹访女友,一定不延迟。"

第四十八话

　　从前有一个男子,看见自己的妹妹正在弹琴,容貌非常美丽,便咏诗曰:

　　"柔嫩如春草,青青太可怜。

　　他年辞绣阁,知傍阿谁边?"

妹妹回答他一首诗道:

　　"将我比春草,斯言太不伦。

　　阿兄真可笑,信口作评论。"

第四十九话

　　从前有一个男子,他所认识的一个女子怨恨他,说他浮薄。他也怨恨那个女子,说她自己才是浮薄,送她一首歌道:

　　"浮薄女郎如有信,

　　百枚鸡卵可堆高。"

那女子回答他一首诗道:

　　"朝露虽消散,尚余几滴存。

　　茫茫浮世上,哪有万全人。"

男的又送她一首歌道:

　　"荡妇心情如可靠,

樱花经岁不凋零。"

女的再回答他一首诗道：

"若遇无情者，殷勤白费心。

犹如流水面，挥笔写书文。"

这男女两人互相计较浮薄，各不相让。所咏的想必是偷情赴约期间的心情吧。

第五十话

从前有一个人在庭院里的树木丛中种菊花。有一个男子为他咏一首诗：

"黄菊殷勤植，无秋不发花。

花虽易散落，根柢永含葩。"

第五十一话

从前有一个男子，他的一个亲爱的朋友，于五月五日端午节上，送他一些用菖蒲叶包成的粽子。他回敬他一只雉鸡，附一首歌道：

"君采菖蒲行沼地，

我为猎雉走荒郊。"

第五十二话

从前有一个男子,想和一个女子相会,总难成功,后来好容易成功了。两人罄谈胸中的积愫,直到报晓的鸡叫了。这男子便咏一首诗:

"何故鸡鸣早,残灯尚未消。
情长谈不了,还道是深宵。"

第五十三话

从前有一个男子,咏一首诗送与一个无情的女子,诗曰:

"现世无由见,除非梦里逢。
醒来襟袖湿,疑是露华浓。"

第五十四话

从前有一个男子,日来恋慕一个女子,但最终不能到手。他就咏这样的一首诗:

"芳情不属我,我已早灰心。
忽忆温柔语,希望一线存。"

第五十五话

从前有一个男子,恋慕一个女子,睡着也想她,起来也想她,终于不能忍受,咏这样一首歌:

"我袖虽非秋草荻,

泪珠如露湿通宵。"

第五十六话

从前有一个男子,恋慕一个身份高贵的女子,秘密不敢告人,但无论如何难于接近她。他就咏一首诗,托人送给这女子。诗曰:

"片面相思久,心中隐痛深。

如虫宿水藻,暗里自丧生。"

第五十七话

从前有一个不结人缘而好色的男子,在山城国乙训郡的旧都长冈地方,盖几间屋子居住着。他的贴邻,是某贵妇人之家,家中有十几个侍女。这是农村地方,有一天这男子吩咐仆人们到田间去割稻,对他们作种种指示。那些侍女看见了,故意和他开玩笑,嘲笑他道:"看呀,这个好色专家在干这种事情呢!"便成群地闯进他家里。这男子狼狈起

来,逃进里面的房间里去了。其中有一个侍女咏一首歌来嘲笑他,
歌曰:

"百年老屋荒凉极,

人影全无死气沉。"

于是大家在他家里坐下来。

那男子从里面房间里回答她一首歌道:

"蓬门败壁荒凉极,

鬼怪成群闯进来。"

侍女们对他说道:"来,请你走出来。我们帮你拾落穗去。"那男子回
答她们一首歌道:

"见说饥人欲拾穗,

我当相助赴田边。"

第五十八话

从前有一个男子,不知怎的厌恶都市生活,想从京都移居到东山去,
咏了这样一首诗:

"久厌京尘扰,今朝赴远方。

隐身山泽里,何处有云房?"

在这时候,这男子不知考虑什么重大心事,忽然差点断气了。旁人连忙在他额上浇些冷水,悉心看护,好容易把他救活。他就咏一首诗:

"醍醐灌我顶,额上露珠凝。

莫是天河畔,仙槎棹水淋?"

他终于没有死。

第五十九话

从前有一个男子,因为在宫中任职,事务繁忙,自然和他的妻子疏远了。另有一个男子对他的妻子说:"我是真心爱你的。"她就跟着他逃到远方去了。

后来,这男子当了天皇的敕使,到宇佐八幡宫去。闻知这女子已经当了接待敕使的吏目的妻子。这男子便对那吏目说:"我要请你家夫人来行酒,否则我便不饮。"这后夫无可奈何,只得叫他妻子捧了杯子到席上来侍酒。

这男子拿出酒肴中的一只橘子来,咏一首诗道:

"五月橘柑熟,闻香暗断肠。

当年红袖小,也有此浓香。"

那女子听了这诗,深悔当时愚昧无知、轻易出走,又深感此行可耻,就入山当尼姑去了。

第六十话

从前有一个男子,到筑紫国去,就住在那里了。

有一个女子在门帘里对另一个女子说:"此人是京中的色情家,又是有名的滑稽家呢。"这男子听见了,咏一首诗道:

> "此地河名染,渡河必染身。
> 我今来此地,染作色情人。"

那女子回答他一首诗道:

> "河水虽名染,染衣不染心,
> 君心原已染,莫怪染河深。"

第六十一话

从前有一个男子,为了宫中事务繁忙,长久不去访晤他所通情的女子。这女子想必是不很贤惠的,被一个毫不足道的人几句话所诱惑,逃到乡下去,屈身当了他乡人家的仆役。

有一次,这男子偶然到这乡下人家去借宿,这女子便到故夫面前来照顾生活。此时这女子身份降低了,像一般女仆那样用绢帕包着长长的头发,穿着一件织出远山景色的青布长袄,完全是女仆打扮。

到了夜里,这男子对主人说:"日间到这里来过的那个女人,请你叫她到这里来。"主人遵命,叫这女人出来。男子问她:"你还记得我么?"便咏一首歌道:

"樱花香色今何在?
剩有空枝向晚风。"

这女子觉得可耻,话也回答不出。男的问她:"为什么不回答我呢?"女子只是说道:"泪水涌出,眼睛也看不见,话也……"男的又咏一首歌:

"厌弃故人逃远国,
虽经年月恨长存。"

便解下身上的衣服来送给她。女的不受,就此逃走了。逃到什么地方,不得而知。

第六十二话

从前有一个年纪虽大而性情还是风骚的女子,她希望同一个以多情出名的男子相会,然而无法说出来。因此有一次她捏造出一种无稽的梦话,叫她的三个儿子到身边,讲给他们听。老大和老二回答她一些不好听的话。老三听了这梦,答道:"这一定是即将会见美男子的前兆。"老婆子听了这话非常高兴。

老三心中想:别的男子不足取,如果可能的话,叫她和在五中将业平相会吧。恰巧中将出来打猎,老三在路上碰到了他,便拉住他的马头,向他请求,说有这样的一个愿望。中将可怜这个老女,这天晚上便到她那里去住宿。

然而此后这老女天天等候,中将竟不再来了。老女便走到中将家门前,从垣间向内窥探。中将看见,咏一首诗道:

　　　　"百年如一岁,鹤发可怜生。
　　　　向我垂青眼,莫非有恋情?"

他立刻在马上加鞍,表示即将出门的样子。老女以为他要来访了,慌慌张张地走回家去,被田间的荆棘和枳壳刺伤身体也顾不得了,茫茫然地走回家里,非常疲劳,躺倒在席上了。

中将就像老女刚才所做的一样,站在垣外窥探,但见这老女等得心焦,唉声叹气,思量只得睡觉了,却咏一首诗道:

　　　　"席上铺衣袖,曲肱当枕茵。
　　　　恋人难再会,今夜守孤衾。"

中将听了这诗,觉得可怜,这天晚上便又在这老女家和她同衾。

人世常态,男女之间总要仔细考虑对方的老少美丑。厌恶老丑的人也很多。这在五中将却不讲究这种差别,可见他是一个心情欢畅的人。

第六十三话

　　从前有一个男子和一个女子，两人互有情书往还，然而不曾约期相会，密诉衷情。男的满怀怨恨，不管女的情况如何，咏了一首诗送给她：

　　　　　　　"轻身如有术，愿化作清风。

　　　　　　　吹入湘帘隙，向君诉苦衷。"

　　女的回答他一首诗道：

　　　　　　　"纵使清风细，虚空触手难。

　　　　　　　除非经许可，不得入湘帘。"

　　两人的交往止于如此。

第六十四话

　　从前，某天皇时代，有一个女子，是恩宠深厚的侍女，天皇特许她穿禁色的衣服[1]。这女子是天皇母亲的堂妹。有一个在殿上供职的男

---

　　〔1〕　从前的皇宫中，有几种颜色的衣服，只准天皇及皇族等穿着，臣下不得服用，即深紫、深红、暗红等，名曰禁色。

子,自称姓在原的,年纪还轻,和这女子相识。因为他是个少年人,所以应许他在殿上妇女所住的房间里出入。有一次他来到这女子所住的房间里,和她相对而坐。这女子很狼狈,对他说道:"这成什么样子呢! 你这种行为,不是要使彼此身败名裂么?"那男子咏一首诗道:

> "莫得同欢会,相思苦不禁。
> 但能常相见,万死也甘心。"

他更无一点退避的样子。这女子就走出殿上的房间,回到自己卧室里去了。

殿上的房间,他尚且不怕,何况卧室里,他更加无所顾忌,被人看见也不管,来得更勤了。这女子无计可施,就回到娘家去了。

这男子想道:"不怕,这样反而方便。"便更加频繁地访问女子的家乡。外人闻知此事,都笑道:"世间果有这样恬不知耻的男子。"

这男子来到女子的家乡,住了一晚,次日一早回到殿中,不让早上打扫殿宇的执事人等看见,迅速地脱下自己的鞋子,一直丢进里面,表示他昨晚在此值宿,现在上殿来了。

他每天扮演这样的丑剧,却私下考虑:不久事情暴露,恐怕自己和那女子都要被视为无用之物而受免官处分、最终身败名裂吧。他便向神佛祈求:"如何是好呢? 请佛菩萨消除我这热狂的心情吧!"然而心情更加热狂起来,竟会无缘无故地涌起恋爱之情。

于是请几个阴阳师和神巫来,叫他们举行祓禊,求神明消除他的恋情。准备了祓禊需用的种种物品,来到加茂川上。岂知在祓禊中,痛苦反而更加增长,恋情比以前更加狂热了。他就咏一首诗:

　　　　　　"求神怜悯我，剜我色情肠。

　　　　　　却被神明误，色情反更强。"

便收拾回家去了。

　　此时的天皇，容姿端丽，每天早上修行，热心念佛，声音庄严清彻。
那女子听到了这声音，私下痛哭。心念如此尊严的君王，她自己不能悉
心侍奉，恐是前世作孽之故吧。受了那个少年的诱惑，行将身败名裂了。

　　这期间，天皇听到了这件事。这是应该处重刑的，但特地从宽，把那
男子流放到附近地方。那女子的堂姐，命令她从宫中退出，把她禁闭在
自己殿宇内的库房中，以示惩戒。这个为恋爱而消瘦了的女子，哭哭啼
啼地咏一首诗：

　　　　　　"小虫藏藻里，被刈自丧身。

　　　　　　今我亦如此，责己不尤人。"

她在禁闭中每天只是哭泣。

　　那男子还是忘不了她，每天晚上从流放地点偷偷地混进来，到那女
子禁闭的屋子旁边，专心一意地吹笛，并用优美的声音歌唱悲哀的歌曲。
女子闭居在库房里，听到这声音，知道是那个人，但是现在不能和他见面
了。她不敢出声歌唱，只是在心中默念一首诗：

　　　　　　"知汝关心我，辗轲多苦辛。

　　　　　　我身遭禁闭，半死半生存。"

那男子不得和女子相会,只得每夜到这里来,歌唱这样的诗:

"去也徒然去,归时空手归。

只因贪接近,来往百千回。"

第六十五话

从前有一个男子,因为在摄津国地方有自己的领地,所以和弟兄及朋友们一起到摄津附近的难波方面去游玩。他看见洲渚近旁有许多船舶来来往往,便咏诗道:

"今朝来海岸,放眼看舟行。

各浦千帆走,形同厌世人。"

同行诸人听了这首诗都很感动,不能再咏别的诗歌,就此回家去了。

第六十六话

从前有一个男子,为了想散心,约了几个相好的朋友,于二月中到和泉国去游玩。在途中眺望河内国的生驹山,但见峰峦忽隐忽现,白云来去变化,一刻也不停顿。早晨是阴天,过午就放晴。仔细一看,春雪还积压在树梢,皑皑发白。看了这景色,同行诸人中只有一个人咏诗:

"山中花上雪，二月未消融。

恐被游人见，白云日日封。"

第六十七话

从前有一个男子，约了朋友到和泉国去旅行。途经摄津国、住吉乡、住吉浜等地方，看见风景实在美丽，便下马步行，以便仔细欣赏。同行中有一人说："请你为这美丽的住吉浜咏一首诗吧。"他就咏道：

"燕叫黄花发，秋天景色优。

此浜名住吉，春日也宜留。"

别人听了这首秀美的诗都很感动，谁也不再咏诗了。

第六十八话

从前有一个男子，当了狩猎的敕使，来到伊势国地方。那时候有一位皇女在伊势神社中修行，她的母亲暗中关照她说："你必须比对待一般敕使更加热诚地招待他。"因此这修行的皇女特别亲切地对待他。

皇女早晨准备让这敕使出门去打猎。到了傍晚，特地请他回到她自己的殿宇内来泊宿。

在如此郑重地招待的期间，男子利用这时机，向这修行的皇女求爱，终于订了盟约。两人欢聚的第二日之夜，男的对女的说："我无论如何也要和你相聚。"女的虽然知道此身应该谨慎，但也不能坚决地拒绝他。

　　然而皇女修行的殿宇内,往来人目众多,两人最终不能相会了。只因这男子是敕使中的主要人物,所以他的寝室离内殿不远,自然和女人的闺房相近。因此女的等到四周的人寝静之后,约于夜半子时光景,悄悄地走进男子的房间里。这时候男子为了相思,不能成寐,开着门躺在席上,向门外眺望。但见朦胧的月光中,有人影出现。仔细一看,一个小孩站着,那女的就站在小孩后面。男的喜出望外,就引导她到自己的房间里来,从夜半十二时到三时左右,两人共寝。这期间不曾谈得一句话,女的就回去了。男的悲叹欢会太短,依旧不能成寐。

　　第二日晚上,男的一早就焦灼地等候她。然而这边不能派使者去催,只得眼巴巴地等着。到了天色将晓的时候,女的派昨天那个小孩送信来了。拆开一看,并无书文,只有一首歌:

> "君来我去难分辨,
> 梦耶真耶不可知。"

男的看了,非常悲伤,哭哭啼啼地咏一首答歌:

> "暗夜不分真或梦,
> 来宵重叙始能知。"

交给这小孩带回去,自己就出门去打猎了。

　　他身在田野中来来去去打猎,却心不在焉,只盼望今宵人静后早得欢会。可是真不凑巧,伊势的太守,兼任斋宫寮头目的人,闻知狩猎的敕使驾临,举行通宵的宴会来招待他。他不但不得欢会,又因敕使有预定的日程,次日非出发赴尾张国不可。于是男女两人都偷偷地悲叹流泪,不能再得欢会了。

天色渐明,男的正在准备出发的时候,女的派人送一只饯别的酒杯来,酒杯上写着一首歌的前一句:

"缘浅如溪能徒涉,"

男的连忙拿起松明烧剩的炭末,在酒杯内侧续写后一句:

"超山渡海约重来。"

不久天色大明,男的就走出国境,向尾张国去了。

第六十九话

从前有个男子,完成了狩猎敕使的任务而归去的时候,在伊势的大淀地方的渡口泊宿一宵。在此修行的皇女派几个使者来招待他,其中有以前相识的那个小孩。他就托这小孩带回一首诗:

"渔翁刈海藻,此藻名'相见'。
我思见伊人,欲请君指点。"

第七十话

从前有一个男子,当了天皇的敕使,到伊势参谒到此来修行的皇女。有一个在皇女处当差的女子,经常爱讲色情话的,偷偷地写了一首歌送给这敕使,歌曰:

"痴心欲看花都客,
神圣斋官跳得过。"

那男的回答她一首道:

"男女相逢神不禁,
多情倩女早来临。"

第七十一话

从前有一个男子,满怀怨恨地写信给伊势国的一个女子,说道:"原想再度与君欢会,岂知事与愿违,只得就此远赴他国了!"

那女子回答他一首诗道:

"伊势青松下,波涛日日来。
青松无怨色,波抱恨情回。"

第七十二话

　　从前有一个男子，他明知道自己的恋人住在这地方，然而非但无法和她谈话，连送一封信去也不可能。他只能在这附近彷徨，在心中相思，咏了这样的一首诗：

　　　　"举头能望见，伸手是虚空。

　　　　好似月中桂，高居碧海中。"

第七十三话

　　从前有一个男子，痛恨一个性情倔强的女子，咏了这样一首诗：

　　　　"非有高山隔，亦无峻岭遮。

　　　　如何望不见，愁叹向天涯。"

第七十四话

　　从前有一个男子，劝诱一个伊势国的女子，对她说道："你跟我一同到京都去，无忧无虑地度日子，不是好么?"那女的回答他的是这样一首诗：

　　　　"虽知生根松，依恋此茅屋。

但得常相见,我心已满足。"

她的态度比以前更加冷淡了。那男子咏一首歌送给她:

"莫非只要常相见,
不作巫山云雨仙?"

女的也送他一首歌:

"但须相见无时断,
绝妙风流是目成。"

男的又咏一首诗送给她:

"世上无情者,催人落泪珠。
日来襟袖上,泪水永滂沱。"

这个难于通情的女子,世间少有其例。

第七十五话

　　从前,二条皇后还没当皇后而称为皇太子的母亲的时候,有一天到寺院拜佛,那地方有一个在近卫府供职的老人。随从人等受得了种种赏赐物品,这老人也得到一份。他就咏一首诗奉呈皇太子的母亲,诗曰:

> "原上老松树,应多阅世劳。
>
> 我今年已迈,闲梦忆前朝。"

皇太子的母亲看了这诗,是否也有所感而悲伤,笔者不得而知了。

第七十六话

从前,有一位称为田村帝的天皇,其时的皇妃名叫多贺几子。这皇妃逝世了,官家于三月末在安祥寺举行法会。许多人奉上供品,这些供品集合起来,其数有好几千。这许多供品穿在树枝条上,陈列在寺内的大殿上,望去竟像一座高山。

这时候,有一个右大将,名叫藤原常行的,在法会终了之后,召集一班歌人,以今日的法会为题,添加春日的心情而咏歌。其时有一个身任右马头的老人,老眼昏花,望望这些堆积如山的供品,咏一首歌道:

> "琳琅供品如山积,
>
> 为惜春光不再回。"

这首歌,现在读起来,并不能算是佳作。但在当时,这样的歌想必是当作上品的,所以大家感动,赞叹不已。

第七十七话

从前,文德天皇时代,有一位妃子叫做多贺几子。这妃子死了,官家在安祥寺举行四十九日的法事。右大将藤原常行参与这法会。回来的时候,到一位当了禅师的亲王所居的山科地方的殿宇内去访问。庭院里有从山上流下来的瀑布,又有人造的水川,景色十分幽雅。

右大将对禅师亲王说:"身在他处,心常倾慕,每以无缘拜谒为恨。今宵得侍奉左右,不胜荣幸之至。"亲王大喜,命令左右准备夜宴。

后来右大将从亲王殿宇中退出,和随从人员商谈:"我初次拜谒亲王,一点礼物也不曾带得,甚是抱歉。记得从前天皇行幸家大人三条邸时,纪宇国献上那地方的千里浜所产的一块岩石,形状非常秀美。只因赶不上行幸的日子,这块岩石就此搁置在某吏目房间前面的沟里。这是装饰庭院的好材料,我想奉献给这位亲王。"就派随身人员前往搬取。

不久岩石送到了。一看,形状比传言所闻更为优美。仅乎献上一块岩石,不大雅观,便令随从人员咏诗。其时有一个当右马头的人,把青苔切细,像描金一般地在岩石上写下了一首诗来。诗曰:

"供奉灵岩石,区区一点心。

忠贞如日月,借此表情深。"

第七十八话

从前,同姓氏[1]的家里有一个亲王诞生。有许多人为新建的房屋咏歌祝贺。其中有一个人,是亲王的外祖父家族中的一位老翁,咏这样

---

[1] 所谓同姓氏,应是指在原氏。——原注

的一首歌:

> "门前种竹高千丈,
>
> 冬夏青荫庇护深。"

第七十九话

从前有一个人,住在一所衰颓了的屋子里,庭中种着藤花。这庭院中别的花木一点也没有,只有这藤花美妙地开着。三月末有一天,主人不顾春雨霏霏,亲手折取一枝藤花,奉献给某贵人,附一首诗曰:

> "藤花开过也,春色已阑珊。
>
> 冒雨殷勤折,请君仔细看。"

第八十话

从前有一位左大臣,在加茂川岸边的六条地方建造一所风雅的宅院而居住着。十月下旬,菊花一度凋谢而重新盛开的时候,恰好红叶呈艳,浓淡有致,十分美丽。左大臣就在此时邀请几位亲王来赏花,通宵宴饮,并演奏管弦。天色微明之时,诸人赞美殿宇风致之幽雅,吟咏各种诗歌。这时候有一个像乞丐那样秽陋的老人,蹲踞在殿宇的门槛下面的泥地上,等别人咏毕之后,也咏一首诗道:

> "何日来盐釜,从容荡钓舟。

晨风轻拂面,到此且邀游。"

笔者以前赴陆奥旅行时,看见那地方有许多珍奇美妙的风景。然而我朝六十余国之中,比得上盐釜地方的风景一处也没有。所以这老翁赞美这庭院风景时,特别提出盐釜湾,其诗意是说"自己仿佛是不知何时来到了盐釜湾上"。

第八十一话

从前有一位叫做惟乔亲王[1]的皇子,他在山城国的山崎对面叫做水无濑的地方有一所别墅。每年樱花盛开之时,皇子必来居住。这时候,有一个任右马头官职的人,一定陪同前来。历年既久,这个人的姓名记不起了。皇子出门去,名为打猎,其实只爱在春日的田野中饮酒赋诗。有一天出猎,来到一个叫做交野的洲渚上,看见那里有一株梅树,姿态窈窕可爱,便在树下下马,手折花枝,插在头上。上者、中者、下者,一起吟咏诗歌。那右马头咏的诗是:

"花开人踊跃,花落人伤心。
灭却樱花种,一春庆太平。"

另一人咏诗曰:

---

[1] 惟乔亲王是文德天皇的第一皇子。其母乃纪有常之妹静子,因此这位亲王和在原业平是堂兄弟,后来因藤原氏占据皇位,这位皇子在小野山里地方闲居以终。——原注

"莫怪花易落,劝人大有功。

无常原迅速,正与此花同。"

后来大家离开樱花林下而归去,日色已渐向暮。随从人等命仆役拿了酒肴,从狩猎地方走来。皇子说应将此酒饮尽,便去另找景色优美的地方,来到了名叫天河的河岸上。

于是右马头向皇子献一杯酒。皇子说道:"在郊野打猎,来到了天河边上。你且将此意咏诗,然后献酒吧。"

右马头便咏道:

"天河临近也,狩猎到天涯。

问向谁行宿,河边织女家。"

皇子深为感佩,反复吟咏这首诗,终于不能和唱。其时有一个叫做纪有常的人,奉陪在侧。此人和一首诗道:

"河滨织女舍,七夕会牵牛。

外客去投宿,想来不肯留。"

不久皇子回到了水无濑别墅,再在这里饮酒闲谈,直到夜深。皇子已醉,思量回寝室去。其时十一日的月亮正将下山,右马头又咏诗曰:

"今夜清光满,贪看不忍休。

碧空无限好,莫隐入山头。"

纪有常又代皇子答诗曰:

> "斩去森林树,削平地上峰。
>
> 月轮无处隐,长挂碧空中。"

第八十二话

从前,常常到水无濑的别墅来游玩的惟乔亲王,照例出门去打猎,奉陪的是老翁右马头。皇子在那里住了几天,便回京都宫邸。这老翁伴送皇子到宫邸之后,就想回去。但皇子赏他喝酒,还要送他礼物,因此他不能脱身。右马头不得乞假,心绪惑乱,咏歌道:

> "春宵不似秋宵永,
>
> 未得长留侍奉君。"

其时正是三月下旬也。皇子也不睡觉,通宵宴饮。右马头准备这样地侍奉他。却意想不到皇子不久就剃发为僧,隐居到小野山去了。

到了正月里,右马头想看看皇子,便去访候。小野山位在比睿山麓,此时积雪甚深。他好容易踏雪前行,到达了皇子住所。皇子在此寂寞无聊,忧愁度日,希望右马头多留几时,和他做伴。右马头也情愿长期侍奉,然而正月里宫中事物纷忙,因此事与愿违,傍晚时分就向皇子乞假,奉呈一首歌:

> "踏雪追寻疑做梦,

浑忘君是出家僧。"

哭哭啼啼地回去了。

第八十三话

　　从前有一个男子,官位低微,但他母亲是皇女。母亲住在叫做长冈的地方,儿子则在宫廷中当差。他时时想去探望母亲,然而总不能常常去访。母亲只有这一个儿子,很是疼爱,常常想念他。这样地分居两地,到了某年十二月中,母亲派人送给他一封信,说是很紧急的。他大吃一惊,连忙拆开来看,其中并无别的文字,只有一首诗:

　　　　"残年生趣尽,死别在今明。
　　　　望子归来早,忧思日日增。"

　　儿子读了这诗,来不及准备马,急急忙忙地步行到长冈,一路上淌着眼泪,心中咏这样一首诗:

　　　　"但愿人间世,永无死别忧。
　　　　慈亲因有子,延寿到千秋。"

第八十四话

　　从前有一个男子,他从小侍奉的一位皇子,忽然剃发做了和尚。虽然已经出家,每年正月里这男子总是前去访问。他是在宫中任职的,平常时候不能去访。但他不忘旧日的恩谊,今年正月间又去拜访。另有些人,也是从前侍奉他的,有的在俗,有的也已出家,都来拜访他。他说现在是正月里,与平时不同,须请大家喝酒。这一天大雪纷飞,终日不绝。大家喝得大醉,就以"阻雪"为题而咏诗。这男子咏的是:

"思君徒远望,无计可分身。

落雪天留客,天公称我心。"

皇子赞赏此诗,认为情意殊胜,脱下身上的衣服来赏赐他。

第八十五话

从前有一个童年男子,和一个稚龄女郎互相爱慕。两人都有父母管束,顾忌甚多,这恋爱就中途断绝了。过了几年之后,女的希望这旧日的恋爱获得团圆,重新向男的求爱。男的便咏一首诗送给她。送她这样的诗,不知是什么用意。诗曰:

"久别犹相念,人间迄未闻。

只因经岁月,彼此相思频。"

两人的交往止于如此。听说后来男的和女的在宫中同一地方供职。

第八十六话

从前有一个男子,因在摄津国菟原郡芦屋地方有自己的领地,就到那地方去居住了。古歌有云:

"芦屋煮盐忙不了,

黄杨小栉久生疏。"

歌中所咏的,正是当地的情形,这地方就叫做芦屋滩。这男子的地位并不很高,但他在宫中任职,颇多闲暇,因此京中卫府里的官吏等人,常常到这里来游玩。他的哥哥也是在卫府里当长官的。他们在这屋子前面的海岸散步之后,有一个人说:"好,我们爬到这山上去看看那瀑布吧。"

大家爬上去,一看,这瀑布果然与众不同,高二十丈、宽五丈余的岩壁上,仿佛包着一匹白布。这瀑布的上方,有一块圆坐垫那么大的岩石突出来。落在这岩石上的水,像小橘子或粟米那么大小,向四处飞散。看的人都咏瀑布的诗歌。那个卫府的长官首先咏道:

"我生诚短促,愁待死期临。

珠泪如飞沫,将同瀑布争。"

其次是主人咏诗:

"白玉珍珠串，忽然断了绳。

珍珠如泪落，湿透我衣襟。"

　　诸人读了这首诗，大约都觉得如此咏诗，结果是制造笑柄，因此没有人再咏了。

　　归途颇远。经过已故的宫内卿茂能家的时候，日色已暮。遥望家乡方向，但见海边有无数渔火，闪闪发光。主人又咏一首诗：

"似是晴空星，又疑水上萤。

莫非桑梓近，渔火夜深明。"

咏罢就回家去。这天晚上南风甚大，缓和之后，波浪还是很高。次日一早，主人就派婢女等到海边去，把波浪漂送过来的海藻拾些回家来。主妇就把这些海藻盛在一只高脚盘子里，上面盖一片槲叶，叶上写着一首歌：

"此是海神妆饰品，

为君漂近水边来。"

作为一个乡村妇女的歌，算是好的呢，还是坏的呢？

第八十七话

　　从前，有几个年纪不算小了的伴侣，大家集在一起观赏月亮。其中有一个人咏这样一首诗：

> "清光虽皎洁，不是庆团圆。
> 月月来相照，催人入老年。"

第八十八话

　　从前，有一个身份并不微贱的男子，恋慕一个比他高贵的女子，空自度送了愁苦的岁月。他就咏这样一首诗：

> "单恋无人晓，忧心似火煎。
> 一朝失恋死，枉自怨苍天。"

第八十九话

　　从前有一个男子，不知怎的看中了一个无情的女子，向她表示恋慕之意。女的大约也同情于他，央人对他说道："你既然如此想念我，就请隔着帘幕和我谈话吧。"

　　男的听了这话，非常欢喜，但也还有不安之心，就在一枝正在盛开的樱花上系上这样一首诗，叫人送给她。诗曰：

> "今日樱花好，娇嫣满眼前。
> 且看明日晚，是否尚依然？"

实际上,那女的恐怕也有这样的感想吧。

第九十话

从前有一个男子,不能会见他所思慕的女子,愁叹自己正像做梦一般度送日月。到了春暮的三月底,咏了这样一首诗:

"三月今朝尽,惜春双泪淋。

夕阳无限好,只是近黄昏。"

这首诗中隐藏着恋慕之情,然而恐怕没有人能了解他的真意吧。

第九十一话

从前有一个男子,不堪相思之苦,每日在那女子的家门前徘徊来往,然而要送一封信也办不到。他就咏这样一首诗:

"芦花高且茂,中有小舟摇。

岸上无人见,往来空自劳。"

第九十二话

从前有一个男子,不管自己身份低微,却恋慕一个高贵的女子,然而丝毫不能把心情传达给她。于是此人醒也相思,睡也相思,不胜忧恼,咏了这样一首诗：

> "乌鹊双飞乐，无须学凤凰。
>
> 我应怜碧玉，何苦梦高唐。"

第九十三话

从前有一个男子和一个女子，不知为了什么事，男的不再来访晤这女子了。后来这女子另嫁了一个丈夫。但她和前夫之间已经生了一个孩子，所以虽然不像本来那样亲密，男的也常常和她通问。

这女子擅长绘画。有一次前夫送一把扇子来要她画，她说因为后夫在此，所以要迟一两天画。前夫心中不快，写信给她说：

"你把我托你的事情耽搁到现在，原是意料中之事，但我总不免怀恨。"又附一首诗送她，其时正是秋天。诗曰：

> "贪赏秋霄好，浑忘春日佳。
>
> 人情原已惯，重物掩轻霞。"

女的回答他一首诗如下：

> "千度秋长夜，争如一日春。
>
> 樱花易散落，红叶快凋零。"

第九十四话

从前有一个在二条皇后殿内供职的男子,和同在这殿内供职的一个女子经常见面,便思慕她,历时已经很久了。有一次,他送一封信给这女子,说道:"至少和我隔帘相会,聊以慰我心头之恨。"

那女子便趁人不见的时候,隔着帘幕和他相会。男的向她诉说了种种心事之后,咏一首诗道:

"垂帘相对语,好似隔银河。

渴望湘帘卷,牛郎热泪多。"

那女子读了这首诗,心中感动,便容许他了。

第九十五话

从前有一个男子,恋慕一个女子,彼此通问,已有很长的日月。那女子原不是铁石心肠的无情人,因此可怜这男子,对他渐渐地产生好感。两人希望相会,但正是六月中旬盛暑的时候,那女的由于出汗,身上生了一两个肿毒。她便对男的说:"现在我除了想念你以外,什么心事也没有了。不过我身上生了一两个肿毒,且天气炎热,所以我想稍稍延缓。等秋风一起,一定和你相会。"

到了初秋的时候,女子的父亲闻知女儿偷偷地和那男子通情,大为震怒,肆口叱骂,家中便起了纷争。这女子本来住在她母亲的娘家,发生

了这事情之后,她的哥哥就来迎接她,要带她到父亲那里去。女的悲恸之余,叫人去拾一张初红的枫叶来,在这上面写一首歌:

> "清秋佳约还成梦,
> 空见寒林落叶飘。"

她吩咐家里的人:"如果对方派使者来,你们可把这个交给他。"说过之后她就走了。

如此别去了之后,这女子到底是度着幸福的日子呢,还是不幸地生活着,无从得知。连她的住处也不知道。那男的愤不欲生,只管扼腕叹息,咒骂那女子。这真是乏味之极。他喘着气说:"唉,可怕! 人的咒骂到底是有反应的呢,还是没有反应的,且看着吧。"

第九十六话

从前有一位堀河太政大臣,在九条的自邸内举办四十岁的贺筵。这一天有一位当近卫中将的老翁,咏这样一首诗:

> "樱花千万点,蔽日满天飞。
> 老物如来访,眼花路途迷。"

第九十七话

从前有一个在太政大臣邸内供职的男子,于九月间将一枝人造的梅

花和一只雄鸡奉献给大臣,附一首诗:

> "时季无移变,造花永不凋。
>
> 愿君长寿考,庇我小臣僚。"

太政大臣读了这首诗觉得很高兴,拿许多物品赏赐使者。

第九十八话

从前,右近卫府的马场上举行骑射仪式那天,有一个近卫中将在那里参观。他看见对面停着一辆牛车,门帘中露出一个美女的脸来,就咏了这样一首诗送给她:

> "如见却非见,如亲又陌生。
>
> 今朝心绪乱,尽日恋伊人。"

那女子回答他一首诗道:

> "无关识不识,不管亲非亲。
>
> 唯有真诚者,才能叙恋情。"

后来他知道了这女子是谁,两人终于团聚。

第九十九话

　　从前有一个男子,在宫中行经后凉殿和清凉殿之间的廊下时,有一个贵妇人从自己的住室的帘子底下塞出一束忘草[1]来,向这男子问道:"这也可以叫做忍草[2]么?"男子接了这束草,回答她一首诗道:

　　　　"我心非忘草,一见即留情。

　　　　我心是忍草,耐性等佳音。"

第一百话

　　从前有一个叫做在原行平的人,是左兵卫的长官。在宫中任职的人们听见他家中有美酒,都来索饮。这一天他就以左中弁藤原良近为正宾而举办酒宴。

　　主人行平是个风雅人物,在花盆中养着各种各样的花。其中有一盆是花中最珍贵的美丽的藤花,花房有大至三尺六寸者。诸人就以此花为题而咏诗。每人咏毕,主人的兄弟闻知有酒宴,也来参加。他们就拉住他,要他咏诗。此人原来不会咏诗,说出种种理由来推辞。然而他们不讲道理,一定要他咏。他就咏这样的一首诗:

　　　　"花开如宝盖,荫庇许多人。

---

　　〔1〕〔2〕　日文萱草亦写作忘草,忍草是萱草的别称。

今后藤花发,荣华日日增。"

　　别人问他:"你为什么咏这样的诗?"他回答道:"太政大臣良房卿的荣华,今日已达盛期,藤原家族的人特别光荣。我想到此事,所以咏这样的诗。"在座诸人就不再批评他的诗了。

第一百零一话

　　从前有一个男子,对于诗歌并无素养,但对于人生颇有理解。有一个出身高贵的妇人,现在已经当了尼姑,离开了尘嚣的都城,而住在遥远的山乡中。这男子原是这妇人的同族人,咏了这样一首诗送给她:

"有心遁俗世,不得上青云。
匿迹深山里,岂能忘世情?"

第一百零二话

　　从前有一个男子,在深草帝〔1〕治下供职。此人生性严肃而忠实,毫无一点浮薄心情。然而不知怎的,由于一念之差,爱上了某亲王所宠幸的一个女子。有一天,是两人欢会后的第二天,这男子咏了这样一首诗送给这女子:

---

〔1〕 深草帝即仁明天皇。——原注

"难得同欢会，犹如在梦中。

回思当夜事，此梦更虚空。"

这首诗真恶俗啊！

第一百零三话

　　从前有一个女子，并无明确的原因，忽然出家当了尼姑。她的姿态虽然改变了，但是对于俗世还是不能忘情，喜欢看热闹。有一天举行葵花会，她就出去观赏。有一个男子看见了，咏了这样一首诗送给她：

"尘嚣诚可厌，祝发为尼僧。

观赏葵花会，流盼到我身。"

第一百零四话

　　从前有一个男子，苦闷之极，对一个女子坦白地说道："既然如此，死了罢休。"那女子回答他一首诗道：

"白露要消散，应当散得光。

何须留几滴，当作宝珠藏。"

　　这男子疑心她另有所欢的男人，心情不快。然而对这女子的恋慕之情日益加深了。

第一百零五话

从前有一个男子,于凉秋九月,诸亲王出游之时,前往侍候。他在立田川岸边咏这样的诗:

> "立田川上水,红叶染成纹。
>
> 似此珍奇景,古来无比伦。"

第一百零六话

从前,有一个出身良好的女子,在一个略有身份的男子家里供职。有一个掌管文件记录的男子,名叫藤原敏行的,爱上了这个女子。这个女子容貌实甚美丽,然而年纪还轻,赠答的信也不大会写,书牍的措词也不懂得,诗歌当然不会咏了。要她写信,须得由主人替她起稿,叫她照抄。藤原敏行看了别人代她写的信,欢喜赞叹,咏了这样一首诗送给她:

> "苦雨连朝下,泪河逐日深。
>
> 浪涛侵我袖,欲访不成行。"

答诗照例由那个主人代作:

> "泪水仅沾袖,泪河必不深。
>
> 君心如可靠,应是湿全身。"

　　敏行得诗,非常感动,便把这诗藏在文箧中,出入随身携带,外人传作话柄。

　　同是这个敏行,到了和这女子通情,却写这样的信给她:"我原想奉访,但因即将下雨,所以正在等待。如果我有幸运,此雨便不降了。"

　　主人又代这女子回答他一首诗:

　　　　　"来书情切切,是否出真心?
　　　　　知我生命薄,连朝苦雨淋。"

　　敏行读了这首诗,蓑笠也无暇穿戴,不管衣服是否濡湿,冒着雨走来了。

第一百零七话

　　从前有一个女子,怨恨男子的无情,咏了这样一首诗,反复吟诵,有似口癖:

　　　　　"愁多长堕泪,我袖无时干。
　　　　　好似回风起,波涛没海岩。"

　　那男的听到了,回答她这样的一首诗,表示同情:

　　　　　"夜夜青蛙哭,田中泪水盈。
　　　　　虽无淋雨降,水势每天增。"

第一百零八话

从前有一个男子,他的朋友失去了所爱的女人,他咏这样一首诗去吊慰他:

"花虽易散落,人死在花前。
孰是先当惜,君心自了然。"

第一百零九话

从前有一个男子,避开人目,偷偷地和一个女子通情。有一天这女子写信给他,说道:"我昨夜在梦中看到你。"那男子回答她一首诗:

"相思心太切,魂梦入君衾。
今夜如重见,请君驻我魂。"

第一百一十话

从前有一个男子,追念一个不曾见面而死了的女子,作了这样一首诗,送给一个身份高贵的女子:

"平生不相见,此日苦相思。
或许有前例,今朝我始知。"

第一百十一话

　　从前有一个男子，好几次向一个女子求爱，那女子只当不知。他就咏了这样一首诗送给她：

　　　　　"不蒙垂青眼，无须说恋情。
　　　　　但看裙带解，明我恋情深。"

　　那女子回答他一首诗道：

　　　　　"休言裙带解，不用说恩情。
　　　　　巧语花言好，奈何不中听。"

第一百十二话

　　从前有一个男子，真心诚意地和一个女子订立了山盟海誓，不料这女子忽然变了心。他送她这样一首诗，以表示怨恨之情。诗曰：

　　　　　"青烟随风走，飞散渺难寻。
　　　　　汝逐何人去，行踪更不明。"

第一百十三话

从前有一个男子,所爱的女子变了心。此人寂寞孤居,咏了这样一首诗:

"生年不满百,恩义总易忘。
可叹无情女,芳心不久长。"

第一百十四话

从前,仁和帝行幸芥川的时候,有一个年纪稍长的男子,现在已经不配当随从了,但因本来是在宫中掌管饲鹰的职务的,所以此次行幸,也命他担任大饲鹰之职而随驾。此时这男子身穿襟袖用草织成而绣着仙鹤纹样的猎衣,写出这样的一首诗:

"野老衣华彩,请君勿笑人。
奉陪今最后,感激涕泪淋。"

仁和帝读了这首诗,龙颜不悦。这首诗原是这男子为了自己年老而咏的,然而那些年长的人听来,以为"今最后"这话是为他们说的。仁和帝也有这样的感想,所以龙颜不悦。

第一百十五话

从前,陆奥国地方,有一个从京都来的男子,和本地的一个女子同居。有一天,男的对女的说:"我要回京都去了。"女的非常悲伤,说道:"那么我总得给你饯行吧。"就在这国中的奥井的都岛地方,置酒送别,咏一首诗送给他:

"我身居奥井,痛苦似燃烧。
送尔赴都岛,天涯梦想劳。"

男的读了这首诗,非常感动,便不回京都去,留住在这地方了。

第一百十六话

从前有一个男子,无端地漂泊到了陆奥国地方,写一首歌寄给留在京都的妻子:

"波涛影里窥乡邑,
此去离情别绪多。"

又添写道:"我的放纵心情,到了乡间之后都改过了。"

第一百十七话

从前,某天皇行幸到住吉地方。有一个随驾的老翁咏一首诗道:

> "住吉河岸上,我曾见小松。
> 今朝参天日,阅历几秋冬。"

这时候住吉的大明神忽然显灵,咏一首诗道:

> "陛下春秋盛,不知昔日缘。
> 山神守此土,远古到今天。"

第一百十八话

从前有一个男子,很久没有音信给他所爱的女子了,有一天给她一封信,说道:"我决不忘记你,日内就要来和你相会。"女的回答他这样一首诗:

> "蔓草浑无赖,攀援到处行。
> 空言不忘我,难博我欢心。"

第一百十九话

从前有一个女子,看到了那男子说是下次再见时的纪念品而留在她那里的物件,咏了这样一首诗:

"见此遗念物,如逢宿世仇。

但求长相忘,此物不须留。"

第一百二十话

从前有一个男子,恋慕一个女子,在还没有初步订交,不能称之为恋爱的时候,想不到这女子已经和另外一个男子私通了。隔了很久之后,他咏了这样一首诗:

"但愿筑摩寺,神舆早日过。

看此无情女,头戴几只锅[1]。"

第一百二十一话

从前有一个男子,看见他所亲爱的一个女子从宫廷的梅壶室退出,

---

[1]　筑摩地方有一神社,供奉御厨之神。每年五月初八日,举行锅祭:许多妇女随从神舆在街上巡行,头戴纸制的锅子,有几个情郎,头戴几个锅子。这是一种有名的奇怪风俗。

衣服被雨沾湿了,便咏一首诗送给她:

> "黄莺衔柳叶,草笠织来青。
> 送与伊人戴,莫教雨湿襟。"

那女子回答他一首诗道:

> "莫教黄莺织,无须草笠青。
> 君心热似火,烘我湿衣襟。"

第一百二十二话

从前有一个男子,和一个女子订了坚定的盟约,这女子背叛了。他送她一首诗:

> "曾掬玉川水,共饮订山盟。
> 不道全无效,相逢如路人。"

但那女子没有给他回音。

第一百二十三话

从前有一个男子,和住在伏见的深草地方的一个女子相恋爱。但男的略有厌倦之意,咏一首诗给女的:

"此地经年住，今朝将远行。

地名'深草'野，蔓草必丛生。"

那女的回答他一首诗道：

"若成深草野，便好宿鹌鸡。

夜夜高声叫，唤君早日归。"

男的读了这首诗，大为感动，不再想离开女子所住的地方了。

第一百二十四话

从前有一个男子，不知他心中有什么深思远虑，咏了这样一首诗：

"若有心头事，沉思勿作声。

只因人间世，没有同心人。"

第一百二十五话

从前有一个男子，生了重病，自知即将死去，咏了这样一首诗：

"有生必有死，此语早已闻。

命尽今明日，教人吃一惊。"〔1〕

〔1〕　契冲评此诗，曰："后人吟虚伪的辞世之歌及悟道之诗，皆是伪善，甚为可憎。业平一生的诚意，表现在此诗中，显示着后人一生的虚伪。"此言甚是中肯。——原注

落洼物语

丰子恺 译

卷　一

从前有一位中纳言,名叫源忠赖。他家中有许多美貌的女儿。长女和次女,已经招进很漂亮的女婿,分别居住在东西两厢屋里。三女和四女年方及笄,娇养在身边。

此外还有一个女儿,是从前同中纳言常常有来往的一个王族血统的女子所生。这女儿的母亲早已死了。

忠赖的夫人,不知怎的,对这女儿比自己的女仆还看不起,叫她住在大厅会客室旁边一个像低落的洼地似的小房间里。

对于这女儿,当然不许像对别的女儿那样称"小姐"、"女公子"。然而像女仆一样直呼其名,则看她父亲面上,毕竟也不好意思。夫人就命令家中的人,称她为"落洼姑娘"。于是无论哪个,都称她为落洼姑娘。

她的父亲中纳言,对于这个女儿,也从小就感情淡薄,一向漠不关心。因此夫人更加看她不起,对她的不合情理的待遇,实在很多。

这姑娘没有靠山,连乳母也没有,只有她母亲生前使唤的一个很能干的少女,名叫"辅助"的,现在还在服侍她。二人情投意合,相依为命。

落洼姑娘的相貌非常美丽,比较起她继母所钟爱的几个女儿来,有胜之而无不及。然而因为被看不起,所以没有一个人知道她的存在。

落洼渐渐懂得人情世故,想起人世之无常和己身之不幸,随口吟出这样一首悲歌:

"忧患日增心郁结,

人间何处可容身。"

显然已尝到人世间辛酸的滋味了。

　　她非常聪明,学习弹琴,进步极快,不需要人指导。这是她五六岁以前母亲在世时教她的。她弹筝非常擅长。夫人的亲生子三郎君,年方十岁,喜爱弹筝。夫人对落洼姑娘说:"你教教这孩子吧。"她遵命常常教他。

　　落洼姑娘很空闲,便学习裁缝,学得非常精巧。夫人对她说:"你倒很有能耐。相貌不好的人,做点老老实实的生活,原是好的。"便把两个女婿的衣服都叫她裁缝,使她一点空闲也没有,几乎晚上不得睡觉。做得稍慢一点,夫人就责骂她:"叫你做这一点点活计,你就厌烦,活在世间做什么呢?"落洼只得偷偷地流泪,她不想活在这世间了。

　　三小姐及笄之后,不久就和一个藏人少将结婚,排场十分体面。家庭里人口多了,落洼的工作也多起来,她愈加辛苦了。

　　在这人家当差的人,大都是年轻爱漂亮的人,肯老老实实地做工作的人极少。粗细活计,都推给落洼。她含泪缝纫,信口吟诗:

　　　　"愿奴早日离尘世,

　　　　忧患羁身不自由。"

　　辅助生得相貌漂亮,夫人硬把她派给三小姐使唤。辅助很不愿意,和落洼姑娘分别时,哭着说道:"我只想待在你身边,他们要替我配亲,我都不去。怎么叫我去为仇人服役呢?"

　　落洼对她说道:"有什么呢? 总是住在同一个家庭里,这边那边都是一样的。你的衣服也都破旧了,今后可以换些新的。我倒反而高兴呢。"

　　辅助觉得这主人的心地如此温良周谨,实在令人感佩。设想她今后一人独处，何等孤寂。只因辅助长期无所顾忌地和落洼融洽相处，便引起了夫人的妒恨。她常常骂道："那个落洼姑娘还在称她为辅助呢!"因此两人不敢随意谈笑。

当了三小姐的女仆之后，"辅助"这个名字不相宜了，便给她改名为"阿漕"。

且说三小姐的夫婿藏人少将有一个跟班，名叫"小带刀"，是个聪明伶俐的小伙子。他看中了这个阿漕。情书往来了好久，两人终于做了夫妻。

夫妻两人无话不谈。有一次阿漕告诉小带刀，夫人是个不通道理的人，常常虐待落洼姑娘；又说落洼姑娘性情多么温良，相貌多么漂亮。说时流下泪来。

小带刀心直口快，断然地说道："这样吧，让我叫那个人去把她偷了来，请她过幸福的生活吧。"

原来小带刀的母亲，是左近卫大将的儿子左近卫少将道赖的乳母。这位贵公子尚未娶妻。他常常向小带刀探问这家那家贵族姑娘的情况。有一次，小带刀对他说起落洼姑娘。这位少将便记在心头，乘着左右无人的时候，详细地向他探问落洼姑娘的情况。

少将说："可怜啊! 她心里多么痛苦，到底是王族血统的人呀! 让我悄悄地和她会会面吧。"

小带刀说："在目前，这想法恐怕是不行的。且让我慢慢儿想办法吧。"

少将说："无论如何，你要引导我到这位姑娘的房间里去。她住在偏僻的地方，我去访，不会有人知道的。"

小带刀把这事情告诉了阿漕。阿漕说："这种事情，目前想也不必想它。况且,我听说这位公子非常好色,怎么能够去说合呢?"她绝不答应。小带刀怨她毫无夫妻之情,于是她说:"那么,且等适当机会吧。"

依恋旧主人的阿漕,把落洼姑娘的房间隔壁的两间厢房,作为自己的住所。可和姑娘的房间相并,她又觉得不敢当,所以选取这地段稍低的两间,作为夫妇的寝室。

记得是八月初一日,落洼姑娘独眠在房间里,自言自语地吟道:

> "慈亲若肯垂怜我,
>
> 速请来迎赴九泉。"

这是信口低吟,聊以遣怀而已。

次日早晨,阿漕和落洼姑娘谈话,便对她说道:"带刀对我说起这样的一件事……小姐看怎么办?我想你总不能这样地度送一生吧。"她终于开了口。但落洼姑娘不答,阿漕也不能再说下去。此时外面在叫:"给三小姐打洗脸水呀!"阿漕立刻起身出去了。

落洼姑娘呢,实在想不出怎样才好。没有母亲,此身肯定是不幸的了。她真心地想寻死。然而又想:出家为尼,怎么样呢?但怎样能够离开这个家呢?还不如死了干净。

带刀来到大将府中,少将便问他:"那件事怎么样?"带刀就把情况告诉他:"还没有眉目呢。定亲这种事情,要有父母作主才行。但是那家的老大人完全受夫人操纵,所以我们无从着手。"

少将说:"所以我早就说过,叫你领我到她房间里去呀!做这人家的女婿,我也觉得没面子。如果我看了这姑娘觉得可爱,就把她迎接到我家来;如果不中意,只要说我并没有去,这是世人谣言,就没事了。"

带刀说:"这事情,先要征求女方的意见,才好定夺呢。"

少将说:"你这话没有道理,必须先看了人再说。不看到人是不能决定的。你办事要忠实,不能突然扔下不管啊!"

带刀苦笑着说:"什么突然扔下不管,太看我不起了。"说得少将也笑起来,说:"我准备长久用你的,这话说错了。"便拿出一封情书来交给他:"把这信送去。"

带刀勉勉强强地接了情书,回去交给阿漕。阿漕说:"啊呀,讨厌!怎么办呢? 这种无聊的事情她是不要听的呀!"带刀反对她,说道:"不会的,你必须取得回音才好。因为这绝不是对她不利的事情呀!"

阿漕接了情书,走到落洼姑娘那里,对她说道:"这个……这是以前说起的那个人的来信。"

落洼说:"为什么干这种事情? 母亲知道了,是不会许可的。"阿漕强调说:"以前几曾说过这种事情? 对于夫人他们,你是不必顾虑的呀!"落洼姑娘不答。

阿漕点起纸烛来,把信读给她听,写着的只是两句诗:

"闻道芳名心便醉,

未曾相见已相怜。"

阿漕自言自语地说:"啊,写得真漂亮!"落洼姑娘一点反应也没有,把信卷起,塞在梳头箱子里了。阿漕只得离去。

带刀在那里等候阿漕,见她来了,便问:"怎么样? 小姐看了么?"阿漕说:"没有,也没有回信,她把信搁起来了。"带刀说:"无论怎样,总比现在快活得多。况且,对我们两人也是有利的。"阿漕答道:"只要对前途有信心,这里自会有好的回音。"

有一天早上,落洼的父亲走出客堂去,顺便向落洼的房间里张望一下,但见这姑娘身穿破旧的衣裳,乌黑的头发美丽地披在肩上,实在非常可怜。便站定了,对她说道:"你的衣服为什么弄得这般模样!你娘虽然可怜你,但是别的孩子的事情太多,顾不到你。如果你需要什么,只管向她请求,不必顾忌。这样的生活是很可怜的。"这虽然是生身父亲,但落洼姑娘也觉得难为情,一句话也不回答。

父亲离开了她,径直走去对他的夫人说:"我刚才到落洼那里看过,看见她在这寒天只穿着一件破旧的夹衫,大概是别的孩子穿旧了的吧?应该给她些衣服。这几天夜里很冷呢。"

夫人答道:"啊呀!常常给她衣服的。难道没有了或是穿破了?还没有多久呢。"

父亲叹口气说:"唉!这讨厌的东西。早年死了娘,弄得不像个人了。"

夫人拿了女婿少将的一条裤裙去叫落洼缝,神气活现地对她说道:"这活计必须做得比平常更加讲究。如果做得好,赏赐你一件衣服。"落洼姑娘听了,觉得悲伤不堪。

不久,裤裙缝好了。夫人很满意,拿一件自己穿旧了的绸棉袄给了她。

晚秋时节,寒风凄厉。落洼姑娘穿着薄薄的夹衫,感到有点凉意。如今得到赏赐,心中很高兴。大概是因为她遭逢重大的不幸,意志消沉了的缘故吧。

这位女婿少将,一向多嘴多舌,但他的优点是喜欢夸奖。他看到这件裤裙,便极口称赞道:"这件衣服非常出色,缝得真好啊!"

侍女们把这话告诉了夫人。夫人说:"静些儿吧。这话不可以给落洼听见,防她骄傲起来。因为这种人,必须常常威吓她,才能使她有顾忌,可以给人派用场。"

侍女中有好些人私下同情落洼,她们说:"这真是太残酷了! 这么可爱的姑娘!"

且说左近卫的少将,既已一度求爱,便写第二封情书给落洼姑娘,写的是一首诗:

> "芒穗花开深有韵,
> 心心盼待好风吹。"

信封上插着一枝芒花。但是得不到回音。

一个冷雨霏霏的日子,他又写一封信,前面先写一段文字,意思是说:你这位小姐,和我以前所听闻的不同,是一个没有人情的人。后面附一首恋歌:

> "秋雨连绵云暗淡,
> 消沉好比恋人心。"

落洼姑娘还是不给回信。少将再写一首恋歌送去:

> "情人虽似天河远,
> 不踏云桥誓不休。"

如此寄送情书,虽非每日,却是不断。但落洼姑娘一个字也不回复。

少将把带刀唤来,对他说道:"我这几天心绪不好,写这许多情书,也是不习惯的。大概那人连应酬的回信也不会写吧。你说她是一个很聪明的女子,怎么连简短的回信也不给我呢?"

带刀说:"哪里,我不会说这话。只是那位夫人,性情非常凶恶。凡是她所不许可的事,如果你稍稍染指,她就不放过你。我推想,近几天小姐大概已经被她吓坏了。"

"就是为此呀!我不是说过,叫你悄悄地带我去吗?"少将狠狠地责骂他。带刀不好拒绝,只得等候适当的机会。

大约十天没有消息。少将又写情书:"近来是

> 几度寄诗音信绝,
> 怨情多似水中萍。

我想抑制我那消沉的心,不料总是被涌上心来的恋情所驱使,又要向你这个冷酷的人写这封信。被人知道了,我很可耻呢。"他把这封信交给带刀。

带刀把信交给阿漕,哭丧着脸说:"这回无论如何要讨回音。主子埋怨我不热心呢。"阿漕说:"小姐说还不知道回信怎样写法呢。看她的样子的确为难。怎么可以勉强她呢?"她把信送给落洼姑娘。但这时候,二小姐的丈夫右中将要落洼姑娘替他缝一件袍子,非常急迫,落洼姑娘很忙,又不写回信。

少将想,落洼竟是个完全无情的女子么?他很失望。但他曾听说这女子性情很沉着。这种谨慎小心的习气,反而称少将的心。因此他不管

过去的失败,只管接二连三地催促带刀。

无奈这家庭很复杂,出入人多,带刀不易找得适当的机会。他正在用尽心计的时候,忽然听说中纳言大人为了还愿,要到石山寺去进香。

大家都希望跟去,连那些老太婆,也以不能同行为耻。但落洼姑娘是轮不着参加的。有一个叫做弁的侍女,看她可怜,对夫人说:"也带落洼姑娘去吧。年纪轻轻,独自住在家里,怪可怜的。"

但夫人说:"那个东西么?她何曾出门过?况且路上又没有要裁缝的东西。游玩等事,不要让她知道,关她在这里好了。"她完全不答应。

阿漕是三小姐的侍女,打扮得很漂亮,准备同去。但她想起了自己的主人落洼姑娘一个人留在家里,心里很难过,便对夫人说:"我忽然月经来了。"想以此为借口,留在家里。

夫人怒气冲冲地说:"哼哼!恐怕不是吧。你是因为落洼姑娘一个人留在这里,你可怜她,所以说这话吧。"

阿漕说:"实在是不凑巧,我很懊恼呢!如果身体不洁净是不要紧的,那么就请带我去吧。这样快乐的旅行,哪有人不愿去的呢!老婆子们都要跟去呐。"

夫人信以为真,便叫另一个婢女梳妆打扮,跟三小姐去,而让阿漕留下来。

大群人马出门以后,屋里肃静无声。阿漕便和寂寞无聊的落洼姑娘亲密地谈起话来。此时带刀在外面叫她:"听说你不跟他们同去。如果真的,我们现在就走吧。"阿漕回答说:"小姐留在这里,心绪不好,我怎么能走呢?少将在那里厌烦了,你去慰问他吧。前回说起的画册,你就带了来!"便给他一封信。

少将的妹妹,已经入宫当了女御的,有许多图画。带刀曾经说过:如果少将和落洼姑娘通了,他就去拿图画来给落洼姑娘看。

带刀立刻拿了这信去给少将看。少将看了信,说:"这是你妻子的手笔么? 写得很出色呢。机会很好,我就去,你去叫她们作准备吧。"

带刀说:"那么,请给我一卷图画。"少将说:"不行,预先讲好的,等事情成功了才给图画呢。"带刀答道:"现在正是好时机了。"

少将笑着,走进自己的房间里,用手指蘸了些墨,在一张白纸上画一个小嘴巴的男子,在上面写道:"你爱图画,只是

> 恨汝无情心戚戚,
>
> 愁颜不似画中人。"

叫带刀把这信带给落洼姑娘。

带刀便去找他的母亲,即少将的乳母,对她说道:"快给我准备一包美味的果物,我马上来拿。"说过之后就出去了。

带刀把阿漕叫出来。阿漕急忙问道:"图画呢? 怎么样了?"带刀说:"这便是。把这封信交给小姐,便知道了。"阿漕说:"又是撒谎吧。"便接了信。

落洼姑娘正在纳闷,读了这封情书,问道:"为什么这里说有图画呢?"阿漕答道:"是我写信把这事告诉带刀,大概这信被少将看到了吧。"

落洼姑娘说:"真讨厌啊! 我心中的事似乎被人看透了。像我这种不能见世面的人,最好是什么都不懂。"她今天特别不高兴。

带刀叫阿漕,阿漕就出去。带刀出其不意地问道:"留着看家的,有哪些人?"问明之后,便走进去找这些人,对他们说:"你们很寂寞吧。这袋里的果物,拿些来吃吧。"叫一个人去告诉大家:"无论何人都可以吃。"

便把整整两袋果子都送给他们。

　　一只大袋里,盛着各种果物,各种糕饼,红白相间。白纸隔开的地方,盛些烤饭团。又写一张字放在里头:"这些东西,在我家里,也是奇异的不足取的食物。住在这府里的诸君,不屑吃这种东西吧。这些烤饭团,可以送给那个名叫露的粗工。"他知道他们都寂寞,所以装出精神勃勃的样子给他们看。

　　阿漕看了,皱着眉头说道:"呀! 好古怪! 这些烤饭团和果子是什么意思呢? 这是你玩弄的花样么?"

　　带刀笑着说:"我不知道。我怎么会弄这种不三不四的花样! 喏,是我母亲瞎讨好呀。露! 把这个拿去吧。"就把那些食物交给他了。夫妻两人就同平日一样互相谈谈各人的主人的性情。带刀独自想道:今夜天下雨,少将大概不会出门的吧。便放心地就寝了。

　　此时无所顾忌,落洼小姐便独坐弹筝,音调优美可爱。带刀听了很感动,说道:"小姐原来有这样高明的一手!"阿漕说:"是呀! 这是她已故的母亲教她的。小姐六岁上就学会了。"

　　此时少将悄悄地来了。先派一个人来叫带刀:"有话要说,请你出来一下。"带刀立刻会意了。他想不到少将果真会来,心中惶惑不安,在里面答道:"我马上来了!"便走出房间去。阿漕走到小姐那里去了。

　　带刀对少将说:"要来,总得先打个招呼。这样突然地来了……况且,对方心里怎么样,也不大明白,真是困难了。"

　　少将不管,说道:"何必这样认真!"轻轻地拍拍带刀的肩膀。带刀苦笑着说:"没有办法了,请下车吧。"便引导他一同进门去。少将打发车子回去。吩咐车夫,明天天没亮的时候来接。

　　带刀暂时站在自家房门口,和少将说话,把安排告诉了他。这时候家中人很少,可以安心行事。少将说:"让我偷偷地看看小姐。"带刀说:"也许您看不上眼。如果像旧小说中的女主人公物忌姑娘那样难看,怎么办呢?"少将笑道:"那时候,没有戴草笠,就用衣袖盖住了头逃走吧。正像那小说中所描写的一样。"

带刀引导少将走进落洼房间的围墙和格子窗中间。自己暂时站在帘子前面看守,防有留在家里的人看见。

少将向房间里一张望,但见室内点着一盏幽暗的灯,连帘子和屏风也没有,可以看得很清楚。面孔向着这边坐着的,大概是阿漕吧。她的头发很美丽,白色的单衣上罩着一件有光泽的红单衫。在她前面,靠在柱上的,大约便是小姐了。她穿一件白色的旧衣服,上面罩着一件红色的棉衣,长过腰下。她的脸稍稍侧过去,看不清楚。头的轮廓和发的形状,都是美不可言。他正在张望的时候,灯火熄灭了。

少将觉得失望。但是心底里涌起强烈的感觉:现在这姑娘一定要变成我的人了。

但听得这姑娘说:"呀! 暗得很。你的丈夫独自在房中,你早点回去吧。"这声音非常娇嫩。阿漕答道:"刚才有客人来,他出去会客了。我就住在您身边吧。这样寂寞无聊,您一个人害怕吧。"落洼姑娘笑道:"不会害怕的,我早已习惯了。"

少将从格子窗边走出来,带刀迎面就说:"怎么样? 要回去么? 要我送您回去么? 那顶草笠呢?"少将笑道:"你被你那个标致的老婆迷了魂,却来拆败我的事情!"

少将心中想:小姐穿的衣服很破旧,也许看见了我怕难为情? 但他已决心同她相会,便对带刀说:"你快喊你那个人出来早点去睡觉吧!"

带刀回到自己房里,高声呼唤阿漕。阿漕回答说:"我不来了,今晚要在这里陪伴小姐。你早些到值班室里或别处去睡觉吧。"

带刀又叫:"刚才那个客人,有话要我转告你。你出来一下子吧!"阿漕说:"到底有什么事呀?不要这样噜苏!"便开门出来了。

带刀一把抓住了她,对她说道:"刚才的客人对我说,晚上下雨,一个人睡觉是不好的,来吧!"便拉着她走。阿漕笑道:"你瞧!什么事情也没有呀!"争执了一会,带刀终于硬把她拉进房去,两人静悄悄地睡觉了。

落洼姑娘独自不能成眠,坐着弹筝,信口吟道:

> "尘世茫茫皆可厌,
> 深山洞里觅安居。"

此时少将把格子门上的木片巧妙地旋开,钻进房间里。落洼姑娘吓了一跳,站起身来,被他一把抓住不放。

旋开格子门的声音,被陪着带刀睡在隔壁房间里的阿漕听到了。她不知道是什么事情,想走出去看看,却被带刀抱住,起身不得。阿漕说:"你干什么? 隔壁的格子门响,让我去看看就来,放开我吧!"

带刀说:"是那只狗吧。或者是老鼠吧。没有什么事,不要大惊小怪。"他不放她走。阿漕说:"这是怎么一回事啊! 你好像是有什么心事,所以说这种话。"带刀说:"我并没有什么心事,睡觉吧!"他紧紧地抱着她躺下了。

阿漕挣扎着说:"啊呀! 这算什么呢? 讨厌!"她挂念小姐,心中焦灼得很,然而动弹不得。带刀紧紧抱住她,女人气力小,无可奈何。

这一边,少将拉住落洼姑娘,脱下了自己的衣服,抱着她睡了。落洼姑娘异常惊诧,浑身发抖,只是嘤嘤啜泣。少将对她说:"我知道你嫌这世间苦辛,特来替你找一处不闻尘世忧患的安静的山洞似的住家。"

落洼姑娘想,这是谁呢? 想是那位少将了。她就想起自己的服装粗陋,尤其是裙子很龌龊,恨不得就此死去,只管吞声哭泣。少将看到她那身世飘零的模样,也觉得不胜伤心,便默默无言地睡觉了。

阿漕睡的地方很近,隐隐地听到落洼姑娘啜泣的声音。她猛然想起:"大概是那位少将偷偷地进去了!"她慌慌张张地想爬起来,却被带刀按住,起身不得,便骂道:"你把我拖住在这里,不知道小姐怎么样了。我通宵不安呢。你这种人,真是全无人情的!"她用力想摆脱带刀抱住她的手而爬起身来。带刀却笑着对她说:"我并不知道有什么事情。样样事情都要问我,我哪里吃得消? 你想想看吧,现在小姐房间里,大概有强盗走进去了,有一个男人走进去了。如果这样,你现在进去,怎么办呢?"阿漕说:"不! 怎么可以只当不知呢? 这男人是谁? 你说出来吧! 啊呀! 罪过啊! 小姐不知怎么样了!"她号啕大哭起来。

带刀笑着说:"算什么呢? 像小孩子一样!"阿漕生气了,认真地说道:"我嫁了你这个薄情人,真是……"带刀说:"老实告诉你,是少将来看望她。就是这么一回事。你静悄悄的,好么? 这也是前世因缘,是没有办法的。"阿漕说:"这件事我一点也不知道。小姐总以为我们夫妻两人串通的,我真冤枉了! 我为什么今晚离开了她呢? 要是睡在她身边,就好了。"她还是生气。带刀说:"不会的! 小姐一定知道你是不相干的。你不必这样生气。"他使她没有动怒的余地,抱着她睡了。

少将对小姐说:"你这样地不肯对我说真心话,是什么道理呢? 我想,我虽然是个微不足道的人,但也不至于受这样的苦痛。我屡次送上的信,没有得到一个字的回复。我想这恋爱是失败了,今后不再写信。然而每次送出了信,便觉得恋慕之情充满全身,终于不管你是否讨厌我,定要来和你相会,这真是前世的宿缘。这样一想便觉得你的冷酷反而是可喜的了。"

少将抱着她躺着,一面向她如此分说。小姐觉得羞耻得要死。她单衣也没有穿,只穿一条裙子,几乎是赤身露体,想起了就难为情,眼泪和冷汗一齐流出。少将也体会她这种心情,觉得可怜又很可爱,百般地安慰她,但落洼没有回答的勇气。她羞耻之极,心中怨恨从中拉拢的阿漕。

她好容易度过了悲痛的一夜,东方发白,鸡声啼出了。少将枕上吟诗道:

"怜卿通夜吞声泣,
听到鸡啼恨转深。"

又说:"你总要答复我。我不听到你的声音是不安心的。"落洼用若有若无的声音答道:

"我心忧恨诚如此,
除却长啼一语无。"

她的声音娇嫩可爱。以前少将以为她是一个浅薄的女子,现在了解她的真心了。

外面有叫声:"车子到了!"

带刀对阿漕说:"你到那边去通报一声。"阿漕说:"昨夜只当作不知,今朝去通报,小姐总以为我是完全知情的。你这个坏蛋,做出这种事情来,叫小姐厌恶我……"她那种怨恨的神气,竟像一个小孩子。

　　带刀便同她说笑:"不要紧的。小姐厌恶你,我疼爱你嘛。"带刀就自己走到落洼的格子门边,咳嗽几声。少将就起身了。他把被头拉过去盖在落洼身上,但见她单衫也不穿,怎禁得早寒。便把自己的单衣脱下来,盖在她身上,走了出去。落洼此时羞耻得很,觉得无地自容。

　　阿漕觉得非常为难。但是关起门来坐在房里,又不好意思,便走进小姐房中去,但见小姐还睡着。她正在考虑,对小姐怎么说法呢? 这时候带刀的信和少将的信一同送到了。

　　带刀的信上写道:"昨晚通夜身体失却知觉,受尽痛苦,实在迷惑之至。我对你毫无疏略之处。昨天白天也被你怒目而视,以后如何不得而知了。思想起来,你真是一个可怕的人。小姐被人冒犯了,你埋怨我,说我是个坏蛋。这样冤枉我,我实在迷惑不解。现在送上少将的一封情书,希望得到回信。在现今的世间,这种事情算得什么呢? 用不着发愁的。"

　　阿漕把少将的情书送给小姐,对她说道:"这里有一封信。昨夜我无心无思地睡着,不知不觉地天亮了。现在我无论怎样分说,小姐总以为我是辩解。但这也是难怪的。那种事情,如果我有丝毫知道,我真是……"

　　她这话是要表明自身的洁白。但小姐不回答,看她的样子还不想起身。阿漕觉得悲痛,又说:"唉,小姐还是以为我是知情而干这件事的。唉,罪过! 我长年服侍你,怎么会干这种没良心的事呢? 我只是为了小姐一人在家寂寞,所以连那快乐的旅行也不参加。谁知完全没用,小姐不要听我的话,对我绝不理睬。照这样子,我不能再住在你身边,还是让我走了吧。"说罢哭起来。

　　落洼姑娘听了这话,觉得阿漕确是一片苦心,很是可怜。便开口说道："不，我不以为你是知情的。只是突如其来，教人难受。况且我的服装褴褛，被人看到，实在太难堪了。如果已故的母亲还在世，我绝不会遭逢这种忧患。"说罢也哭了。

阿漕说："的确是这样。从来继母总是厉害的，但是这里那位夫人的心，实在与众不同。少将也是早已知道的。所以他一定能够体会你的心情。只要少将的心不变，这是多么可喜的事啊！"

落洼说："这种希望，我想也不敢想。像我这样姿态丑陋的人，难道会有人看见了爱上我么？况且这种消息传布出去，家法森严的母亲知道了，怎么说呢？她曾经说过，替别人做了活，不许住在这家庭里呢。"她说着不胜恐怖。

阿漕说："所以，索性走出这家庭就好了。这样地受尽折磨，何苦来呢！人生在世，幸福也许会轮到身上。小姐的命运不会永远是这样的。况且，对方请你这样维持一下，他是会永远思念你，这是很清楚的！"她说得头头是道。

时间过得久了，使者催促回信。阿漕对小姐说："快快看信，现在无论怎么样考虑，也是没有用的了。"她安慰她，便把少将的信展开来给她看。小姐低着头看，但见只有一首诗：

　　　　　"底事与卿相见后，
　　　　　恋情反比昔时增。"

但是小姐心绪不佳，没有写回信。

阿漕写回信给她的丈夫带刀："啊呀！真讨厌啊！这算什么呢？昨夜的事情，真是太无法无天，太不应该、太没良心的行为了！自今以后，我什么都不相信你了。小姐实在心绪不好,现在还睡着。因此送来的信,还没有读过。看她的样子,真是懊恼得很……"

　　带刀把种种情况报告少将。少将以为小姐对他并非那么不快。只因她的服装太简陋,所以看见他的时候难为情,直到他离去后还是快快不快。他很可怜她。

　　昼间,少将写第二封情书:"你还没有对我开诚解怀地讲真心话,不知怎的,我怜爱你的心越发热烈了。正是:

　　　　　　不肯开诚无一语,

　　　　　　我心反觉恋情增。

我自己也不知道是什么缘故。"

　　带刀的信很简短:"到了此刻,不写回信是不成样子了。事已如此,只有专心一致地相思相念。主子的爱情永远不变,是看得出的,而且他也亲口说过了。"

　　阿漕劝小姐,必须写封回信。但小姐回想,昨夜少将看到了她的模样,不知作何感想。她深感羞耻,很难为情,实在没有勇气写回信。便盖着被头睡觉了。

　　阿漕也没得话说,便写一封信:"来信小姐已经看过了。但是因为非常苦闷,实在不能写回信。而且,所言来日方长,她也不能相信。她以为不久一定会变心的。少将的样子不太可靠,是你在表面上替他说得好听的吧。"

　　带刀把这信送给少将,少将看了笑道:"啊呀,阿漕这个人,真是个聪明伶俐、能言善辩的女子啊!大概是因为小姐非常怕羞,所以她要给她争点面子吧。"

　　且说阿漕另外没有可以商量的人,只能独自一人想这样想那样,坐立不安。她在小姐房间里打扫灰尘,看见屏风、帷帘都没有,全无一点室内装饰,实在毫无办法。小姐本人呢,一切不顾地躺着。她想替她整理坐具,扶她起来,但见她的神情非常苦闷,眼角上淌着泪。阿漕很可怜她,对她说道:"小姐,我替你梳头吧。"像哄小孩一样安慰她。但小姐回答说:"我难过得很。"依旧躺在那里。

　　这位小姐原有少量随身应用的器具,都是已故的母亲的遗物。其中有一面镜子,是很漂亮的。阿漕想,如果连这点也没有,那是太不成样子。便把它仔细揩拭一番,陈列在小姐枕边。

　　这样地做粗工、做细工,忙忙碌碌地过了一天。已经是少将就要来到的时候了。阿漕对小姐说:"实在委屈了你!这条裙子还没有十分旧。少将就要来了,你就穿上了这个……真是倒霉。"就把她自己的一条裙子悄悄地送给小姐。这是一条非常美丽的、值班时穿的裙子,只不过穿过两次。她又说:"这种事情,实在太荒唐了。但是谁也不知道的,请穿了吧。"小姐觉得难为情。但是今夜再像昨夜那样会见少将,实在太不成样,便怀着感谢之情穿了这裙子。阿漕又说:"熏香呢,最近三小姐庆祝梳头时我讨了些来,真是一点点,现在就用了吧。"便把准备好的衣服加以熏香。

　　此外,至少小型的三尺的长帷帘,是不可少的。然而无法办到:向谁借呢?尤其是被褥太薄、太粗陋,也得想办法。便写一封信给小姐的姨母。这姨母的丈夫本来是在宫中当差的,现在改任地方官,做了和泉守。

　　阿漕的信上写道:"因为急需,不得不向尊处请求。实因有一个客气的朋友,为了避开太白神所在的方向,要到我们这房间里来住一下。这样,必须有个帷帘,还有被褥。对这样的客人,太难看的拿不出来。真是对不起了,如果有相当的东西,即请借用一下。屡次打扰,实在很不应该。但因急需,顾不得了。"她匆匆写好,就派人送去。

姨母的回信说:"久不通问,时深怀念。直到今日才得消息,不胜喜慰。这几件粗陋的用品,都是我为自己置备的。这样的东西,恐怕你们那里很多吧。帷帘一并送上。"送来的东西中,还附有一件紫苑色的棉衣,即表面淡紫色、里面青色的。

阿漕的高兴不可言喻。她把种种东西取出来给小姐看。把帷帘的带子解开,张挂起来。这期间少将已经来到了。阿漕引导他到房间里。小姐觉得躺着太没有礼貌,想坐起身来。少将说:"你很累吧? 不要坐起来。"立刻和她一起躺下了。

今夜和昨天不同了,裙子上熏香扑鼻,衣服焕然一新。小姐心情愉快,少将也安心地躺着。今夜小姐有问必答,少将对她无限怜爱,情话娓娓不倦,不觉天已亮了。

外面有人叫:"车子到了!"少将说:"稍等一下,看看天有没有下雨?"他还是躺着。阿漕要办些盥洗水和早粥,想去和厨房里工作的一个人商量,然而因为家里的人都出门去了,所以厨房里没有准备早粥。

阿漕便捏造些理由,对他说道:"实在是因为带刀的一个朋友,昨夜有事来和他商谈。因为下雨,就在这里宿夜,还没有回去。我想办些早粥请他吃,但没有东西,只得来和你商量。请给我些酒;如果海藻有多余的,也请给我少许。"

那个人说:"这的确使你为难。碰到临时发生的事,实在是难于应付的。好,这里倒有少许,是准备家里的人回来时用的。"阿漕顺着说:"不错,家里的人一回来,就要办开晕酒的。"她看见对方很和气,便老实不客气地打开瓶子,倒了些酒。那人说:"不要倒光,留一点吧。"阿漕应着:"知道,知道。"又用纸包了些海藻,藏在一只小炭篓里,拿回自己房间里去。

她呼唤那个名叫露的工人:"你给我好好地煮些粥,煮好了马上送来。"自己就出去找干净的食桌。

她想送盥洗水,须用大脸盆,家里没有这东西。好,就把三小姐的暂时借用一下吧。她准备送进去给少将,便把卷起的头发放下来,把衣服整理了一下。

小姐非常苦闷地躺着。阿漕妆扮得很漂亮,穿着礼装,束着宽带,身长约三尺,一头黑发,袅袅婷婷地走到少将面前去。带刀出神地目送着她。

阿漕从房间面前走过时,自言自语地说:"这格子窗让它这样关着么?"少将想仔细看看小姐的模样,说道:"小姐说很暗,打开了吧。"阿漕就上前一步,把格子窗打开了。

少将起身,穿好衣服,问道:"车子来了么?"外面答道:"停在门前了。"他想回去,但见非常讲究的早饭端出来了。盥洗器具也送来了。少将觉得很奇怪:他听说这里万事不周,不料样样俱全。小姐也想不到设备会如此周到,颇感诧异。

天上降些小雨,幸而四周肃静无人。少将想出去了,向小姐看看。但见在早晨的天光之下,容颜无限美丽,他对她的爱情愈加深厚了。少将回去之后,小姐略吃些粥,又躺下了。

今夜是结婚第三日,应该做庆祝的饼给新郎新娘吃。但是别无可商量的人,阿漕就再写信给那位和泉守家的姨母:"最近承蒙赐借种种物品,实甚感激,应该郑重道谢。今天又有事相烦:因有特别用处,需要些饼。此外若有果物,亦请惠赐若干。实因这位客人为了避开方向,本来说是住一两天,岂知要延长四五十天。因此上次拜借诸物品,眼下还不能奉还。还想另借一只精小的脸盆。絮索太多,很对不起。念在至亲,还请原谅。……"

少将送来情书,是一首诗:

"一自分携后,相思刻刻增。

愿同明镜里,形影不离分。"

落洼今天第一次给他回信,也是一首诗:

"镜里容颜好,分明是我身。

岂知空照影,相对诉悲情。"

她的笔迹非常秀美。少将看了喜形于色,爱情更增。

姨母有回信送给阿漕。信中写道:"你是我已故的姐姐的后身,我想起常觉恋恋。我没有女儿,我常想迎接你到这里来,就做我的女儿,使你一生安乐。但是你不能来,我常引以为恨。所需要各物,一概送给你。以后如有缺乏,随时告我。脸盆也送给你。做官人家,连这种东西也没有,真是笑话。你为什么不早说呢? 女子家不讲究妆饰,是难看的。不知你为什么这样。要饼,毫无困难,现在立刻做给你。那些器具和饼,大概是结婚第三日庆祝用的吧? 不论如何,总想和你见一次面,实在很想念你。你无论要什么,只管对我说。我家领地里的收入,在现今总算是丰富的。所以无论何物都可供应。"

这封信里的话非常诚恳,阿漕看了高兴得不得了,拿给小姐看。小姐看了说:"为什么托她做饼呢?"阿漕笑嘻嘻地说:"这是有个道理的。"

不久,姨母那里送来了上等的饭桌和脸盆等物,都是形式很好看的。另有一只袋,装着白米。还有果物、干鱼等食物,都用纸包好,端端正正地装着。今夜是少将来到的第三夜。所以必须尽量布置得体面,请他吃庆祝的饼。阿漕从袋中取出各物,分别安排。

天色渐暮。小雨已经停止,忽然又下起来,竟变成倾盆大雨。这样的天气,姨母那里的饼不会送来了吧? 正在焦虑,但见一个男仆撑着一顶大伞,送来一只木箱,里面装着饼。阿漕高兴得不得了。打开箱子盖,但见草饼两种,制成小型,色彩也有种种,不知花多少时间做起来的。附有一张字条,上面写道:"你有急用,我匆促地做起来,恐怕很不合意吧,非常抱歉。"因为大雨,使者急欲回去。阿漕一时拿不出看馔,光请他喝些酒,让他回去了。匆匆附一纸回信:"感谢之意,不能尽述。"表示无限的喜慰。一切皆已准备停当,阿漕又高兴得不得了。她连忙拿些饼盛在盒子盖里,送给小姐吃。

傍晚,天色渐暗,雨恶作剧地大了起来,也不能出去了。少将对带刀说:"可惜,今晚恐怕不能到那边去了,这样大的雨。"带刀说:"现在刚开始往来,还没有几天,不去是不好意思的。不过碰得不巧,这样大的雨,不去也不能说是我们的怠慢,所以没有办法。只得写封信,说明这情况。"他的脸上露出对不起对方的神色。

少将说:"好的。"便写信:"本当立刻前来,无奈时机不巧,无可奈何。丝毫没有怠慢之心,请勿见怪为幸。"

带刀也写一封信给阿漕:"我就想回来。我们主人也就想出门。怎奈如此大雨,只好在这里愁叹。"立刻派人将信送去。

阿漕看了信,想道:这样,一切都变成泡影,可惜之极,便写一封回信给带刀:"啊呀,古诗中不是说过'不惜衣裳湿,冒雨来相会'么?何等薄情啊!既然如此,无话可说了。大概,当初是你骗他来的。你犯了这等错误,现在就不负责了?古诗中说:'今宵竟不来,更欲待何时。'世间真有这事情。不来也罢,很好很好!"这封信写得淋漓尽致。

小姐的回信,只是一首诗:

> "身世不逢辰,忧思殊难释。
>
> 为恨薄情人,今宵袖尽湿。"

两封回信送到时,已是黄昏戌时了。

少将在灯光之下看了小姐的诗,觉得非常可怜。又看了给带刀的信,说道:"她说了许多抱怨的话呢。今天是结婚第三天的晚上。开头就如此,是不吉利的吧。"他觉得非常可怜。但雨势越来越大。没有办法,两手托着面颊,靠在桌上出神。

带刀叹了几口大气,想走开去了。少将唤他回来,对他说道:"且慢,你准备怎么样?想到那边去么?"带刀说:"我准备去,至少去讲几句安慰的话吧。"少将说:"那么,我也去。"带刀很高兴,说道:"啊呀!那是好极了!"少将说:"去找一把大伞来。现在准备湿透衣裳了。"说罢就走进内室去。带刀出去找伞了。

阿漕做梦也想不到少将会来,正在悲叹他的无情。她愤愤不平地骂道:"唉,从来没有这样讨厌的,这大雨!"小姐安慰动怒的阿漕:"为什么讲这些话!"她也觉得可耻,没精打采地说。阿漕又咒道:"即使要下雨,像普通那样下雨,也够了,哪有这样讨厌的大雨!"

"我身如泪淋,雨势忽又增。"小姐凄凉地念着《古今集》里的恋歌,靠在柱上,不再听阿漕讲话。

少将脱去了外衣,穿一身白衣服,和带刀两人合撑着一顶大伞,悄悄地开门出去了。

天色漆黑,两人走不惯凹凸不平的夜路。他们喘着气蹒跚地走着。走到一个十字路口,碰到一个行列,点着火把,高声叫喊走来。这条路很窄,又没有可以躲避的地方,只得将身靠边,用伞遮蔽面孔。行列里有几个小官吏模样的人叫道:"喂,走路的两个人,站定! 这样的大雨,又是半夜里,光是两个人走路,不是好东西,抓住!"两人无可奈何,只得在路旁站定。那人用火把照照他们,说道:"这两个人穿着白衣服,大概不是贼吧?"另一人说:"不,逃出来的小贼也有穿白衣服的。"临走时又骂道:"无礼的家伙,站在这里做什么? 走吧!"说着,敲敲他们的伞。两人没有办法,只得踏着粪便,走那龌龊的小路。其中又有人说:"故意用伞遮住面孔,不是好东西。"两人只得将伞横下来,淋着雨,踏着粪便走去。又有人用火把照照他们,说:"这家伙还穿着外套呢。大约是穷人出去偷老婆的吧。"这样地讪笑着,走过去了。

好容易抬起头来,少将说:"这些大概是衙门督的巡回夜警。他们把我当作盗贼,好像要把我抓去的样子,真是有生以来第一次碰到的事。他们称我为赤脚强盗,倒是一个很好听的名字。"两人说说笑笑,走了一会。

少将说:"喂喂,我们还是回去吧。一身粪土,气味很臭,这样地去,反而被人讨厌吧。"

带刀笑着说:"这样的大雨,步行而往,这深情厚谊教人感激不尽,哪里会臭? 恐怕比麝香还香呢! 况且离家已经很远,到那边倒是很近了。

去吧去吧!"

　　带刀坚持要去,少将也觉得,既然下决心来了,半途而废,也很可惜。他就回心转意,提起精神继续前往。

　　晚上人都睡了,门已经关上,好容易敲开了,走了进去。带刀先引导少将到自己的房间里,拿水来给他洗脚,自己也洗了。少将对带刀说:"明天早上天没有亮就要起来。我要在面目看不清楚的时候回去。你切不可误事!我这样子很难看呢。"说罢,就轻轻地敲落洼的房间的格子门。

　　小姐怨恨今宵不来的人无情。但这还在其次,她所忧虑的是,这件事宣扬出去,被严厉的母亲知道了将怎么说,她的遭遇势必更加困苦了。因此她躺着,不能成眠,只是吞声饮泣。

　　阿漕白费心血,唉声叹气,坐在小姐面前,靠在壁上休息。忽然听见格子门上的声音,蓦地站起身来,说:"怎么?格子门上有声音呢。"便走过去,听见少将的声音:"开门!"她吃了一惊,连忙开门,但见少将挨身而入,浑身湿透!

　　阿漕叫道:"啊呀!怎么湿得这样厉害!"少将说:"惟成(即带刀)说,使得小姐不高兴,对她不起。我把衣服撩到膝盖以上,用带子扎好了走来。路上跌了一跤,满身是泥了。"他把衣服脱下,阿漕接了,说:"让我拿去烤。"便把小姐的衣裳给少将穿上了。

　　少将走到小姐躺着的地方,恨恨地说:"弄得这般模样,倘有一个女人来抱我,我多么欢喜啊!"便把手伸到帷帘中,觉得小姐的衣袖上有些湿。他想,大概是恨我不来而哭泣吧。他很可怜她,吟出古歌的上句:

　　　　　　　　"因思何事青衫湿?"

小姐接着吟出下句：

"慨念终身泪雨淋。"

少将说："这雨如果知道你的身世，一定到现在为止就不再落了。因为我已经来了。"就和小姐一起躺下。

阿漕把那饼整齐地盛在一只匣子盖里，送到枕边说："请用这个。"少将说："我想睡，疲倦得不堪呢。"他不想坐起来。

阿漕说："但今夜一定要吃的。"少将说："到底是什么？"抬起头来一看，但见许多婚礼三朝用的饼，整齐地盛着。不知道是谁这样周到地安排着的。想起了有人这样热诚地等待我来，心中异常快慰。便问阿漕："这是三朝饼，听说吃的时候有一定的规矩，是怎么样的？"阿漕说："这个你不会不知道吧。"少将说："独身的人，没有吃过婚礼的饼呀。"阿漕说："听说是要吃三个。"少将说："啊呀，这句话没有什么风趣。女人吃几个呢？"阿漕笑着说："由你说吧。"

少将对小姐说："那么，你也吃点。"落洼怕羞，不大想吃。少将认真地吃了三个，开玩笑地说："怎么样？那个藏人少将（三小姐的丈夫）能像我一样地吃么？"阿漕笑道："也会吃的吧。"夜已很深，大家睡了。

阿漕回到带刀那里，但见他还是浑身湿透，像一只落汤鸡，抖抖瑟瑟地蜷伏着。阿漕说："淋得这样湿！没有伞么？"带刀低声地告诉她途中被夜警盘问的情况，笑着说道："这样深切的爱情，没有前例，真是古今无类、难得之至啊！"

阿漕说："略有点儿像，但是还不够呢。"带刀直率地答道："你说略有点儿，可见女人贪得无厌，所以讨厌。今后即使有二十次、三十次的薄情行为,也可因今晚的深情厚谊而受到原谅了。"阿漕说:"又要自说自话了,你这个人!"说着躺下了,又认真地说:"的确,今晚倘不来,怎么办呢!"又说了些闲话,就睡着了。

睡得很迟,不久天就亮了。少将说:"啊呀,怎样回去呢?静倒还很静。"他还是躺着。

阿漕醒来,着急得很。事情的确困难,因为石山寺进香的人要回来了。进进出出的人多,不会没有人走到这里来,想起了很不安心。况且还须准备少将用的早粥和盥洗水。她很心焦。带刀看到阿漕的样子,说道:"何必这样的烦躁!"阿漕答道:"叫我怎么能够安心呢?住在这样狭小的地方,动手不得。说不定会有人来。所以提心吊胆呢。"

少将说:"叫他们把车子赶到这里来,让我悄悄出去通知吧。"正在这时候,石山寺进香的一批人喧哗地回来了。

"啊呀,糟糕!"

少将叫着,就坐定了。落洼姑娘想起这样狭小的房间,说不定有人来看,怎么办呢?她满怀忧惧。阿漕更加着急。她在这混乱之中,竟会取得菜和早粥,送与少将。盥洗水也送来了。这样那样地奔走,手忙脚乱,恨不得再有一个人来帮助她。正在此时,夫人从车子上走下来,大声叫唤:"阿漕!阿漕!"

真不得了:客厅的门开着,来不及去关。夫人走到正厅的格子门和竹帘之间,说道:"出门的人,旅途中疲劳了,都去休息吧。你老是在这里休息,车子到时为什么不出来迎接呢?你和谁混在一起,真可恶!从来没有这样讨厌的人!你回到落洼的房间里去吧!"同时还讲些挖苦落洼的话。

阿漕听到这话,心中很高兴,但不好说。她辩解道:"真对不起,我因为正在换衣服。"

夫人说："随便你说吧。快去拿盥洗水来!"阿漕仓皇地回答,立刻站起身来,茫然若失了。她就到三小姐那里去服役。这时候厨房里的饭菜办好了。她找个机会,到厨房里去,同厨司商量,用许多白米来交换了烧好的小菜,拿回来给少将吃。少将听说这里万事不自由,想不到如此周全。小姐更加诧异:阿漕怎么能有这样的调度,真想不到。

少将略微吃些,落洼姑娘还睡着,一点也不吃。阿漕把食物盛在一只锅子里,全部拿去给带刀吃。带刀说:"啊,我到这里来,已经很长久了,不曾得到过这样的赏赐。这是少将来了的缘故。"阿漕答道:"今后,慢慢地还有夫人的赏赐呢。这是预先庆祝呀。"带刀说:"啊唷! 吓死我了!"两人说笑了一会。

到了昼间,少将和落洼正躺着。夫人本来不大到落洼房间里来看,这时候不知想起了什么,走到门边来,想把门打开。门关得很紧,她就叫:"开门!"小姐和阿漕听到夫人的声音,都慌张了。

少将说:"不要紧,开吧。如果她要撩起帷帘来看,我披着衣服躺着好了。"

小姐知道夫人近来的习性,她是会走进来看的。她很为难,但是也没有可以隐避的地方。她就坐在帷帘旁边。

外面夫人生气了:"为什么要耽搁这许多时间!"阿漕回答:"今天和明天是禁忌日子。"好容易搪塞了一句。夫人说:"不要神气活现! 又不是你自己家里,有什么禁忌呀!"小姐说:"那么,开了吧。"把门闩一拨开,夫人狠狠地推开了门,昂然直入,站在房间中央,环视着四周。

一看,情况和以前不同了,收拾得很清洁。帷帘也有了。落洼服装也整齐了。室内充满了香气。夫人想不通,说道:"怎么样子和以前不同了。我出门的期间,出了什么事情?"小姐不觉涨红了脸,答道:"没有……什么。"

帷帘里面的少将,想看看夫人是什么样儿的。他躺着从帷帘的隙缝中窥看,但见她上身穿着白的绸衣,下面缀着并不讲究的绢裙。面孔扁平,确有夫人的风采。她的口角上带着娇相,有些可爱。总之,全体很光鲜。只是眉头稍稍蹙紧,表示性情凶恶。

夫人说:"我这回在路上买得一面镜子,装在这镜箱里大约是正好的。我想向你借一借呢。"落洼姑娘慷慨地答道:"好,很好。"

夫人说:"唉! 你讲话直爽,我很欢喜。那么我就借用了。"她立刻把镜箱拿过去,取出了其中的镜子,把自己的镜子装进去。大小正好,她很高兴,说道:"真个买到了好东西。这镜箱上的景泰窑,现今制造不出来了。"说着把镜箱揩拭了一下。

阿漕心中懊恼得不得了,说道:"不过这镜子没了箱子,很不方便呢。"夫人说:"我就买来给她。"便站起身来。她表示十分满意的样子,说:"这帷帘是哪里来的? 好得很。还有许多别处看不到的器具。似乎有点蹊跷呢。"

小姐想:少将听到这句话,不知作何感想。她觉得非常不好意思,只是答道:"没有这些觉得不方便,所以拿来的。"夫人还是狐疑满腹。

夫人出去以后,阿漕实在忍耐不住了,说道:"真是倒霉! 不给我们东西,也就算了。连我们原有的东西也都要拿去。上次那个人结婚的时候,说是暂时借用、不久归还的,把屏风等种种东西取了去,但到今天还是当作自家的东西一样使用着。碗盏等物,这样那样,都被取去了。我们去向老大人要求,取回来吧。这里的用具,忽然变做那边的小姐的东西了。我们这样的宽宏大量,你们几时才能得到报答呢? 真是!"

　　小姐安慰她,说:"算了,各种东西,他们用过之后总会还给我们的。"少将听了这话,佩服小姐气度的宽大。他忽然撩开帷帘,拉住小姐的手,问她:"那夫人年纪还轻呢。几位小姐都像她么?"小姐答道:"不,小姐们不像她,都很漂亮。母亲不知怎的,今天被你看到了难看的姿态。将来有人问你,你怎么说呢?"这样地畅谈衷曲,少将越发觉得这小姐可爱了。他想:当初如果断绝了这恋情,真是后悔莫及。这件事做得很好。

　　不久,夫人叫一个名叫阿可君的童子送镜箱来了。是一只黑漆的箱子,直径约有九寸,厚三寸,是一件古式的器具,陈旧得很,那漆处处剥落了。童子传言道:"这是清一色的,漆虽然有些剥落,但是确系上等物品。"

　　阿漕看了,忍不住好笑。把镜子装进去看,太大了,不成样子。"唉,难看极了。索性不装箱子,光是用镜子算了。从来不曾见过这种东西。"小姐说:"不要说这样的话。送我们是要感谢的。的确很好。"小姐叫那童子回去。

　　少将拿起这镜箱来看看,冷笑一声,说:"哪里去找出这种老古董来?夫人收藏的东西都很别致,是珍贵无比的啊! 佩服。"

　　天亮了,少将回去了。

　　落洼姑娘起身,对阿漕说:"我真高兴,全靠有这帷帘,可以给我遮羞。"阿漕把家中种种情况告诉她。这阿漕年纪虽然还轻,而用心非常周到,真是一个可怜可爱的人。小姐想起:阿漕以前曾经名叫"辅助",确是名副其实。

　　阿漕把带刀所说昨夜的情况告诉小姐,盛称少将对小姐的爱情的深挚。她说:"只要少将的真心长久继续、永远不变,那么小姐过去所受的委屈,都会翻身,真是多么可喜的事啊!"两人讲了许多知心话。

这天晚上少将进宫去,不曾到这里来。次日,送来一封信,写道:"昨夜我在宫中值宿,不曾过访。阿漕大概在责备带刀了,想起了觉得可笑。她的能言善辩,不知是从哪里学来的。我眼前浮现出那位夫人的面目来,无端地觉得可怕。今夜我回想昔日,深为感动,正如古人的恋歌所说:'一自与卿相契后,不知昔日是何心。'

> 当年无墨碍,晨夕自悠悠。
> 昨夜与君别,独眠不耐愁。

你希望离开这顾虑繁多的境界么?我们去找一个安乐的住处吧。"这信写得非常恳切。

带刀说:"早些给回信吧。"

阿漕看了少将的信,对带刀说:"你多嘴多舌,讲了我许多坏话吧。我对你无话不谈,你却欺负我。"

小姐的回信说:"昨夜我的感觉正像古人的恋歌所说:

> '凉风秋瑟瑟,团扇叹无情。
> 尝恐君心变,泪珠似雨淋。'

我也吟成一首:

> '尝恐君心变,恩情不久长。
> 妾身多薄命,忧思永难忘。'

的确,这世间好像是关着门的,无法逃出。正如阿漕所说:犯罪之人多恐怖也。"

带刀拿了这封信正要出去,那个藏人少将说有要事,把他叫住了。他来不及送信,便把信揣在怀里。

藏人少将叫住带刀,是要叫他梳头。梳的时候,藏人少将弯下身子,带刀也弯下身子。那封信从怀中落在地上,带刀不曾注意到。三小姐的丈夫藏人少将眼睛尖,悄悄地取了这封信。

梳好了头,藏人少将走进内室,把信递给三小姐,说道:"真奇怪,这是带刀掉落的,你看吧。笔道很清秀呢。"三小姐说:"这是落洼姑娘的字呢。"藏人少将说:"是写给谁的? 这人的名字很奇妙。"三小姐说:"确有这样的人,是个做针线的人呀。"她看看这情书,觉得奇妙。

带刀整理了梳头用的脸盆,想出门去,不见了怀中的信。啊呀,不得了! 他坐立不安,把衣服都抖过,把带子解开来看,都找不到信。怎么办呢? 他的脸涨红了。

然而他不曾到过别的地方。要是掉落,一定掉在这里。他把藏人少将的宝座拿起来看,还是没有。谁拿了去呢? 他担心不知会引起何等大事。左思右想,两手支着面颊,茫然若失。正在此时,藏人少将出来了,看见他这般模样,笑着说道:"怎么? 带刀的样子很不自在呢。掉了什么东西么?"

带刀看出,一定是被这个人藏过了。他急得要死,这真是糟糕透顶了,便向他哀告:"求求您,还了我吧!"藏人少将说:"我不知道。小姐说你是'江水上山流'呢。"说着就走了。

古歌:"玉颜丽如此,何用更他求。若负三生誓,江水上山流。"他说带刀是"江水上山流",意思是说带刀已经有了阿漕,又和别的女人通情。

而这别的女人,带刀想来,是指落洼姑娘。他气得眼前一团漆黑。

他毫无办法。此事被阿漕知道了,将骂他何等疏忽。他觉得可耻。然而无可奈何,只得回去对阿漕说:"刚才我拿了那封回信出去的时候,被那人叫住了,要我梳头。我不当心,掉落在地,被他取了去。真是糟糕!"说时上气不接下气。

阿漕听了,说:"这不得了! 不知会引起何等的大乱子呢。本来,夫人已经在疑心有什么事情了。不知要闹得怎么样呢。"两人都吓得身上出汗。

三小姐把这封信给母亲看,说是怎样拾得来的。夫人说:"果然如此,我早就觉得奇怪了。对方是谁呢? 带刀拿着这信,看来就是那个男子了。大概这男子对她说过要来迎娶等等话吧,因为这信上说走不出这门。我正想不给这女孩子嫁男人,现在倒有些讨厌了。她如果有了男人,一定不会像现在这样住在这里,要把她接出去的。我家没有了这个人,倒很不方便。我是想把落洼当作你们的仆役的呢。不知究竟是哪一个坏蛋做这件事的。不过,不要太早声张,否则那人会把她隐藏起来。对任何人不要说起……"

于是关于这情书的事,绝不谈起,静观形势。带刀等觉得奇怪。

阿漕向落洼姑娘请求:"你的回信,这般地被人拿了去。实在说不出口。请小姐再写一封,好不好?"小姐听了,担心得不得了。她想,夫人一定也看到了。她忧愁地说:"我一点气力也没有了。"那悲哀的样子,教人目不忍睹。带刀没脸到少将家里去,闭居在房间里。

少将一点也不知道,日暮时候,到落洼这里来了,问道:"为什么不给我回信?"落洼姑娘答道:"因为不巧,被母亲看到了。"两人就睡觉了。

天亮得很早,少将想回去了,但是天色大明,出入人多,不便走出去,仍旧回到落洼这里来休息。阿漕照例忙着准备早餐。

少将静静地躺着,和落洼姑娘作这样的谈话:"这里的四小姐今年几岁了?""大约十三四岁,长得真漂亮呢。""那么也许是真的,中纳言说要把她嫁给我呢。因为这四小姐的乳母,和我家中的人熟悉。这里的夫人也很赞成,就叫人来做媒。但是,抱歉得很,我准备拒绝他们,说我已经和你有这样的关系了。你看好不好?"

小姐只是回答说:"这样,他们不乐意吧。"她那没精打采的样子很是可怜。

少将又问:"我这样地到这里来,觉得没有面子,很不舒畅。我想叫你迁居到好的地方去,你可以去么?"小姐答道:"听凭你吧。"少将说:"那么很好。"说着,睡觉了。

十一月二十三日的事:

三小姐的丈夫藏人少将被指定为贺茂临时祭的舞人,三小姐的母亲作种种准备,忙碌万状。临时祭于十一月下旬的酉日举行。舞人从近卫府的贵公子中选出,是祭使中的重要人物。

阿漕很担心,认为这次不得了了。因为她想,一定有许多裁缝工作派给落洼姑娘。果然不出所料,立刻派人拿一条罩裙来叫缝了。那使者说:"夫人说,这个要立刻就缝。因为后面还有许多活儿哩。"

小姐还在帷帘里睡觉。阿漕代为答道:"不知怎的,昨夜身体不好,现在还睡着。等她醒来,我转告她吧。"使者回去了。

小姐想立刻起身来缝。少将说:"我独个人,寂寞无聊,怎么能睡呢?"不让她起来。

夫人的使者又来问了:"怎么样? 开始缝了么?"使者回去说:"没有,阿漕说还在睡觉。"

夫人冷笑着说:"什么话! 怎么叫做还在睡觉? 说话要当心! 不准你同我们一般样地说话! 我不要听! 况且,白天睡觉,岂有此理! 连自己的身份都忘记,真是该死!"

这回她亲自拿了一件衬衣来了。落洼姑娘慌张地从帷帘中走出来。夫人看见那罩裙依然放着,脸色顿时变了,骂道:"还不曾动手? 我以为已经做好了呢。竟把我的话当作耳边风么? 近来发痴了,一天到晚忙着化妆。"

小姐听了这番话,心中非常难过。她想,少将听到了,不知作何感想。她神志颓丧,回答道:"因为身体不大好,暂时放着。"又辩解道:"这立刻可以做好的。"便拿起来做。

夫人又骂道:"粗制滥造是不行的! 唉,要叫你这种讨厌的人做,就因为没有人的缘故。这衬衫倘不立刻缝好,要你滚出去!"

她怒气冲冲地把衣服投给落洼,站起身来。少将的外衣角从帷帘底下露出,正好被她看见了。便问:"这外衣是哪里来的?"她站定了说话,阿漕一想,闯祸了,便含糊地答道:"这是别人托做的。"

夫人说:"哼! 先缝别人的东西,把家中的东西搁在一边? 好了好了,你住在这里没有结果了。唉,世界上竟有这样不要脸的人!"唉声叹气地出去了。

少将静静地躺着窥看她的后影:由于子女生得太多,头发脱落了,不过十几根,像老鼠尾巴一般挂着。加之身体很胖,这样的人简直是少有的。

落洼姑娘忙忙碌碌地在那里缝裙子的襞。少将拉她的衣裙,说:"来,到这里来!"把她拉了过来。小姐无可奈何,只得钻进帷帘里面去。

少将说:"这讨厌的家伙,你不要缝! 让她再懊恼些,使得她没有办法。她刚才说的那些话是什么意思？一向是这样多嘴饶舌的么？你怎么忍耐得住呢？”

小姐没精打采地回答：“我身是山梨花呀！”

古歌云：“我身恰似山梨树，祸患袭来无处逃。”小姐引用这诗，意思是说，她不能离开这里而逃到外面去。

不久天黑了。窗子都关上，点起灯火来。小姐正想继续把那衣服缝完，夫人悄悄地来察看情况了。

一看，衣服堆着，灯火点着，却不见人影。她想，一定是躲在帷帘中睡觉了，就怒火中烧，大声地叫道：“老爷！请你来看看。这落洼太放肆，我实在对付不了她，请你来骂她一顿。人家这样急用，她却不知从哪里弄来一个帷帘，不识体统地摆起来，一直躲在里面睡觉！”

“不要在那里讲，到这里来说吧。”是中纳言的声音。不久两人的声音远去了。以后说些什么，不得而知。

少将初次听到“落洼”这个名字，问道：“她说‘落洼’是什么名字？”小姐满怀羞耻，答道：“呀！有什么意思呢！”少将又说：“人的名字？怎么用这样的字？这当然是下等人的称呼，但是太不体面了。夫人的气色似乎很坏，看样子要发生对你不利的事情了。”说着便躺下了。

这回来叫她裁一件袍子。夫人想，也许她还是睡着，便用种种话教唆她的父亲中纳言，叫他亲自去骂她。中纳言一推开房间的门，便骂道：

“唉，你这个落洼！你不听话，一味横蛮，是什么意思呢？你是没有母亲的人，应该规规矩矩，使得大家对你有好感才是。这里那样急于待用，你却缝别人的东西，而把这里的工作丢在一边，你是怎样想的呢？”末了又说：“今天夜里如果不做好，你就不是我的女儿！”

小姐听了父亲的话，回答的气力也没有，只是热泪淌个不住。中纳言说过之后回去了。

中纳言说话时,自有旁人听到。一个女子逢到这样的事情,真是奇耻大辱。被人知道"落洼"这个讨厌的称呼是她自己的名字,她恨不得当场就死了。她心情郁结,便暂时把裁缝工作放在一旁,向着灯影暗处吞声啜泣。少将觉得她的确痛苦,实在受辱,也陪着她啜泣。他说:"罢了,暂时休息一下吧。"便强把她拉过来,百般慰藉。

所谓落洼姑娘,原来就是这个人的名字。少将想:那么刚才听说的话,她听了一定非常羞耻,实在很可怜。夫人是晚娘,受她虐待,还不去说它;连生身的父亲也这样厌恶她,真是荒唐之极了。好,我总要把这位小姐装扮得非常漂亮,给他们看看。少将深深地下定了决心。

夫人把许许多多衣服叫落洼姑娘缝,又动怒骂过她;但念落洼一个人,毕竟是缝不了的,她便叫自己身边一个名叫少纳言的相貌清秀的侍女去帮忙:"你也去,和她一同裁缝吧。"

侍女来了,对落洼姑娘说:"叫我缝什么呢? 这且不说,你为什么只管睡觉? 夫人说过不可以太慢的呢。"落洼姑娘说:"因为我身体不大好。那么,你先来缝这裙子的襞吧。"侍女少纳言就动手缝了。

过了一会,她说:"你如果身体好了,还是你起来缝吧。因为这襞,我实在不会缝。"

落洼姑娘勉强起身,从帷帘里出来,略微点教了她。

少将照例透过帷帘的隙缝窥看。但见灯光正照着的侍女少纳言的面庞十分清秀。可见这人家是有美人的。

少纳言看见落洼姑娘眼角红润,想是哭过,觉得很可怜,对她说道:"我想同你谈谈,生怕你当作客套话。但如果不谈,就无法知道我所爱慕的人的心,很可惜,所以不管怎样,都老实讲出来:近年来,我看到和听说你性情温和,很想到这里来服侍你,比平常在你身边的人更热心呢。然而外间的人多嘴多舌,非常讨厌。因此想私下替你服务,也不成功。"

小姐答道:"从前一向和我熟识的人,对我也都没有诚意了。你能对我说这样的话,我真高兴。"

少纳言继续说:"我真有点想不通。那样的继母,对你怀着恶意,是不奇怪的。但同一父亲所生的姊妹们,也都和你断绝往来,真是想不到。像你这样一个好人,却过着寂寞无聊的生活,实在太可怜了。你看,那边的四小姐,也在准备招女婿了。无论这样那样,夫人都随心所欲地替她办到呢。"

"这是喜事。不知女婿是哪一个。"

"听说是左大将的儿子少将。大家都称赞他好呢。皇帝对他的恩宠也很深,家里没有夫人,真是再好没有的女婿。这里的老爷说要迎接他到这里来,夫人起劲得很。四小姐的乳母和左大将家有一个人相熟识,真是意外的幸运。他们已作了种种秘密商谈,听说已有确实的消息来了。"

"那么,"小姐说时,带着温和的微笑,在灯光之下,眼梢口角微露红润,露出一副高贵之相,而又有一种安定稳重的感觉。

"那么,这位少将说些什么呢?"

"不太详细知道,总是表示同意的吧。这里正在悄悄地作种种准备呢。"

帷帘中间的少将想对她说:"这种话都是撒谎!"但他静静地躺着。

少纳言继续说:"女婿多了,你的针线活儿还要忙起来呢!倘有适当的因缘,你还是早点定了终身吧。"

小姐答道:"像我这样难看的女人,怎么可以起这样的念头!"

少纳言表示反对:"哪有这样的话! 教人意想不到。那边当作活宝贝的几个女儿,反而……"

她顿了一下,又说:"那么,我再告诉你:现今世间以美男子出名的弁少将,世人都称他为交野少将。替他服务的一个名叫少将的侍女,正好是我的表妹。前天我到她那里去,正好少将也见到我。他知道我在这里服务,对我特别注意。真如传闻所说,他的相貌之美,竟是独一无二。他在谈话中问我:听说你在服务的中纳言大人家,小姐很多,是什么样儿的? 从大小姐开始,一一详细探问。我也约略告诉他一些。谈到你时,他大大地表示同情,说:'这正是我的理想中的人物,你替我送封情书去好么?'我回答他说:'她在许多小姐之中,是个没有母亲的人,心情不快活,这种事情,恐怕完全没有想到吧。'他说:'没有母亲,更加委屈,真是可怜之极了。我所要追求的结婚对象,不是幸运的女子,而是饱尝世间辛酸而容貌秀美的人。日本自不必说,即使到中国和印度,我也要寻找这样的人。后妃之中,除了这里晋升的人以外,没有双亲俱存的人。这位小姐,在那里度过这等不快的生活,还不如让我娶了过来,做我的活宝贝吧。'他同我长谈细讲,直到夜深。此后,他也还问过我:'那件事怎么样了? 你肯替我送情书么?'我回答他说:'现在还没有适当的机会,日内想办法吧。'"

落洼姑娘听她讲,一句话也不回答。这时候这少纳言家的人来叫她了:"有要紧的事!"少纳言走到外面,那人对她说:"刚才有一个人来,说要看看你,有话对你说。"少纳言说:"稍等一下,让我进去回报一声就来。"便又回进房间里,对落洼姑娘说:"外面那人说有个人有要紧的事来找我。——刚才的话,确实没有说完呢。还有许多很有趣味的事,让我慢慢地再告诉你吧。我这样中途回去,请守秘密,别告诉夫人,免得她怪怨我。下次有机会,我再来。"说着回去了。

少将撩开帷帘,对小姐说:"这个人真会说话,而且相貌也很清秀。我正在心中赞美她,岂知她说出交野少将是美男子等话来,我就觉得此人讨厌了。你没有好好地回答她,却担心似地向我这方面回顾,闭口无言。我想,如果我不在这里,大概你会清清楚楚地回答她吧。这真是对不起了。如果那弁少将送了情书来,事情就完结了。因为这个人有奇妙的魅力。只要他送出一封情书,没有不发生效果的。对人家的妻子自不必说,和皇帝的妃子也发生关系。就因为这关系,此人不能立业。然而,在许多女子之中,他特别看重你,也是特殊的想法。"少将说时怒气冲冲。小姐不知道怎样回答才好,闭口无言。

少将说:"你为什么不回答我呢?是否为了我把你所深感兴趣的事情这样那样地分说,所以难于作答呢?在这京都之中,所有一切女子,都极口赞誉交野少将呢。"

小姐低声回答:"我恐怕不能参与这些女人之列吧……"

"那人的门阀非常之高。你如果嫁给他,也许可有皇妃的地位呢。"少将带着嫌恶的口气说。小姐因为不知详情,不作回答。她默默无言地缝衣服,白玉一般美丽的手指不断地活动。

阿漕知道小姐有侍女少纳言做伴,又因带刀身体有点儿不舒服,所以暂时闭居在自己房间里。

小姐一个人缝着,要在袍上打褶了,说道:"啊呀,要叫阿漕来帮才好。"少将说:"我来帮你吧。"小姐说:"这太不成样子了。"少将把帷帘推在外面,坐在里首帮小姐打褶,开玩笑地说:"无论如何一定要帮你做成,我是一个出色的裁缝师傅呢。"然而他很不习惯,东拉西扯了一会,弄得兴味索然。小姐觉得可笑,一边工作,一边吃吃地笑着。

小姐问:"你和四小姐订婚约,是真的么?"少将笑着说:"你不要认真。如果那个交野少将有一天得到了你这个活宝贝,我就公开去当四小姐的夫婿。"

"夜很深了,睡吧。"少将催她睡。小姐说:"稍等一下。你先睡吧。我把这些缝好了再睡。"少将说:"我睡了,让你一个人做活儿,对不起。"

正在这时,那个疑神疑鬼的夫人,趁四周人静之时,悄悄地走来,从那个洞穴里窥探,看落洼姑娘是否又是不工作而睡着了。一看,侍女少纳言不在了。这边立着帷帘。从帷帘一旁窥看,落洼背向着这边,正在打襞。她的对面有一个男子帮着拉打襞的布。

夫人瞌睡朦胧的眼睛忽然清醒了,仔细一看,但见这男子穿着美丽的白色上衣,衬着艳丽的淡红色衫子,另有衣服像女子的裙子一般盖在身上。在明亮的灯火光中,显出一个容貌端丽的美男子。这个人比近日大家极口称赞的新女婿藏人少将美丽得多,夫人大吃一惊。

落洼要有丈夫,是意中事,但总不会是有爵禄的人。而现在这男子却不是寻常人物。况且,关系这样密切,连针线活儿也和她一同做,可知两人的爱情已经不是一般的了。这件事不得了! 如果落洼的身份好起来,她就绝不能像从前那样随心所欲地处置她了。夫人想到这里,把裁缝活儿等事丢在一边,愤愤地站着,但闻里面那男子说:

"这种不习惯的事情,我做得疲倦了。你不是也在想睡了么? 今天不要缝那一头了,让她像往日一样动怒吧。"落洼答道:"她发起脾气来是很麻烦的。"她照旧在缝纫。男的不耐烦,用扇子把灯扇灭了。落洼说:"啊呀,讨厌! 还没有收拾呢。"少将说:"有什么关系,就这样堆在帷帘里面算了。"就把未曾缝好的衣物塞进帷帘里,抱着落洼睡觉了。夫人从头至尾听到这一番谈话,气得不得了。

　　那男子说"让她像往日一样动怒"，可知以前她骂落洼等事，他都知道。大概是落洼告诉他的吧。总之，这件事很可恶。她回自己房中左思右想，满腹妒恨。

　　她想，还是要告诉老爷。但念那男子风采秀美，从他的服装上推测，一定是个身份很高的人。如果告诉了老爷，老爷也许会索性公开出来，把他招为女婿亦未可知。所以，还不如宣传带刀和落洼发生关系吧。只说是以前太过疏忽了，以致发生这样的事情。好，把她关进贮藏室里去吧。你们说"让她动怒"么？我就动怒了。她怒气冲冲地考虑办法。

　　对啊，把她关了进去，那男子就全断念了吧。自己的叔父典药助，正好住在这里。这人贫穷得很，年纪六十多岁了，还是贪好女色。把落洼配给他，让他们搞在一起吧。她一夜考虑到天明。落洼方面丝毫不知。少将和她讲了许多情话，天亮就回去了。

　　落洼送少将出门后，立刻赶紧做昨夜未完成的针线活。夫人也已起身，派人去取缝制的衣物，吩咐这人：如果还不曾做好，要狠狠训斥她一顿。然而出乎意外，衣物已经折叠得很好，立刻交付那人。怎么会这样快呢？想不出道理，那人只得默默地拿走了。

　　少将派人送信来，信中说："怎么样了，昨夜缝的东西？又动怒了么？是个什么样子，我想知道。我的笛忘在你那里了，请交给来人。我要到宫中去参加演奏。"

　　这横笛用名香薰过了放在枕边。落洼就把它包好，交给来人，又写一封回信：

　　"动怒？并无此事。被人听见了不好意思。请勿说这种话。母亲来时笑容满面。横笛交来人送上。这支重要的笛，你怎么会忘记呢？

　　　　　　随身玉笛犹遗弃,

　　　　　　萍水姻缘哪得长?"

　　少将读了这首诗,觉得难为情,便回答她一首诗:

　　　　　　"笛音千载长清彻,

　　　　　　莫作漂流萍水看。"

　　今天早上,和少将归去同时,夫人对她丈夫中纳言说:"我老早就想到会发生这样的事情。那个落洼,做出了见不得人的荒唐透顶的事来了。既然是非管束不可的人,总要想法安顿她才好。这简直是不成话。"她认真地诉说,但是语言委婉。中纳言吃惊地问:"是怎么一回事?"

　　夫人答道:"我们的女婿藏人少将所使用的男仆带刀,听说近来和阿漕混在一起了。还有意想不到的事,不知什么时候,他又搭上了落洼。这带刀是个笨头,一封情书的回信放在衣袋里,掉落在藏人少将的房间里,被少将看到了。当然,少将是个很仔细的人呀。于是少将说:'啊呀呀!招进了出色的女婿了!教我们同辈做女婿的人没脸见人了。'这种事传出去很难听。请快把这家伙赶出去吧。"她说得非常痛切呢。

　　中纳言年纪虽老,而火气格外大,愤愤地说道:"啊呀!干出这种不成样子的事来了。落洼这家伙和我们同住在这屋子里,谁都知道她是我的女儿。这带刀是个不上台面的东西呀!年纪不过二十左右,身长不满三尺。她怎么会同这种家伙干这种勾当?我正想把她嫁给一个相当的地方官呢。"

　　夫人说:"真是岂有此理的事。所以我想,还不如趁外人不知的时候,把她关在贮藏室里,严加看守。不然的话,落洼想着他,会设法继续和他来往。而且事不宜迟,迟了怕另有花样出来呢。"

"这办法好极了。现在立刻把她赶出去,关在北边的贮藏室里,饭也不给她吃,饿死了也不妨。"这中纳言老昏了,没有判断事情的能力,所以说了这些荒谬的话。

夫人内心觉得这话说得好极了,把裙子高高地撩起,走进落洼的房间,一屁股坐下了,说道:"你真个做出荒唐的事情来了。父亲说你给别的孩子丢脸了,非常生气。他说不许你住在这里,把你禁闭起来,叫我当看守,现在立刻就赶出去。好,去吧!"

落洼姑娘觉得这件事来得太突然了,没有话讲,只管哭泣。不知父亲究竟听了什么,所以这般动怒。她实在不想活在这世界上了。

阿漕飞奔出来,叫道:"到底听到了怎样的事情?什么错误也没有犯呀。"她想拉住小姐,夫人骂道:"嗨!不要碍手碍脚!我一点也没有听到,不知道,都是老爷从外面听来的。你有了这个大胆地干坏事的主人,近来常想和我所喜欢的小姐们作对,是不是?这个人没有了,你这个人也就没有用处了。"她抓住落洼姑娘的肩膀,说:"好,去吧,父亲有话对你说。"

阿漕放声大哭,小姐茫然若失了。

夫人把这里的用具乱踢,拉住了落洼的衣袖走出去,正像捕捉逃亡者一样。

姑娘一头青丝发,此时正梳得很好,非常美丽,比身体还长五寸光景,行步的时候飘飘地波动。她的后影实在可爱。阿漕目送着,就此一去不回了。阿漕想,不知打算怎样处置。她心情混乱,眼前一团漆黑,手足无措只是哭泣。过了一会,她忍着悲哀,把周围散乱的器物整理一下。

落洼姑娘呆然若失,被拉到父亲面前,站定了。夫人说:"啊唷,好容易啊! 不是我自己去,还拉她不动呢。"

中纳言说:"立刻把她关进去吧! 我看也不要看。"夫人就拉她去关在贮藏室里了。这夫人是一个完全没有女性温柔心肠的人。她那副狰狞的面目,谁都看了害怕。

有小门通厢房的两间贮藏室里,醋、酒以及鱼类等物杂乱地堆着。门口铺着一条有边的薄席子。

夫人骂道:"横行不法的人,应受这等处罚。"便毫不客气地把落洼推了进去,亲自把锁紧紧地锁上,然后回去。

不久,落洼姑娘清醒过来,觉得四周各种东西的臭气刺鼻难当,流下泪来。

父母为什么这样地处罚她,她全然不知道。她想,至少让我和阿漕见一见面。然而在这贮藏室里,不能和她相见。她想想自身的不幸,只管低头哭泣。

夫人来到落洼原来的房间里,说道:"到哪里去了? 这里不是有一只梳头箱么! 又是阿漕瞎讨好,不知什么时候把它隐藏了。"果然如此,阿漕答道:"是的,我把它收拾在这里。"夫人也毕竟不好意思拿去。她说:"这房间除非我许可,不得打开。"把房门锁好,才回去。

夫人想:好计划,现在快点去同典药助接洽。她正在找适当的机会。

阿漕要被赶走,不胜悲痛。她想,这已不是我的家,走出去吧。然而她总想知道小姐的下落,担心得很。于是走到三小姐那里,向她苦苦地哀求。

"我实在一点也不知道,但是夫人痛骂我,叫我走出去。我服侍小姐到现在了,定要我半途走出,心中实在痛苦得很。我想请小姐照顾,饶了我这一次。我从幼小时候就在这里当差。现在和落洼姑娘已经隔绝,关于她的情况,我一点也不知道了。我实在弄得莫名其妙。如果你也要抛弃我,我真是……"

她能言善辩地向她立誓,悄悄地向她哀求。三小姐觉得这也是真情,很可怜的,便去对母亲说:"为什么连阿漕也要这样地受处罚? 她是我要使唤的,她走了我很不方便。"

夫人说:"这个小贱人和落洼异常亲密,完全是盗贼根性的女子。万事都是她怂恿落洼做出来的,落洼绝不会自己去干,而且一点也没有色情的腔调。"

三小姐又劝请:"那么,这一次饶恕了她吧。她已经向我悔过,说得很可怜的。"夫人勉强答应了,说:"你既然这样说,那么就照你的意思吧。不过不可以称赞她做得好,要宠坏的。"

三小姐听了母亲这话,觉得情势不是很好,所以并不立刻呼唤阿漕到自己身边来当差,只是对她说:"你暂时忍耐一下,待我从长计议。"

阿漕想来想去,总觉得痛苦。至于被禁闭着的落洼姑娘,更是神思恍惚,不知所云。

阿漕很替小姐担心。小姐被禁闭着,连饭也不给她吃。这家里的人们,都惧怕夫人,绝不敢送饭给她。把那么可爱的一个小姐,使蛮劲拖走。阿漕在胸中回忆这光景,但觉肝肠断绝。

小姐曾经希望即刻获得和一般人同样的身份,如愿以偿地复仇雪耻。现在都变成空想。想起了不胜悲痛。

况且,少将今夜还是会来的吧。他听到了这种情况,不知作何感想。阿漕觉得仿佛和小姐死别了。她胸怀忧郁,周身疲乏。阿漕所使唤的名叫露的丫环,也垂头丧气。

落洼姑娘关在里面,独自思量:如果就此死了,不能再和可恋的少将谈话了。她曾和他立下生死为夫妇的誓愿,想起了徒增悲切。昨夜帮我拉住缝衣的那个人的面影,清楚地出现在眼前,非常可爱。不知我前世犯了什么罪孽,必须遭受这样的苦难。晚娘虐待前房子女,是世间见惯之事。连生身的亲父也同样地冷酷,这不幸真是无以复加了。

这天晚上少将来了,从阿漕那里听到了这件事的情况,脸色都变了。他想,不知小姐作何感想,这种事情都是由我而发生的。他唉声叹气,对阿漕说:"你悄悄地设法替我传言:我只想早些前来和她会面,岂知事出意外,像做梦一般茫然若失了。我总要设法和她会面,实在难于忍受。"

阿漕脱下了触目的衣服,穿一身旧衣,撩起裙子,从厢房那边绕过去,走到贮藏室门口。

人都睡静了。她轻轻地敲敲门,里面肃静无声。她低声地叫:"小姐睡着了么?我是阿漕。"小姐隐隐地听见了这声音,悄悄地走到门口来:"你怎么会来的?"未开言先已哭了:"我痛苦不堪,怎么会遭到这样的苦难啊!"没有说完,已经泣不成声。

阿漕也哭泣着,说道:"我今天早上起就在这贮藏室附近彷徨,但是无论如何也不能走进来,实在苦恼得很。原来夫人是向老爷这样诬告的。"便把详细情况一一告诉她。小姐听了,痛哭失声,悲痛不堪。

阿漕又说:"我见过少将了。他听到了这种情况,哭个不住。"小姐听到这话,心中欢喜,说道:"现在我胸中忧郁不能多说话,只能叫你转告他:

'我身遭此悲怆劫,
今世恐难再见君。'

这里充满各种气味,恶臭难当。我因为活着,所以受此灾厄。我真想死了。"说罢就哭。阿漕感到同样的痛苦。生怕有人醒觉,便悄悄地离去了。

少将得到了小姐的回音,悲叹更深,眼泪流个不住。他用衣袖遮住了脸,竭力忍耐。阿漕看了不胜悲怆。

过了一会,少将让她再作一次传言:"唉! 我也想死了!

> 闻道今宵逢不得,
>
> 忧愁苦恨到天明。

此情只能独自思量,无可言宣。"

阿漕再到贮藏室去,途中不小心,发出一点声音。夫人觉醒了,叫道:"贮藏室那边好像有脚步声。什么事?"

阿漕不敢久留,哭哭啼啼地传达了少将的话。说:"我立刻要回去了。"小姐说:"我也是。

> 料得君情难久续,
>
> 此心不复望团圆。"

阿漕没有听完就想逃,对小姐说:"夫人已经醒了,正在叫嚣呢。我不能再留了。"少将得此回音,恨不得立刻闯进去,把夫人打死。

少将在带刀那里度过了悲惨的一夜,天明临走时恳切地说:"倘有机会可以抢她出来,必须通知我。小姐在里面多么痛苦啊!"

带刀想,这件事和他自己有关,中纳言一定闻知。那么他住在阿漕这里,很不相宜,便搭在少将的车子后面,和他一同回去了。

阿漕想设法送食物给小姐。她想象小姐心情何等恶劣。便乘人不知,包了些糁米饭,想设法送进去,可是没有办法。中纳言的最小的儿子三郎君,是个童子,经常和阿漕做伴的。阿漕便问他:"姐姐这样地被关在里头,你觉得可怜么?"三郎君说:"哪里会不觉得呢!"阿漕说:"那么托你把这封信送进去,对谁都不要说。"三郎君说:"拿来!"便拿了信飞奔到贮藏室面前,大声叫喊:"把这门打开来!快点!"

夫人骂道:"无论如何不可以开!"三郎君说:"我的木屐掉在这里面了,我要拿它出来呀!"他拼命地在门口顿脚,发出很大的声音。

中纳言因为这是幼子,非常宠爱他,说道:"你又要穿了木屐大出风头了。快点给他开了吧。"夫人厉声说道:"等一下会开的,你乘便进去拿吧。"

这孩子撒起娇来,大声嚷道:"不给我开,我要打破它。"中纳言就亲自出来给他把门开了。

三郎君并不找木屐,蹲下身去,说道:"不知道哪里去了。"就在此时顺利地把信交付给落洼。失望似地走出来,说道:"真奇怪,这里没有呢。"夫人说:"叫你不要瞎吵呀!"在他身上拍一下,推他出去。

落洼在隙缝里射进来的日光中看这封信。原来是阿漕写的,她叙述着种种苦情,又添附着少许食物。但落洼由于悲愤,食欲衰减,一点也不想吃。

夫人一天只给她吃一次。但念她的裁缝手段高明,不叫她做有些可惜,就趁无人在旁的时候,把那个典药助叫来,对他说道:"由于这样的缘故,发生了这样的事情,我已经把落洼关闭起来了。你就做那样的准备吧。"典药助听了这话,感激不尽。他想,这是再好没有的事了。牙齿落光了的嘴巴,咧到了耳根子上,快活死了。

夫人说:"那么今夜你就到落洼住的那间贮藏室里去吧。"万事和他预先约定。正在此时,有人来了,两人就分手。

少将派人送一封信给阿漕,信中说道:"怎样了?那贮藏室还是不开么?我很气愤。如果有了带她出来的机会,务望立刻通知我。再者,这封信如果可以送进去,望转交。万一能够得到回信,幸甚。想象小姐现在的情况,心中焦灼万分。"

少将给小姐本人的信中,写着缠绵悱恻的情思,内云:"想起了你给我那封凄凉的信,不知如何是好。然而,

　　　　此身不死终当会,
　　　　莫说生年有尽时。

务请振作精神,我竟想和你一起关进在里头才好。"

带刀也来信,说道:"我仔细想想此次的事件,心情忧郁,只得一天到晚躺着。这种事情都是由于我的失策所引起的,不知小姐对我作何感想,每念及此,深感抱歉,实在对她不起。我很想出家做了和尚才好。"

阿漕写回信给少将,说道:"收到来示,十分感谢。但怎样可以使你们相会呢?非但那门一直锁闭着,而且监视得更加严密了。来信当设法送进去,务求取得小姐的回信。"她复带刀的信中,也诉说了同样的苦痛的情况。

话还须继续说下去。在第二卷中更有种种详细的情况。

卷　二

　　且说阿漕拿了少将回信,在那里等待机会,想把它送进去。然而那门完全无法打开,困难极了。另一方面,少将和带刀,只管在筹策抢出小姐来的计划呢。

　　阿漕她想起了小姐由于她的缘故而遭受此难,对她的怜惜之情越发增多。她希望早点把她抢出来,让这继母碰个钉子,弄得狼狈不堪。她这样想,有时也和亲近的人商谈。

　　少将是个复仇之心很强而思虑深远的人。这时候,前几天替小姐做帮手的那个叫少纳言的侍女,送来交野少将的情书,知道小姐这样地被禁闭着,不胜吃惊,想起小姐不知怎么样了,觉得非常伤心。世间怎么会有这样无情的惨状! 她和阿漕两人一起偷偷地啜泣。

　　直到日暮,阿漕只管在考虑如何可以早些把少将的信送进去。

　　夫人想找个人替藏人少将缝个笛子的袋,以为某人是会缝的,然而其人不懂得如何缝法,急得毫无办法。困难之极,终于只得打开了贮藏室的门,走进去对落洼说:"替我把这个立刻缝起来。"

　　落洼姑娘说:"我身体非常不好。"只管躺着。夫人骂道:"你如果不缝,我要带你到那边的小贮藏室里,把你关进在里面。给你住在这贮藏室里,就是为了要你做这些活儿的缘故呀!"

　　落洼恐怕她真会使出这样的手段来,虽然痛苦不堪,只得勉强起来缝制。

　　阿漕看见贮藏室的门开了,便把那个三郎君叫来,对他说:"小官人,你每次都听我的话,现在我再托你一件事:请你把这个,趁夫人看不见的时候,悄悄地送给落洼姑娘。一定不可让人知道!"

"嗯,好。"三郎君接过了那东西,走进贮藏室里,在落洼姑娘旁边弄弄那支笛,偷偷地把信塞在她的衣服底下了。

落洼姑娘想早点儿看信,然而没有机会。好容易把袋缝好了。夫人进来把它拿了就走。这时候她才能看信,看了觉得非常可恋。想写回信,可是笔砚都没有。就用手头的针来写:

> "我心幽恨难传达,
> 直任微躯逐露消。

我正在这样想呢。"写好藏了起来。

这时候夫人又转来了,对她说:"那只袋缝得很好。我说把这门开着吧,但是父亲不许。"想立刻把门关上加锁,落洼姑娘向她请愿:"请对阿漕说,叫她把那边房间里的箱子拿来。"

夫人叫阿漕:"她说要那只梳头箱子。"阿漕慌忙地把箱子送来了。乘此机会,小姐把写好的信塞在阿漕手里,阿漕悄悄地走了。

阿漕把信送交少将,又在信上添写道:"夫人叫她缝笛子的袋,好容易有机会开了门。"少将看了信,越发可怜她了。

天色暮了。夫人的那个叔父典药助,专心致志,盼望早一刻也好,坐立不安,便走到阿漕那里,装出讨厌的笑容,对她说道:"阿漕,从今以后,你要好好地照顾我这老爹了!"

阿漕觉得讨厌之极,问他:"这是什么意思呀!"典药助说:"咦!上头已经把落洼姑娘许给我了。你不是她的随身么?"

阿漕听了,吃了一惊,吓得几乎流下泪来。但她故意装出平静的样子,说道:"原来如此。落洼姑娘没有人做伴,很寂寞。这样是再好没有的了。但不知是老爷答应你的,还是夫人答应你的?"

"啊,老爷是照顾我的。夫人更不必说。"典药助满心欢喜。

阿漕想,这是小姐的一件切身大事。但是,怎么办呢?总得把这件事让少将知道。她心中焦灼,再问典药助:"那么,哪一天恭喜呢?"典药助回答:"就是今天晚上呀。"阿漕说:"不过,今天是姑娘的禁忌日子呢。你怎么知道是今天呢?"典药助说:"不过,既然有了情人,日子迁延是危险的,还是早一点好。"

阿漕听了这话,异常担心。正好此时夫人有事到老爷那里去了,她就乘机走到贮藏室门口,敲敲门。小姐在里面问:"是谁?"阿漕低声对她说道:"有这样的一件大事发生了,请你当心……我骗他今天是你的禁忌日子。这件事不得了,怎么办呢!"说过之后,悄悄地走开了。

小姐听了这话,吓了一跳,不知道怎样才好。这样一看,这件事来得太凶,和以前的忧患不可比拟了,但又没有地方可以逃避。想来想去,只有死路一条。她心如刀割,俯伏着吞声饮泣。

天已黑了。外面射进灯光来。中纳言有早寝之癖,早已睡着了。

夫人和典药助有约,起身出来,开了贮藏室的门,一看,落洼俯伏在那里哭泣,说道:"这算什么?为什么这样地哭?"落洼答道:"我胸中闷得很。"夫人说:"啊,可怜,也许是积滞,叫典药助来诊病吧。"落洼觉得夫人很讨厌,答道:"哪里的话,我是伤风,不必请医生的。"夫人说:"胸部的病,是重要的呢。"这时候典药助来了。

夫人叫他:"到这里来!"他蹒跚地走到夫人身边。夫人对他说:"这孩子胸部不舒服,你摸摸看,是食滞还是什么,给她吃点茶。"说过之后,就把落洼交给典药助,回去了。

典药助对落洼说:"我是医生,会很快把你的病医好。从今夜起,请你信任我。"他伸手想去摸落洼的胸脯,落洼大声哭喊。然而没有一个人来管这些事。落洼无法可想,哭哭啼啼地对他说:"你照顾我,我很感谢。但是我现在痛苦得很,什么事也不懂了。"典药助说:"是这样么?为什么这样痛苦?鄙人来代你生病吧。"便拥抱她。

夫人看见典药助已经进去,便安心了,她锁也没有上,回去睡觉了。

阿漕料想典药助要进去,焦灼得很,走来一看,果然,那门开着一条缝。她吓了一跳,然而幸喜未上锁,连忙推门进去,看见典药助蹲着。她想,这个人果然来了,便对他说:"我对你说过,她今天是禁忌日子,你怎么来了?你这个人真讨厌!"典药助说:"哪里的话!我倘冒犯她,才是我的不是。但现在只是因为她肚痛,夫人把她交给我,叫我看护的呀!"阿漕看见他还穿着衣服,便放心了。

小姐苦闷之极,不住地哭泣。阿漕看到这可怜的情状,悲叹小姐怎么会碰到这重重的苦难。她看到这种情况,非常担心,生怕发生意外的不幸,觉得悲恸不堪。她说:"吃些温石〔1〕,好么?"小姐说:"给我吃吧。"阿漕便对典药助说:"既然如此,除了依赖你之外,别无办法了。请你去办些温石来。现在大家都已睡觉了,我们去讨,是没有用的。所以,请从这一点事情开始,表示出你的真心来吧。"典药助微笑着说:"好,我年纪虽然大了,但是只要信托我,我什么都给办到。即使是山,我也要摇动它。一点点温石,简单得很。你看我这老爹,胸中像火一般热烈呢。"他全力担当。阿漕催他:"可以的话,请早点去办吧。"这要求似乎过分了些。但典药助为了要表示爱情,立刻出去找药了。

阿漕透一口气。对小姐说:"长年以来,遭受了无限的痛苦。但碰到

---

〔1〕　烧热后裹在布里用以取暖或治病的石头。

这种情况,这回还是第一遭。唉,打算怎么办呢?前世犯了什么罪孽,以致遭这灾殃呢?夫人做了这种恶事,不知来世是什么报应。"

小姐说:"我实在什么都不知道。我活到现在,真是受罪。痛苦啊,痛苦啊!那个老头子走到我身边来,我真讨厌。快把门关上,不要让他进来。"

阿漕说:"不过这样一来,他会生气的。还是要适当地敷衍他一下才好。如果另有可以依赖的人,那么今夜关上了门,明天好告诉这人。但是哪里有呢?现在这些人要接近我们也困难得很。除了求神佛保佑之外,没有办法。"

小姐的确没有可依赖的人。同一血统的姊妹们,都冷酷无情,不可依赖。可依赖的,只有无穷的眼泪和一个阿漕。除此以外,别无办法可想。

小姐对阿漕说:"今夜你住在这里。"两人相对悲恸地哭泣。这时候,典药助拿着托他办的一包温石进来了。小姐有些迷惑,但也只好亲自来接受,心中觉得可怕,又觉得可恨。

那老头子躺下了,想把小姐拉过来。小姐对他说道:"啊,你这样是不好的。我痛得剧烈的时候,让我坐着,抑制一下,可以舒服些。来日方长,今夜你就这样睡觉了吧。"她痛得很,透不过气来。

阿漕也对他说:"就只是今夜呀。因为是禁忌日。请你就这样睡觉了吧。"典药助觉得这也说得有理,说道:"那么,只要你靠在我身上。"他就躺在小姐面前了。小姐虽然讨厌,也只得靠在他身上,吞声哭泣。阿漕看了这样子,觉得讨厌得很。但是,全靠这老头子帮忙,门可以开了,倒也是可喜的。

典药助不久就呼呼地睡着了。他躺着的姿态,和少将一比较,愈加显得丑恶可憎了。

阿漕只管在考虑，怎样可以设法把小姐带出去。

典药助醒了，小姐越发觉得痛苦了。典药助说："啊呀，可怜！偏偏在我来到的晚上，这样地痛苦，真要命。"说着，又睡觉了。

可怕的一夜好容易过去，天亮了。两人都想："好了好了！"阿漕把睡在眼前的老头子摇醒，对他说道："天已经大亮了，请你回去吧。暂时请你对谁也保守秘密。你只要想想来日方长，就一切都要依照这里所说的话去办。"典药助答道："好的。我也是这样想。"他没有睡足，眼睛半开半闭，擦擦那双带眼垢的眼睛，弯着腰回去了。

阿漕拉上了门，怀着昨夜在这里的可怕的记忆，急急忙忙地回到自己房间里，带刀已有信来了。信中说道："昨夜我好容易来到这里。门关着，一直没有人来开，无可奈何，只得空自回去。你大概要把我当作薄情的男子了吧。少将这次的伤心模样，教旁人看了实在难过。这是少将写来的信。他今晚想来呢。"

阿漕想把这信送进去，此时正是好机会，连忙跑去，恰巧夫人把贮藏室的门关上了。阿漕很失望，只得走回来。在途中碰到典药助，他把给小姐的情书交给阿漕。阿漕高兴得很，拿了情书走回去，对夫人说："这是典药助公公的信，我要送进去。"夫人笑容满面地说："病状已经问清了么？这样很好。要两人和睦相处才是。"便把门开了。阿漕心中觉得好笑，就把典药助的信和少将的信叠在一起，送了进去。

小姐先看少将的信，但见写道："不知怎的，相别的日子多起来，恋情也增加起来。

　　　　思君多少愁和恨,

　　　　唯有淋漓两袖知。

唉! 如何是好!"

　　小姐看了此信,不胜喜慰。立刻写回信:"你尚且如此,何况于我?

　　　　忧伤热泪如泉涌,

　　　　忍耻偷生殊可悲。"

那老头子的信,她看也不要看,只在信上添写:"交阿漕适当处理。"就把两封信一起交出,阿漕拿了就走。

　　阿漕拆看典药助的信,但见写道:

　　"唉呀呀! 你昨夜通夜痛苦,实在可怜。我的运气不大好。喂,喂! 今天必须有好的颜色给我看。我只要能接近你的身体,便觉寿命延长、返老还童了。喂,喂!

　　　　莫言老树生机绝,

　　　　再度开花可慰君。

还望多多地怜爱我!"

　　阿漕看了,觉得难堪,便写回信:

　　"小姐身体非常不好,绝不能亲自写回信。我代她写:

　　　　婆娑老树成枯木,

　　　　何日能开悦目花?"

　　她略觉为难,不知老头子看了会不会生气。但终于就此送给他。那老头子欣然地接受了。

　　阿漕又写回信给带刀:"我也希望你昨夜来,可以把荒唐的事情从头至尾告诉你,聊以慰情。可是做不到。少将的信,好容易送进去了。这里的确发生了困难,详情面告。"

　　夫人已把落洼交给典药助,不再像以前那样锁门。阿漕觉得很高兴。然而天色渐暮,今夜怎么办呢? 她心中焦灼得很。

　　无论如何,要把门从里面闩好,躲在门里面。她考虑种种办法,务使这门开不开。

　　那老头子遇见阿漕,问道:"小姐身体怎么样?"阿漕答道:"唉,还是很痛苦呢。"老头子说:"究竟怎么样了?"他说时当作自己的事情那样担心而且忧虑。阿漕向他白了一眼。

　　一方面,夫人对阿漕说:"明天的临时祭,让三小姐去看吧。因为她的夫婿藏人少将是担任舞人的。"便忙忙碌碌地准备一切。阿漕听到这消息,想道:这样,一定有好机会了。胸中的念头像潮水一般涌起来。

　　她想:一定要避免今天一夜的困难。她在贮藏室的门后面装一个暗门。这时候里面正喊着要灯台,她便乘机混进去,在门的顶上装一个闩,教人一时摸不到。

　　里面的落洼正在考虑怎么办。幸而这里有一只巨大的杉木衣橱,她就把它推到门口去,这么一推,那么一推,用力过分,浑身发抖。她向神佛求告:菩萨保佑! 切不可让这门打开!

　　夫人把钥匙交给典药助,对他说:"你可在大家睡静了的时候悄悄地走进去。"说着回去睡觉了。

大家睡静之后,典药助带了钥匙,来开门了。小姐听见声音,不知道怎么样了,心惊胆战。典药助把锁打开,想推门进去,那门紧得很,无论如何也推不开。他站起来,蹲下去,手足无措。阿漕从远处窥看,但见典药助拼命地找那个闩,但摸来摸去都摸不到。

"咦,奇怪了。这门里面锁着呢。这般模样,教我这老年人为难了。不过你是上头允许嫁给我的,逃也逃不脱了。"典药助唠唠叨叨地说,但当然没有人回答他。

打、敲、推、拉,那门动也不动。因为是内外两方关住的。典药助这样那样地设法,一直站在门外的冷风中。时值冬夜,他不断地打寒噤。这时候他的肚子不大好,衣服又穿得少了。冷气从衣裾底下透上来,他的小肚子里咕噜咕噜地响起来。

"这是怎么一回事,好像是太冷了。"他唠叨地说,岂知肚子里咕噜咕噜地响了一会,发出哗哩哗哩的怪声音来。他用手一摸,已经漏出来了,连忙捧着屁股飞奔出去。这期间他已把锁开脱,便把钥匙带走了。

阿漕看见他带走了钥匙,懊恼得很。但这门终于打不开,却是再好没有的了。她便走近门边,对小姐说:"他生了痢疾,逃回去了,不会再来了。你安心睡觉吧。带刀现在在我房间里,给少将的回信我交他带去吧。"说着回去了。

带刀等得厌烦了。对阿漕说:"为什么到现在才回来?小姐怎么样了?还是关在贮藏室里么?真教人担心啊。主人悲伤得厉害,想在半夜里把她偷出来,说叫你考虑办法呢。"

阿漕说:"啊呀,非常严厉。每天只有送饭时开一次门。而且恶毒得很,夫人有一个叔父,是一个年纪很老的坏东西,她叫他和小姐同居,今夜也准备叫他到贮藏室里去,把钥匙也交给他了。但因我预先把门的内外都堵塞,那老头子无法打开,身体却受了冷,下起痢来,逃回去了。小姐听说有这样的奸计,害怕得很,胸中忧郁,痛苦得很呢。"阿漕向带刀哭诉。

带刀听了,觉得夫人手段真恶毒,愤怒得很。但想起典药助下痢的话,禁不住好笑。他说:"所以主人说要早点把小姐偷出来,对那夫人报仇呀。"

阿漕答道:"正好明天全家都出门去看舞蹈,就在这期间来吧。"

带刀说:"那真是意想不到的好机会了。天快点亮才好。"这时候天已经亮了。

典药助撒了一裤子屎,狼狈得很,把色情等事丢在一边,忙着洗刷,疲劳之极,就此睡着了。

天已经亮了,带刀连忙回去伺候少将。少将问他情况,他一五一十地报告了。其中说到那个典药助,少将觉得特别可恶,太不成话。他只是推想小姐心中何等痛苦,焦灼不堪。

他对带刀说:"这样吧,我暂时离开这里,住到二条的别墅里去。你到那边去把门窗打开,扫除一下。"立刻派带刀去作准备。

少将胸中充满了欢乐的感情,甚至镇静不下来。阿漕也兴奋得很,瞒着人作一切准备。

舞会于午刻举行。中纳言家开出两辆车子,三小姐、四小姐和夫人,乘坐着去观赏。

在混乱之中,夫人来向典药助要钥匙,她说:"我担心在我出门期间有人来开门。"就带着钥匙上车去了。阿漕看到夫人这种举动,觉得可恶。

中纳言要看女婿舞蹈,也一同去了。

阿漕看见一大批人扰扰攘攘地出去了,立刻派人去通知带刀。

少将的车子在门前暂时停下,带刀从边门进去,问阿漕:"车子来了,停在哪里好?"阿漕说:"一直开进来吧。"车子开进来时,有一个留下管家的男子问道:"还有什么车子? 大家都已出去了呢。"带刀说:"没有什么,是侍女们的车子。"不理睬他,只管让车子进来。

留下的侍女,都在自己房里歇息,周围肃静无声。阿漕说:"好,快点下车吧。"少将就下车了。

贮藏室的门锁着。少将一看,原来被关在这样的地方,觉得心痛欲裂。他悄悄地走近去,把锁一扭,动也不动,便叫带刀来,把钉在柱上的木条劈掉,门就开了。带刀知趣,立刻退下。

少将看到了小姐的可怜的模样,忍耐不住,立刻抱了她上车。他说:"阿漕,你也上车。"

阿漕想起,夫人料想典药助已经把小姐弄到手,觉得可恶之极。她把典药助的两封情书卷起来,放在室中最容易看到的地方,然后提着梳头箱上车了。

轻车飞一般夺门而出,谁都心中充满欢乐的感情。出门之后,就有许多卫兵拥护着走,不久就到达了二条别墅。

这别墅里没有人,毫无顾虑。少将和小姐立刻躺下来休息。二人互相诉说别后的情况,有时哭,有时笑。其中说到下痢的事,少将捧腹大笑。他说:"哈哈,这真是一个莫名其妙的登徒子啊! 将来那夫人知道了,不知何等吃惊。"谈了一会,放心地睡觉了。

带刀也和阿漕去睡了。大家说,今后不必担心了。

傍晚时候,送出晚饭来,带刀殷勤地照料一切。

中纳言看了舞蹈回来,立刻去看落洼的贮藏室,但见门已倒坏,门框的木头也脱落了。大家吃了一惊。贮藏室里，人影也没有。这真是意想不到的事，上上下下骚动起来。

中纳言骂道："这屋子里管家的人一个也没有么？这样地深入内室、打坏门窗，如此横行不法，难道没有人来阻挡？"便查问管家的是谁。夫人更加懊恼，她气得不知所云。

他们找寻阿漕，不知到哪里去了。打开落洼的房间来看看，原有的帷帘、屏风都不见了。

夫人埋怨三小姐："是阿漕这个贼，趁人们不在家的时候把她偷出去的。那时候我原想立刻把她赶出去，就因为你说她什么好、什么好，留住了她，以致遭了她的毒手。这几天，你在无理地使用一个毫无诚意而欺骗主人的女仆！……"

中纳言把管家的人找来，探问情况。那些人答道："啊呀，我们一点也不知道。大家出门之后，就有一辆挂下门帘的大车子开进来，一会就开出去了。"

中纳言说："一定是这辆车子了。女人不会这样地打坏门窗，一定是男人干的行径。到底是哪里的胆大妄为的人，敢在白昼闯进我家来，闹了一场，走掉了？"他痛恨地骂人，然而无补于事了。

夫人看了阿漕留着的典药助的情书，知道典药助还没有和落洼发生关系，愈加动怒了，便把典药助叫来，对他说道："女儿逃走了！我把她托付给你，全无用处，她管自逃走了。而且，你还没有搭上她呢。"说着，把那两封情书给他看，责问他："你看，怎么写这样的情书？"

典药助说："这是没有办法的。前夜她胸中疼痛的时候，非常苦恼，身边也近不得。阿漕也帮着她说，说是禁忌日子，今夜这样过去吧。啊呀！这是特别困难的事，叫我毫无办法。我只得悄悄地躺着睡觉了。第二天晚上,我鼓起勇气,想去劝导。岂知那门里面闩着,我想推开,总不成功。我站在檐下这样那样地推敲,直到更深,身体受了风寒,肚子里咕噜咕噜地响起来。起初一两次我还忍耐,无论如何总要打开这门。哪晓得这肚子竟肆无忌惮起来。我弄得昏头昏脑,连忙逃出来洗裤子,这时候天已经亮了。完全不是我不会办事的缘故!"他上气不接下气地辩解。夫人觉得好气,又觉得好笑,对他毫无办法。听见他说这番话的侍女们,肚子都笑痛了。

夫人说:"算了算了! 你到那边去吧。一点事情也托你不得,真是糟糕。我当初托别的人就好了。"

典药助也生气了,咕哝地说:"你的话没有道理。我心中想怎样办,着急得很,无奈上了年纪,容易露出丑相来,不料变成了下痢,叫我怎么办呢! 我这么大的年纪,还极力耐忍,拼命想打开那扇门呢。"又是引起一阵笑声。

那个三郎君对夫人说:"她妈的办法不好。为什么把姐姐关进贮藏室里,而且要把她嫁给这个笨头笨脑的老头子呢? 姐姐心里多么难过啊! 这里有许多女孩子,我们未来的日子正长,自然要同落洼姐姐互相往来,常常见面的。你这办法太过分了。"这完全是大人模样的口气。

夫人答道:"说哪里的话! 这种人,无论逃到什么地方,会做出好事情来么? 今后即使碰到了她,会叫孩子们去睬她么?"

这夫人有三个儿子,长子在当越前守,次子已入僧籍,这童子是第三个儿子。

这样地骚扰了一会,毫无办法,大家去睡觉了。

且说二条的别墅里,点起灯来,少将对阿漕说:"你把近日来的生活更详细地说给我听听吧。小姐一点也不肯说呢。"阿漕把夫人的性格照实地告诉他,少将觉得这真是一个恶毒的女人。

他又对阿漕说:"这里人手太少,很不方便。阿漕,你去找几个好一点的女仆来吧。我本想叫本邸里的侍女到这里来,但那些都是看惯了的,不大有趣。所以,你要出点力才好。因为你年纪轻,人又靠得住。"说着躺下休息了。

少将常常有这样好意的吩咐。谁也安心乐意,睡到日上三竿。

上午,少将要到本邸去的时候,对带刀说:"你暂时住在这里,我马上就回来的。"说着出去了。

阿漕写信给那个姨母:"因有要事,两三日不通问了。今天有事相烦:请你在一两日之内,物色几个漂亮一点的童子和壮丁。你身边倘有好看的仆役,请暂借一二人。详情面谈。劳驾劳驾。"她这样地拜托了她。

少将来到本邸,知道有人正在谈中纳言家四小姐的婚事:"有事奉告:以前所谈的一件事,前日对方又复提及,说年内务必完婚,故请早日送求婚书去。催促甚急。"

少将的母亲在旁,说道:"女方催促求婚书,颠倒过来了。不过,以前既已说起过,还是答应了的好。如果谢绝,使对方太难堪了。到了像你的年龄,还是独身,也是不成样子的。"

少将说:"母亲既然如此盼望,就快些给我娶了吧。如果要情书,现在立刻可以写出来。不过,免除了这种情书往还的麻烦,就去招亲,倒是新式的呢。"他一笑就走开了。来到自己的房间里,叫人把日常使用的器具及橱子等物,统统搬运到二条别墅去。

他写一封信给小姐:"你此刻正在做什么? 我竟如此关怀你呢。我入宫回来,立刻到你那里。

　　卿家欢乐多如许，

　　广袖包来亦绽开。

今日反而小心谨慎了。"

　　小姐回信说："在我是：

　　艰难苦恨多如许，

　　广袖虽宽不可包。"

　　带刀尽忠竭力地照管一切。

　　姨母给阿漕的回信是："我因久不见你，昨天派使者去看你。岂知那家里的人说，你做了坏事，逃走了。那人态度异常凶狠，几乎要打我那使者，好容易逃脱了。我很担心，不知到底发生了什么事情。现在知道你平安无事，我很放心。你托我找佣人，让我立刻去物色吧。我身边的侍女，没有能干的。只有我丈夫和泉守的堂妹，现在住在这里，我想此人正好。"

　　天色已暮，少将回来了。对小姐说："那边四小姐的婚事，今天又有人来说了。他们要我，我想另找一个人去招亲呢。"

　　落洼说："这样做是不可以的。你如果不要，就该婉言地回报他们。对方多么失望、多么懊恨啊。"

　　少将说："我是想对那夫人报仇呀。"小姐说："这种事，请你忘记了吧。那四小姐不是毫无可恨之处的么？"少将说："你真是个柔弱的人。怨恨在你身上不会生根的。这样，我也就舒畅了。"说过就睡觉了。

　　且说那媒人到中纳言府上去说，婚事已经同意了。全家大喜，忙忙碌碌地准备一切。夫人想：那个落洼姑娘如果在这里，所有的缝纫工作都可以交给她，多方便呢。"唉，佛菩萨，她如果活着，请引导她回来吧。"她一厢情愿地希望。她的三女婿藏人少将，常嫌衣装缝得不好，样子难看。此时夫人就意气消沉，到处寻找裁缝。

中纳言很着急，说道："说过同意了，应该立刻成婚。日子久了，恐要变卦呢。"

终于决定了十二月初五日。十一月底忙于作准备。

三小姐的夫婿问道："新女婿是谁？"三小姐说："听说是左大将的儿子左近卫少将呢。""这个人真是出色的了。我也常常和他会面。他在这里出入，非常适当。"他表示很赞成。夫人觉得很有面子，十分高兴。

少将是因为那夫人实在可恶，总要设法叫她碰个钉子。他仔细考虑，胸有成竹，就故意答应了这件婚事。

二条别墅里，已经住了十多天了。新任的侍女和仆役，来了十几人，真是繁荣幸福。

和泉守的堂妹，得知了情况，就来服务。大家称呼她为兵库。

阿漕升作侍女领导，改名为卫门。这是一个小巧玲珑的可爱的青年侍女。她愉快地来往照料。少将夫妇无限地宠爱这个卫门，是理之当然。

少将的母亲问道："据说有一个人住在二条别墅里，是真的么？如果这样，怎么又答应到中纳言家去招婿呢？"

少将答道："关于这件事，本想预先奉告，并且把这人带来拜见。但因二条别墅里无人照管，所以暂时不来，真是失礼了。至于所谈中纳言家的婚事，人们都说：一个男子不限定要一个妻子。听说那个中纳言，特别是个多妻主义者。女人有同辈谈谈话，也是好的吧。"他笑着说。

　　母亲说:"唉,这样地娶许多夫人,会发生风波。而且自己也太辛苦。这种事情还是不做的好。住在二条别墅里的人如果合意,就这样好了。我日内想看看呢。"此后母亲常常送东西来,互相通问。

　　有一次母亲对少将说:"二条那个人似乎很好呢。文章、书法,都很擅长。到底是谁家的女儿呀?你就拿这个人作为终身伴侣吧。我也是有女儿的,所以懂得做父母的心情。女儿被人遗弃是很可怜的。"她这样劝谏。

　　少将说:"二条那个人,我决不遗弃。我是此外还要一个。"他笑着回答。

　　母亲也笑了,说道:"啊呀!你说的什么话!你这个人真是莫名其妙的。"

　　少将的母亲心地善良,相貌也很端正。

　　匆匆地过了一个月。

　　女方来通知:"招亲的日子是后天,想必是知道的。为慎重起见,再来奉告。"少将回答说:"知道了,一定来。"但他心中想,这真是好玩了。

　　少将的母亲的一个兄弟,本来做治部卿的,但世人都把他看作脾气古怪而不明事理的人,和他交往的人一个也没有。这人的长子名叫兵部少辅,是一个白痴。

　　少将去访问,问道:"少辅在家吗?"

　　他的父亲说:"在房间里吧。他走出去人家要笑他,所以他不出门。希望你们引导他,把世故人情教教他。我这个人,年轻时也是这样的。被人家笑,只要能够忍受,也可以去当差的。"

　　少将笑着安慰他:"别说这话。我决不会抛弃他的。"他走进房间里,看见少辅还睡着。他觉得又好气又好笑,便喊他起来:"喂喂!起来吧!

我有几句话要对你说呢。"

少辅伸一伸手脚,打一个大呵欠,然后起身去洗手。

少将对他说:"你为什么一向不到我那里去?"

少辅答道:"我去,人都嗤嗤地笑我,我觉得难为情。"

少将说:"在陌生人家,是难为情的。在我家有什么关系呢?"

接着又说:"你为什么到现在还不娶亲? 独身人睡觉,不开心的。"

少辅说:"谁也不来照顾我。独个人睡觉,也无所谓。"

少将说:"那么,你准备永远不娶妻么?"

少辅说:"现在我在等待,看有谁来照顾我。"

少将说:"那么,我来做个媒人吧。有一个好姑娘呢。"

少辅果然欢喜了,脸上显出笑容来。他的面色异样的白,简直同雪一样,脖子非常长,面孔正是一只马面,鼻子喘气的样子,竟同马一样。哼他一声,把缰绳一拉,立刻就会飞奔出去似的。同这个人面对面,实在不能不笑出来。

他问道:"这便好极了。是谁家的女儿?"

少将说:"是源中纳言家的四小姐。本来说是要嫁给我的。但我因为有一个不能断绝的人,所以想把此人让给你。招婿的日期是后天,请你准备。"

少辅说:"我去代你,对方看出不对,又要笑了。"

少将心中想:这个人真是个笨蛋。但他生怕人笑,这心情是很可怜的,又是很可笑的。他故意装出一本正经的样子,对他说道:"有什么可笑呢? 你只要去对他们说:'今年秋天我曾经和四小姐私通过。此次听说她要招左近卫少将为婿,此人是我的亲戚,我同他直接谈过了。他说他不能去。免得你们另外找别人做女婿,还不如由我代他去招亲吧。'你只要这样说,他们就不会说是道非。谁会笑你呢?以后你只要天天去,对方就会重视你了。"

少辅说:"那么这样也好。"

少将说:"你懂了么?是后天。夜深后前往。"他叮嘱过后就回去了。

少将想想四小姐的心情,也觉得可怜。但是想起她母亲的行径,觉得几十倍的可恶。

少将回到二条别墅,看见落洼姑娘正在观赏雪景。她靠在火炉上,随手拨弄炉中的灰,凝神若有所思。这姿态实在非常美丽。少将便在她面前坐下,但见她在灰上写道:

"当时若果徒然死,"

少将便接着写下一句:

"不得通情梦想劳。"

少将又吟一诗:

"炉中埋火长温暖,
　汝入我怀爱永深。"

说着,就抱着她睡觉了。小姐笑道:"呀!你真了不起,会抱炉火。"

且说中纳言家中,到了结婚的那一天,一切准备尽善尽美。到了当天,少将又到少辅那里,对他说道:"事情就在今天了。戌时你必须到那边去。"少辅答道："我也准备这样。"少辅的父亲也如此这般地说了些话。这个顽固的治部卿，绝想不到别人会讨厌他的儿子，说道："你的头脑不灵敏，不会受人称赞的。还是早点去吧。"便替他准备装束，少辅打扮好了就出门。

中纳言家许多人盛装华服，在那里等待。新女婿一进门，立刻被引导到内室里。

第一天，不和众人见面，此人的缺点不被发现。在幽暗的灯光中，反觉得神态高尚优美。侍女们早闻少将英俊，便互相走告道："啊！身长腰细的，神气真好呢！"夫人脸上装出怪相，说道："我好容易招进了这样出色的女婿！我是幸福者。每个女儿都有如意称心的女婿。喂，现在这新女婿，不久就会升作大臣的呢。"她的气焰冲天，听者也都认为的确如此。四小姐不知道他是那么一个呆子，和他一同睡觉了。

天一亮，少辅就回去了。

少将想象昨夜的情形，觉得好笑，对小姐说："中纳言家里昨夜招女婿呢。"小姐问："是谁？"少将说："是我的舅父治部卿的儿子，名叫兵部少辅的，是个好男子，特别是鼻子生得漂亮而被选作女婿的。"小姐笑道："不大有人称赞鼻子漂亮的呢。"少将说："哪里！我称赞这是最漂亮的一点，将来你可以看到。"

他就走到外室里，写信给少辅："怎么样？结婚第二天的情书已经送去了么？如果没有，可以这样写：

> 一夜夫妻恩爱笃，
> 原来毕竟是空言。"

正好少辅在那里考虑情书如何写法,少将教他,正用得着,就照样写了送去。

少辅给少将一封信,说道:"昨夜十分顺利。谁也不笑我,我很高兴。详情见面时奉告。情书还没有送去,蒙你教我,好极,已照样写好送去了。"

少将看了信,觉得好笑得不得了。他想起那女子倒霉,也觉得可怜。但他已经下定决心要复仇,现在如愿以偿,只觉得痛快。落洼也担心这件事,觉得很可怜,但她对少将一句话也不说,只是自己心中觉得好笑,悄悄地对带刀说道:"这件事做得真好。"带刀心满意足。

中纳言邸内正在等候情书,使者送来了,连忙接了给四小姐看。四小姐一看,是这样的两句,觉得羞耻难堪,不及放下手中的信,便把它团皱了。

夫人在旁,问道:"手迹怎么样?"拿起信来一看,面孔立刻变色,气得要死。她这时候的心情,比较起以前小姐被少将听到了落洼这个名字而感到羞耻时的心情来,痛苦得多吧。

夫人镇静下来,仔细看看,觉得此信和以前每次招婿时所收到的情书完全不同。究竟是怎么一回事?弄得莫名其妙。

中纳言排开众人走来,拿信来看。看是看了,但因眼睛不好,读不出来。他说:"好色有名的人,总是用淡墨来写,你们读给我听吧。"夫人把信夺过来,她暗记着从前藏人少将写来的信,便照那样读给他听。中纳言莞尔一笑,说道:"啊,这是个风流男子,说得委婉动听,赶快好好地写回信给他吧。"说过之后就回去了。

四小姐见人怕羞,懊恼得很,只是躺着。

夫人愁眉苦脸地对三小姐说:"他怎么会说这种话呢?"三小姐答道:

"无论怎样不称心,总不该说得这么厉害。大概是因为现今一般的恋爱已经陈腐,所以想变一种方式也未可知。真是想不通,不可思议。"夫人自作聪明地说:"的确如此。好色的人喜欢做一般人所不做的事。"又说:"那么,快点写回信。"

四小姐看见母亲和姊妹们替她焦灼叹气的样子,没有起身的勇气,只管躺着。

夫人说:"那么,我来代笔吧。"便写道:

> "若非老耄无情者,
> 不解今朝抚慰心。"

送了使者贺仪,叫他回去。

四小姐只管躺着,整天不起身。

天色一暮,新女婿立刻来了。夫人说:"你看,如果他是不称心的,不会来得这么早。那封信的确是变一种格式。"她兴高采烈地迎接。四小姐虽然怕羞,但是没有办法,只得硬着头皮起来迎接。

新女婿的言谈举止,都不太清楚,有些恍恍惚惚的样子。四小姐回想姐夫藏人少将所说的传闻,百思不得其解,竟想断绝这门亲事。

第三夜的祝宴非常盛大,大厨房里办了各种酒肴,等待贺客来临。

同辈的伴侣姐夫藏人少将,早已来到,在那里等待。还有当代受到特殊恩宠的贵公子们也都来了,所以中纳言亲自出来招待。不久新女婿来到了。

大家起身迎接,新女婿飘飘然地走进来,占据了上座。在辉煌的灯光中,仔细看看,脖子以上十分细小,面孔像敷粉一般雪白,鼻孔朝天张开,这姿态教人看了吃惊。大家知道这就是那个兵部少辅,扑哧扑哧地笑出来。就中藏人少将是个爱笑的人,竟捧腹大笑起来,说道:"啊,我道是谁,原来是一匹白面的名驹!"他滑稽地敲敲扇子,站起身来走了。

近日宫中也在嘲笑少辅。他们说:"那匹白面的名驹摆脱了缰绳,飞奔出来了!"大家都笑了。所以藏人少将走到内室,说道:"怎么会闹出这样的笑话来!"没有说完就又笑了。

中纳言气极了,话也说不出来。他想:是谁在策划的?不觉怒气冲天。但在许多人面前,只得忍耐着,说道:"怎么会这样突然地进来的?真想不通。"他责问少辅,少辅照旧茫茫然。中纳言认为这家伙没有办法了,也放下酒杯,站起身来走了。

侍候的仆役不知道有这样的细情,把多余的酒肴吃个干净。厅堂里一个人也没有了。少辅觉得无聊,便从一间进出的门里走进四小姐的房间里去。

夫人得知了这情况,气得发昏。中纳言垂头丧气地说:"活到了这年纪,还要碰到这种可耻的事情。"便闭居在房间里了。

四小姐躺在帷帘里面。少辅就钻进去,她无法逃出。众侍女都唉声叹气。做媒人的,非仇非敌,正是四小姐最亲近的乳母,所以毫无办法。看到这状态,谁都悲叹。只有少辅一个人若无其事,准备第四天开始来此长住。他天天睡得很熟。

藏人少将说:"有的是人,唉,为什么去拖进一只白面的马来?简直是不成话。和这个白痴做同辈的女婿而在这屋子里出入,实在吃不消。被称为殿上的白驹而不敢在人前出头露面的傻子,怎么会走进这里来?大概是你们巧妙设计办成的吧。"他肆口嘲笑。

三小姐一向不管闲事,此时只是同情妹妹的不幸而叹息。她私下推想：因为是这样的傻子，所以写出那么怪异的情书来。夫人心中的痛苦自必不说了。

到了近午，谁也不替少辅送盥洗水来，早粥也不拿出来，大家置之不顾。四小姐原有许多侍女，但是没有一个人肯来服侍这傻子，呼唤她们也不出来。

少辅没有办法，只管茫然地躺着。四小姐仔细看看他，但见面貌很丑陋，鼻孔几乎可以让人出入。他睡着时大声地呼吸，鼻翼子扇动着。她看了这种怪相，意气消沉，便装作有事的样子，悄悄地溜了出去。夫人已经等得心焦。四小姐向她尽情地诉苦。

夫人责备她："如果你最初就老老实实地把和少辅通奸的事说出来，那么要保守秘密也是可以的。直等到发表婚期，大办喜事，受到说不尽的耻辱，这是什么道理呢？你是由于谁的拉拢而开始和这男子相识的呢？"

四小姐听到这完全意外的话，不堪委屈，哭倒在地。她连世界上有这么一个男子都不知道，现在无中生有地冤枉她，使她无法辩解。她不知道姐夫藏人少将作何感想。世间像女人这样苦恼的人是没有的了。哭也无益。

少辅一直睡着。中纳言说："怪可怜的。送盥洗水给他，送食物给他吃。四小姐如果被这样的人遗弃了，说出去更加没有面子。凡事都是前定的。现在哭骂，无法挽回了。"

夫人怒气冲冲地说："可惜！我的女儿为什么要嫁给这种傻子呢？"

"你不要说这种不通道理的话。外人听见我的女儿竟会被这傻子遗弃，多么丢脸啊！"

"如果这个人不来了，那么外人也许会这样想。现在我真想叫他不要来呢。"

到了午后未时左右,谁也不来睬他,少辅忍耐不住,独自走了。

这天晚上,少辅又贸然地来了。四小姐一直在哭,不肯出去。她父亲动怒了,骂道:"既然这样嫌恶,为什么和他私通呢?现在已经公开,你准备让你的爹娘和同胞人受到两重的耻辱么?"他的面孔变色。四小姐虽然嫌恶不堪,只得哭哭啼啼地走到少辅那里去了。

少辅看见四小姐哭,觉得奇怪。一声不响地睡觉了。

于是,四小姐一直悲叹,夫人一直想设法把他们分离,只是顾虑到中纳言的话。四小姐有时晚上来到少辅那里,有时晚上不来,只管悲叹自己的命运。这期间早已有了怀孕的征兆。

夫人愤愤不平地说:"藏人少将想生孩子,生不出来,这傻子的种子倒传播了么?"四小姐听了,觉得确是如此,她只想死。

藏人少将早就预料到的,果然殿上的少爷们嘲笑他了:"怎么样?那只白面名驹好么?正月快到了,请你拉他来出席白马节会吧。岳父岳母对你和对他,哪一个宠爱?"丧失了自尊心的藏人少将,觉得难于忍受。

本来他不把三小姐看作理想的妻子。只因岳父岳母非常优待他,情理难却,只得维持着关系。现在他就想以这件事为借口,断绝这门亲事,不来的晚上渐渐多起来了。于是三小姐也忧愁起来。

在另一方面,二条的别邸里,一天比一天幸福。男的无以复加地钟爱女的。

少将说:"你要侍女,任凭多少人也有。邸宅里侍女多,样子好看,而且热闹。"便到处找求好的女子。得人介绍,来了二十多个侍女。

少将夫妇都是心地善良、举止大方的。因此服务的人都快乐。每日的工作很轻松。服装丰富华丽。改名为卫门的阿漕,当了侍女头,照料一切。

带刀把那可笑的白驹的事告诉他的妻子卫门。卫门心中想：那夫人一定气得不堪了。少将要对夫人复仇，现在报应果然来了。她觉得非常痛快，随口回答道："唉！倒霉了。不知道那位夫人作何感想。她一定迁怒于别人，吃她苦头的人不少吧。"

这时候已是十二月底。大将的本邸里派人来说："少将的春衣，你们要早些准备起来。此间因为要办理后宫女御的衣装，忙不过来。"送来许多美好的绢、绫等，还有染料茜草、苏芳、红蓝等，不计其数。夫人原是缝纫好手，立刻开始工作。

又有一个乡下的富人，由于少将的提拔而当了右马弁的，送来五十匹绢，作为谢礼。少将把这绢全部赏赐给仆役。由卫门分配，甚是公允。这二条别邸，原是少将的母亲的财产。母亲生有两个女儿，长女已经入宫当了女御。儿子三人，长子便是这少将。次子现任侍从，是管弦名手。三子还是小孩，已被准许为殿上童子。

这少将从小受到父亲的宠爱。人们也都称赞他。皇帝陛下也宠爱他。所以无论他怎样任性任意，人们都原谅他。说起这少将，父亲只是开颜大笑。所以邸内的人，上上下下，无不慑服于少将的威势。

渐渐到了新春，新年朝见的服装，色彩配合之美自不必说，这都是夫人一手包办的。少将穿了十分满意，去给母亲看。母亲赞赏道："啊，好极了！这个人的手真巧啊！将来这里的女御行大事的时候，一定要她来帮忙。那针脚周密得很呢！"

正月升官的时候，少将晋升为中将，爵位是三位，从此威望更加增大。

且说中纳言家三小姐的夫婿藏人少将，派人来向左大将家的二小姐求婚。中将以前常常对母亲说:"这真是个出色的男子。倘要在朝臣之中选女婿,除了此人之外恐怕没有人了。此人前程远大。"

中将心中想:那个继母把这个女婿当作无上之宝,因此之故,虐待他自己的妻子落洼。他想设法破坏他们的关系,让他抛弃三小姐。

中将的母亲做梦也没有想到这种事情。她想,既然中将如此说,可知一定是个出色的人物,便教自己的女儿常常写回信给这个人。那藏人少将对这新的恋人有了希望,对那三小姐就日渐疏远了。

曾经以缝纫好手出名的落洼姑娘走了之后,藏人少将的衣装大都缝得样子很难看。他心中生气,口出怨言,特地替他新做的衣服,也不要穿。他说:"怎么样了? 从前缝得很好的人哪里去了?"三小姐答道:"她有了丈夫,跟丈夫走了。"藏人少将嘲笑道:"为什么跟丈夫走呢? 大概是这里的苦头吃得不够,所以出走吧。这邸宅里有没有看得上眼的人呢?"三小姐答道:"当然是没有的。没有看得上眼的人。只要看你的冷酷的心,便可知道。"藏人少将说:"的确,我失礼了。但这里还有那白面的名驹呢。实在是漂亮的人物,我很佩服。"

此后藏人少将再来,总是口出怨言而归。三小姐忧心忡忡,然而毫无办法。

夫人为了落洼失踪,气愤得很。她总想设法教她碰个钉子。她的怒气冲天。

直到现在,她一向是个幸福者。但她徒然地以招得好女婿自豪。近日来,家中视为至宝的藏人少将,已渐渐地把心移向别处。繁荣幸福的誓愿,变成了世间的笑柄。她这样那样地思索,似觉就要生病了。

正月末日是黄道吉日,烧香很相宜。中纳言家三小姐、四小姐偕同母亲,共乘一辆车子,到清水寺去烧香。

真凑巧,中将和他的夫人,即以前的落洼姑娘,也到清水寺去烧香,在路上相遇了。

中纳言家的车子出发得早,走在前面。因为是微行,所以不用前驱,悄悄地走。

中将家夫妇进香,带着许多随从,非常热闹,开路喝道,威风凛凛地前进。

后面的车子很快,追上了前面的车子。前面车子里的人都觉得讨厌。在微明的火把光中,后面车子里的人从帘子缝里望去,但见前面的车子由于乘坐的人很多,那匹牛喘着气,爬不上坡去。

因此后面的车子受了阻碍,非停下来不可。随从人等都口出怨言。中将在车子里问:"是谁家的车子?"从者答曰:"是中纳言家的夫人微行进香。"中将想:碰得真巧。他心中非常高兴,就命令前驱的侍从:"家人们! 叫前面的车子快点走。如果不能走,避到路旁去!"

前驱的人说:"那车子的牛力弱,走不动了。"便喊道:"让路! 让我们好走!"中将接着叫道:"如果你们的牛力弱,把你们家里的白面名驹套上去就好了!"他的声音非常神气而又滑稽。

前面车子里的人听了很难堪,叹道:"唉! 真讨厌,是谁呀?"然而车子还是停在前面。中将的仆从喊:"为什么不把车子让在一旁?"便拾起小石子来丢过去。中纳言的仆从生气了,骂道:"为什么这样神气活现! 倒像是什么大将来了。这里是中纳言家的车子呀! 要打,就来打打看!"这里的人说:"怎么,中纳言,我们就吓怕了么?"石子像雨一般丢过去,开始吵架了。

终于中将家的随从集合起来,用力把前面的车子推开,顺利地前进了。这方面前驱和随从很多,所以那方面根本不能对敌。中纳言家的车子的一个轮子陷入了路旁的大沟里,无可奈何,停在那里不动了。起初和他们吵架的人也叹息:"同他们吵,真是无聊。"车中的夫人等都觉得倒霉,问道:"是谁家去进香?"从人答道:"是左大将的儿子中将去进香。这个人现在威势无比,因此看不起我们了。"夫人说:"有什么怨恨,要如此几次三番地教我们丢脸? 那兵部少辅的事,一定是此人策划的。你不肯来,说声不肯就是了,为什么要拖出全无关系的仇敌一般的人来呢? 唉,这个人怎么搞的?"她手摸胸膛,懊恼不堪。

陷在深沟里的轮子,一时弄不出来。许多人设法推动,那轮子稍稍裂开了些。好容易把车子抬起,用绳子将轮子绑好。"唉! 几乎翻了车。"车子就得得地爬上坡去了。

中将的车子先到达清水寺,在舞台旁边停车。过了好一会工夫,中纳言家的车子才慢慢地上来。车中人又在嚷了:"唉,这可恶的轮子裂开了。"

今天是吉日,堂前的舞台旁,进香的人群集。夫人准备在后门口下车,就把车子赶过去。

中将叫带刀来,对他说:"去看看那车子停下来的地方,夺取他们的席位。"带刀追上去一看,那夫人正在叫出她所熟识的和尚来,对他这样说:"我们很早就动身来进香。岂知碰到了那个中将的车子,发生了这么一回事,车轮裂开了,以致现在才来到。房间还有么? 我们就要下车了。真是苦得不堪。"

和尚说:"这真是岂有此理的事! 夫人早有关照,我们好好地准备着。看来,一定是那个中将看见别处没有空席,叫那个坏人来把席位占据去了吧。啊呀,今晚真是弄不好了。"他很抱歉地说。

夫人便催促:"那么,快点下车吧。迟了,空席要被抢光了。"一个寺男说："那么，让我去把席位决定下来。"便走进堂内。带刀就在暗中跟着他进去，看清了那座位，飞奔回来，对中将说："好，趁他们没有进去时，我们先去。"小姐便下车。升堂时也带着帷帘，中将不离左右，尽心竭力地照顾她。

中纳言的夫人在中将不曾下车以前急急忙忙地走进堂内，此时那边的人早已下车，步声杂沓、威仪堂皇地进去了。带刀站在先头，排开进香的群众。中纳言家的人生怕迟了，匆忙地走进去，但被中将的随从们阻塞了道路，不得进去。没有办法，只得大家聚成一团，茫然地站立着。只听得那边的人冷笑着叫道："哈哈，进香落后了！只想上前，总是落后。"中纳言家的人听了气得要命。

不能立刻走进去，好容易走到了一处狭窄的地方。起先有一个小和尚在看守这地方。他看见中将家的人进来，以为便是这里的人，就走出去了。

大家就座之后，中将悄悄地向带刀打招呼："他们来了，你嘲笑他们。"中纳言夫人一点也不知道，以为这里是自己的座位。带刀骂道："不得无礼！这是中将家的。"他们呆呆地站住了。中将方面的人看了都好笑。带刀又说："这些人真奇怪，要占座位，叫和尚引导进来好了，何必这样地东撞西撞？唉，真是难为你们了。你们还不如到山脚下的仁王堂里去吧。那里谁也不去，地方都空着呢。"带刀装作不相识的样子，但恐被他们认出，叫几个年轻而活跃的侍者去嘲弄他们。听到的人心中难过，自不必说了。现在回去，不成样子。站着等待，苦不堪言。

暂时站立了一会。群众来往杂沓，几乎被人撞倒。慌慌张张地退回到了停车的地方。

如果势力强大，不妨报复一下才回去，然而没有这般力量。

大家足不履地,做梦一般地乘上了车子,懊恼得很,怒气冲天。

"听凭怎样吧! 反正只有这一朝,真是千万想不到的。怎么会做出这种样子来呢? 他们痛恨中纳言么? 今后不知还有什么毒计呢。"一家人聚集着悲叹。就中四小姐因为被提到她的丈夫白面驹,更觉可耻。

寺里的知客和尚对他们说:"到了现在,哪里还有空座呢? 有人住着的地方,那些老爷们也要把他们赶走呢。迟到实在是不好的。现在无论如何也没有办法了。只得请你们忍耐一下,在车子里过一夜吧。前路倘是普通人,不妨同他们商量一下,可是他们现在是高贵无比的人物呀! 太政大臣对他也要让三分呢。外加他的妹妹又是皇帝宠爱的女御。天下威势被他独占,同他斗不过的。"他说了就走。这里的人毫无办法。

本来准备借房间的,所以来了六个人。现在要在车子里过夜,局促得很,身体动也动不得。这种痛苦,比较起小姐被关闭在贮藏室里时的痛苦来,厉害得多吧。

好容易过了一夜。"等那些坏人没有回去之前,我们先回去吧。"夫人这样催促。然而,修理车轮期间,中将家的人已经上车了。机会不巧,还不如迟一点走,便站定了。中将想:将来夫人回想出来,一点证据也没有,不大有味道,便唤随车的童子过来,命令他:"你走到那车子的轮子旁边去,喊一声'知道后悔了么?'"

童子不解其意,走过去喊道:"知道后悔了么?"车子里的人问:"是谁叫你来说的?"童子答道:"是那边车子里的人。"这边车子里的人悄悄地说:"对了,是有来历的了。"夫人便回答:"没有,没有! 有什么后悔?"

童子老实地把这话报告了中将。中将笑着说:"可恶的东西! 叫她吃点小苦头。小姐在这里她难道不知道么?"再叫童子去喊:"如果再不后悔,再教你碰个钉子。"夫人还想说些话,女儿们阻止她,说不可同他作对,免得没趣。童子便回去了。

小姐听了这件事的经过,劝谏她的丈夫:"唉！你这个人真是不懂情理的古怪人。将来父亲会觉得的,你不要说这样的话吧。"中将问:"中纳言也乘在这车子里么?"小姐说:"他自己虽然不在,他的女儿们都在里头,是一样的。"中将顽强地说:"很好,你现在反而要孝敬他,你父亲自然高兴了。直到现在,你也只有这一次想到他。"

且说夫人回到家里,问她的丈夫中纳言:"左大将的儿子中将,对你有怨恨么?""没有这事。在宫中也常常和我招呼。"夫人说:"那么,有些想不通了。曾经有这样的事情。我那时的愤怒,真是有生以来第一遭呢。回来的时候对我们说的话,竟是岂有此理！我要设法报仇才好。"

中纳言答道:"唉！我已经老迈,势力日渐衰弱了。而那个人威势强盛,看来就要做大臣呢。报仇等事,你想也不要想吧。碰到这样的事,也是命该如此。况且外间传扬出去,总说是我的妻子担这种耻辱,又何必呢。"他说着,摇头叹气。

到了六月里。

中将硬要母亲把妹妹二小姐嫁给藏人少将。中纳言家的人听到了这消息,大家气得死去活来。

"他这办法,分明是欺侮我们。我要做了活鬼,去向他索命!"夫人愤怒之极,两个指头在膝上敲打,耸耸肩膀。

二条别邸里的小姐想:"藏人少将是他们那么器重的女婿,现在他们一定非常痛惜,真是可怜了。"

婚礼第三日之夜给新郎穿的服装,因为二条小姐手段高明,所以托她办理。二条小姐匆匆地染绢,裁缝,回想起了从前苦难日子里的情况,

不胜悲戚,不免吟诗述怀:

> "穿者仍是君,缝者同是妾。
>
> 回忆离家时,悲心何抑郁。"

新装缝得非常美好,完成之后,送到本邸。大将的夫人看了,满心欢喜。中将也觉得非常满意。

中将遇见藏人少将时,对他说道:"我早就闻知,那边的人非常重视你,我实在很对不起了。不过,我原本是为了希望和你建立亲密的关系,所以把愚妹嫁给你。务请你不要辜负那边的人,依旧怜爱她。"

藏人少将答道:"唉,这件事不必说了。喏,你只要看着,自会知道。自今以后,我决不再同他们通问。我闻知你对我有这样的好感以后,就真心地信赖你。"看来他是要完全抛弃那三小姐了。

这边对他的招待,新娘的人品,都很优异,和那边不能相比。从此藏人少将绝不再到中纳言家去了。因此那夫人焦灼痛恨,饭也不想吃。

中将的二条邸内,齐集着许多美丽的侍女,个个都受主人宠用。从前在中纳言家服务的侍女少纳言,完全不知道这就是从前的落洼姑娘的家里,有一天由一个名叫弁君的侍女引导,前来观瞻。

做了中将夫人的落洼,从帘子里望出来,看见了侍女少纳言,觉得很可亲爱,又很奇妙。便把卫门[1]唤来,叫她去对侍女少纳言说:"我当是别人,原来是你!从前的亲切,我一点也不忘记。只因对世间顾忌很多,所以没有把我的情形告诉你。但心中常常挂念,不知你近况如何。来,

---

[1] 即从前的阿漕。

你到这里来吧。"

侍女少纳言因为万万料不到,吃了一惊,就像近来新到的侍女一样谨慎小心,不知不觉地放下了遮面的扇子,觉得像做梦一般。她膝行上前来叩问道:"这是怎么一回事? 是谁叫你对我这样说的?"

卫门不慌不忙地说:"只要看我在这里,你就可想而知了。这就是从前称为落洼姑娘的人。你今天来,我也高兴得不得了。从前亲近的人,一个也没有。我们是太自作主张了。"

侍女少纳言明白了情况,欢喜之极,说道:"啊! 小姐在这里了,是多么可喜的事啊! 我常常想念,时刻不忘。这完全是佛菩萨保佑。"

她说着就来到小姐面前。从前被关闭在那黑暗的房间里时的景象,浮现到她脑际来。她看见小姐容颜端庄美丽,仪态万方,觉得她是非常幸福的人。

小姐身边的青年侍女们,都穿着新衣,个个都是美人。十几个人聚集在身旁,谈笑取乐。这景象真是豪华!

侍女们说:"那个人一到,夫人立刻召唤她到面前来,是什么缘故呢? 我们都不是这样的。"她们都羡慕她。夫人莞然地笑道:"是的,这个人是有一点缘故的。"

侍女少纳言心中想:"这个人生得如此美貌,所以比起父母一心地疼爱的别的姊妹来,出人头地。"她在众人面前,只是说些称颂赞慕的话。看见旁边没有人了,就把中纳言家的情况详细告诉夫人。

少纳言讲到落洼姑娘逃出之后夫人和典药助的问答,卫门笑得两手按住肚皮。少纳言说:"关于这一次招婿,夫人听了外间传说的丑恶,气得死去活来,这也是因果报应吧。现在已经怀了孕。过去那么得意的夫人,现在垂头丧气了。"

　　夫人说:"这是四小姐的夫婿吧,很奇妙哩,这里的人常常在称赞他,说他那鼻子长得最漂亮呢。"

　　少纳言答道:"这是嘲笑他呀。他的鼻子长得最难看。呼吸的时候,两个鼻孔张开,左右可以建造两间厢房,中间建造一所正厅呢。"

　　夫人说:"唉!真是稀奇古怪。这教人多么难堪啊。"

　　正在谈话的时候,中将从宫中喝得大醉回来了。他的面孔绯红,笑容可掬,说道:"今夜被召赴会演奏管弦乐,东一杯,西一杯,实在吃不消。我吹笛,皇上赏赐一件衣服呢。"便把衣服给夫人看,是红色的,薰香扑鼻。他把衣服披在夫人肩上,说:"这是给你的褒奖。"夫人笑道:"我有什么好褒奖?"

　　中将忽然看到了侍女少纳言,惊讶道:"这不是那边的人么?"夫人答道:"是的。"中将笑道:"哈哈,怎么会到这里来了?关于那个交野少将的别有趣味的风情话,后来怎么样,我想听听呢。"

　　少纳言竟完全想不起自己曾经讲过这话。她想,究竟是怎么一回事?呆然地俯伏在地上了。

　　中将说:"疲劳得很,睡吧。"两人便走进寝室去。

　　少纳言仔细思量:这男子真是相貌堂堂,丰姿卓绝,而且真心地宠爱他的夫人。有善报的人真是幸福。

　　正在这样那样的期间,且说有一位只有一个女儿的右大臣,本想把这女儿送入宫中,但念自己死后叫她怎么办,很不放心。这个中将,他平时常常遇见,而且曾经试探过,觉得是个具有真心实意而可信托的人。把女儿嫁给这个人吧。听说他已有一个恋人,但是并非名门出身的女子,不是抛弃不了的正妻。他近来常常这样想而特别注意,终于确信这是一个再好没有的男子,不久就会飞黄腾达的。于是找一个稍有关系的人,叫他把这意思告诉中将的乳母。

乳母劝导中将:"对方这么这么说。这真是一件十分美满的亲事。"

中将说:"倘是我独身的时候,这些话真是可感谢的。但是现在我已经有了夫人,你就给我去回报他们吧。"说着,站起身来走了。

但乳母年纪老了,只管自作自主。她想:二条那位夫人,没有爹娘,只依靠中将一人。而那个呢,有体面的娘家,受到优异的宠爱。这真是再好没有的事。她就不照中将的意思,回复他们道:"这真是一件好事。不久就要选定一个日子,送上求婚书来。"

右大臣家只知道对方已经同意,就赶快准备。一切用具都新制起来。招收了许多年轻侍女。各方面都尽心竭力。

有一个人悄悄地问卫门:"你们的中将要到右大臣家去招婿了,这里的夫人知道了么?"卫门意想不到,答道:"并没有这回事,是真的么?"那人说:"完全是真的。听说日子就在四月里,对方正在忙着作准备呢。"

卫门告诉夫人:"有这么一回事。你知道了么?"夫人心中吃惊,这难道是真的么? 说道:"我不曾听到过。是谁说的?""是本邸里的人从可靠方面听来的,明确地说是这个月里。"

夫人私下推想,既是本邸里的人说的,那么也许是中将的母亲做主的,亦未可知。长辈强迫他如此,不得不答应吧。她觉得不快,但表面上不露声色,且等待着,日内中将总会向她泄露的吧。她一句话也不说。

她虽然想隐藏,但不快的心情,多少总会在脸色上表现出来。

中将便问:"你有什么担心的事么? 从你的样子可以看得出来。我不像普通男子一样在口头上说想念、不忘、恋慕等甜言蜜语,只是一向顾虑到:千万不可使你忧愁不乐。这几天你实在有忧愁的模样,使得我非常担心。我推想你是在恨我吧。那天倾盆大雨之中,我冒着艰难出门,被人嘲骂为盗贼,你记得么? 这是难忘的结婚第三日之夜呀! 我到底有了什么薄情的行为? 请你说说看。"

　　夫人答道:"我什么也不想。"中将恨恨地说:"但你的样子,使我难堪。真是想不通。"夫人答道:

> "君心悬隔如棉叶,
>
> 　不知重叠几多层。"

　　中将听了这诗句,说道:"唉,不好了,原来确是有心事。"便答道:

> "重重叠叠槟榔叶,
>
> 　我思君首唯一人。

你听到了什么不爱听的话? 请告诉我吧。"但因无明确的事实,所以夫人一句话也不说。

　　第二天早上,卫门对带刀说:"听说有这么一回事。你一点也没有告诉我,岂有此理! 这是不能永远隐瞒的呀!"她很痛恨。带刀答道:"我一直没有听到过这种话。""连别人也听到了,对这里的侍女们说了一些可惜的话呢。你是不会不知道的。""笑话了。好,且看我们主人的样子,立刻会知道。"

　　中将来到二条邸内,夫人正在观赏春庭景色。正好这里有一株艳丽的梅树。中将便折取一枝,送给夫人,说道:"请看这梅花,真是美妙的折枝。这很可慰藉忧愁的心情,是不是?"夫人咏道:

　　　　　　“此身岂有分明恨，

　　　　　　　只恐君心转变易。”

这是根据花而回答的。中将真心地感到可喜而又可怜。他想，毕竟是她听到我有浮薄的心情，所以担心，便对她说：“你还是在怀疑我。我一点疚心之事也没有，直到现在我总是这样想。我的心洁白，请你看分明。”又咏诗曰：

　　　　　　“梅花带雪犹鲜美，

　　　　　　　直到芳菲散落时。

请你体察我的心情。”夫人答道：

　　　　　　“风诱梅花飞舞去，

　　　　　　　我身孤零似残枝。

我常想起，我的身世何等可怜！”

　　中将一直在想，她总是听到了什么话了。正在这时候，带刀的母亲即中将的乳母来了，对中将说：

　　“前天我把你的话，照样向右大臣家传达了。他们说，你原有的爱人，并非出身特别高贵的人，故今后时时往来，亦无不可。他们说，他们对你家大老爷也说过了，决定在四月内结婚，日子已经迫近了，请你准备。”

　　中将傲然地笑道：“男方已经说过决计不要了，哪有强迫人要之理？

无论我这里的人相貌如何不漂亮、身份如何低微,也绝不希望有别的人。这种媒人,请你不必做吧。真是岂有此理！况且,你何以知道二条的夫人不是出身高贵的人？我一点也不讨厌她呀。"

乳母说:"这便为难了。你父亲也表示同意,正在忙着作准备呢。好,你看着吧。不管你多么固执,老人家这样指望,你有什么办法呢？况且,你娶了这夫人,可以受到岳父家的重视,欢度荣华富贵的日子,正是现世风光。你原有所爱的人,是另一回事。就请写求婚书给那边的人吧。二条那个人,想必是官职低微人家的女儿,被称为落洼姑娘、受人嫌恶、被关闭在那里的。你把她拾起来,无法无天地宠爱她,真教人想不通。一个女人总须双亲俱存,有人多方爱护,这才体面呢。"

中将带着怒气说:"我大约是落后了,并不贪图现世风光的幸福,也不想受人重视,也不希望双亲俱存的女子。落洼也好,起洼也好,都没关系。我已决心永不抛弃她,所以毫无办法了。别人说这种话,还可原谅；连你也说起这种话来,真是岂有此理！如果如此,我要把你过去对我的厚意全部打消。请你看着吧,我就要使二条和你都满足。"

中将表示不要再听她的话,站起身来走了。带刀在一旁,句句听得清楚,恼怒起来,觉得这母亲真讨厌,说道:"你为什么说这种话？她虽然没有娘家,但是她的人品高尚,你难道不知道么？现在这一对夫妻,人力是无论如何也动摇不得的。你把那方面的话说得头头是道,想把他拉到荣华的方面去,有什么好处呢？这是怎么一回事！具有一般人的见识的,不会产生这种无聊的念头。还要说出不知哪里听来的落洼两字来。唉,你这做乳母的,年纪大了,头脑不清了。这种事情,如果被二条夫人听到了,她将作何感想呢？今后你切不可说那种话。我们主人对你这样态度,你应该觉得可耻。右大臣家的恩愿,你那样贪图么？没有这种恩愿,有我们在这里,总会照顾你一个人的。你的欲心如此强盛,是很大的罪过。今后你如果再说这种话,好,你看吧,我就出家做和尚去了。真可恶,拆散人家恩爱夫妻,不是寻常的事呀!"他埋怨他母亲。

母亲说:"哪里谈得到这种话! 你说拆散人家夫妻,哪里是现在就叫他们分别?"带刀说:"你叫他另外娶妻岂不就是这样么?"

母亲说:"唉,不要噜苏了。我说了那件亲事,难道是这样罪大恶极的么? 何必这样大张旗鼓地闹个不休呢? 大概是你疼爱自己的老婆,所以说这种话吧。"

母亲心中已在后悔,她想塞住带刀的嘴,所以这样说。但带刀说:"好,算了吧! 你还要这样强辩! 那么,我就去做和尚吧。你为了这件事而必须受罪,我觉得对你不起。做儿子的总要为娘担心的呀。"

带刀拿出一把剃刀来,夹在脚下,说道:"今后再说这话,我就把发髻一刀两断。"他说罢便站起身来。

乳母只有带刀这一个独养儿子。被他这样责骂,觉得不能忍受,说道:"不要说这种无缘无故的话,把这剃刀拿过来,让我立刻折断它。你要剃发? 你剃剃看!"带刀伸出舌头,笑起来。

男的本来是不同意的;自己的儿子又这样地埋怨她。乳母便回心转意,决定把这头亲事不成功的情由向对方报告。

中将想:近来夫人态度异常,原来是听到了这件事的缘故。他回到二条,对她说:"你心情不快的原因,好容易知道了,我真高兴!"夫人说:"是什么呢?""右大臣家的事,对么?"夫人微笑着说:"不是,你乱说。"中将说:"这种事情,真是可恶之极! 即使皇帝要把女儿赐给我,我也一定是拒绝的。前几天我已经对你说过:我最怕作薄幸郎。我知道女子最痛苦的事,是男子另有新欢。所以这方面的念头,我已经完全断绝了。今

后如果有人说长道短,你绝不可以相信。"他郑重地说。夫人答道:"有道是:

　　　　　　空谈恩爱无凭据,
　　　　　　勿使忧伤是至诚。"

　　带刀对卫门说:"可见我们主人的心,是绝不可疑的。他立下誓愿,终生不会有薄情的行为。"乳母被自己的儿子埋怨了一顿,不再开口。右大臣方面闻知中将已有热爱的人,对这亲事也就断了念头。

　　这样安静地度送理想的幸福生活,这期间夫人怀了孕,中将更加重视她了。

　　四月中,大将的夫人和女御所生的女儿们,叫人搭了看棚,去看葵花节会。

　　夫人对中将说:"二条的那个人,也叫她去看吧。年轻人爱看这种东西。而且我一向不曾见过,常在想念她,现在就趁此机会同她见见面吧。"

　　中将听了这话,非常高兴,说道:"不知什么缘故,这个人不像别人那样爱看热闹。让我去劝导她吧。"

　　他回到二条,就把母亲的话转告夫人。夫人答道:"这几天心情又不大好。不管自己样子难看,贸然地出门去看节会,恐怕别的人会因我在场而不快吧。"她表示不想出去的样子。

　　中将劝道:"没有别的人看见的,只有母亲和二妹。这样,就同在我面前一样。""那么就遵命吧。"夫人答应了。

　　母亲也派人送信来,说:"一定要来的!好看的东西,今后我们总要大家一同看才好。"夫人看了这信,从前大家赴石山寺进香、她一人留在家里时的情况,浮现到眼前来,不胜感慨。

一条大路上,建造着桧皮盖顶的漂亮的看棚,棚前铺着白砂,陈列着花木,仿佛是要永久居住的建筑。

当天天一亮就出门。随伴的卫门和侍女少纳言,高兴得好像到了极乐世界。

从前对落洼姑娘略有同情的人,都替她抱不平,痛恨那个继母。这两个人从前同她共甘苦的,现在作为夫人的随身侍女而受到郑重的待遇,心甚感激。

乳母已经听到过关于落洼姑娘的话,这时候立刻恭恭敬敬地走上前去,东张西望,郑重其事地问道:"哪一位是我们带刀的女主人?"年青的侍女们都笑起来。

母夫人说:"为什么分隔开,母子是不能分离的。大家亲睦点,这才安心。"便把落洼拉到她自己和二小姐的座上来。仔细看看,落洼的容颜美丽得很,并不亚于自己的女儿和外孙女们。她身穿红绫衫子,罩着红花青花纹的褂子和深红花青花的小褂,端庄地坐着的模样,实在美不可言。这位小姐果然不是凡人。她具有高尚的气品,十二岁的时候,已是一个生气蓬勃的可爱的孩子。二小姐年纪还轻,看见这阿嫂的美丽的姿态,内心感动,和她亲切地谈话。

节会看完了,召唤车子过来,准备回家。中将本想立刻回到二条院,但母夫人对夫人说:"这里嘈杂得很,不能随心所欲地谈话。到我那边去吧,可以从容地晤谈两三天。中将为什么急急忙忙地想回去?听我的话吧。这个人很讨厌,不要睬他!"母夫人说笑话。

车子来了。中将夫人和二小姐坐在前面,母夫人坐在后面,其他的人顺次上车。中将另乘一车。长长的行列迤逦地向大将府中进发了。

赶快把正厅西面的厢房布置装饰起来,给中将夫妇居住。本来中将住的西厅旁边的房间,给侍女们住。这招待非常隆重。

父亲大将因为是自己所钟爱的儿子的媳妇,所以对他们的侍女们也另眼看待。逗留了四五天,中将夫人身心安乐,约定缓日再来,拜别公婆,回二条院去。

自从这次会面之后,母夫人对中将夫人更加疼爱了。中将对待夫人,可谓竭尽忠诚。因此夫人确信丈夫的心不会动摇。

有一天她对中将说:"现在,我希望能够早点和我的父亲见面。他年纪那么大了,今日明日都不可知。如果就此永别,我心多么难过!"

中将答道:"这也说得有理。不过现在请你暂时忍耐,躲在这里。因为见面之后,他要表示悔过!我想惩罚那个继母,就不可能了。我还想惩罚她一下呢。而且要等我稍稍出头一点之后。哪里!中纳言不会立刻死去的。"

夫人屡次提及,他总是这样回答,因此以后她也不便再说。光阴荏苒,一年已经过去。到了正月十三日,夫人平安地分娩,生了一个男孩。中将非常高兴,屋里只有年轻侍女,觉得不放心,就把自己的乳母即带刀的母亲迎到二条院来,对她说道:"万事都同我母亲养我时一样,你来照管吧。"表示完全信任她。

乳母专心地照管浴室的事。夫人看见丈夫这般诚心善意,知道他确已没有少年人那种浮薄之气,心中非常感激。

喜庆的仪式非常盛大。这里从略,一任读者想象吧。单说送来的礼品都是银制的工艺品,就可想而知了。管弦游乐持续了好几天。

这样的盛况,卫门很想叫那个继母来看看。

正好侍女少纳言同时分娩，就叫她来当新生儿的乳母。大家宠爱这位小少爷，把他当作手中之玉。

春季朝廷任职之时，中将升任了中纳言。藏人少将升任了中将。父亲大将兼任左大臣。

父亲升任左大臣后，满心欢喜地说："这孩子出世时，他的父亲和我这个祖父都升了官爵，可见是个好孩子。"

道赖中纳言[1]的名声日渐显赫，兼任了右卫门督。

本来是藏人少将的中将，晋升为宰相。那继母的丈夫中纳言，看见本来的女婿藏人少将如此连续晋升，甚是眼热。他的夫人和三小姐等，即使在他极少顾访的期间，也常常悲叹流泪；到了完全断绝关系的今日，更加妒恨不堪了。然而毫无办法。

道赖中纳言名声日渐高扬，势力日渐增大。他对于落洼的父亲中纳言，常常有侮辱的话。内容相似，姑且从略。

翌年秋天，又生了一个可爱的儿子。左大臣的夫人即祖母说："可爱的孩子接连地诞生，你们太忙了。这回新生的，送到我这里来抚养吧。"就连乳母一起迎到本邸来。

带刀当了左卫门尉，由藏人任用。

这样，一切都已圆满充实。只是还不能叫父亲中纳言知道，夫人感到不满。

落洼的母亲在世时有一所房屋，在三条地方，建筑式样很漂亮。这该是落洼所有的。但中纳言说："那人已经死了，这房子归了我吧。"夫人说："当然啰！她即使活着，也不应该有这样漂亮的房子。这房子很宽

---

〔1〕 为了避免混同，以后称落洼的丈夫为道赖中纳言。

敞,让我和孩子们住,倒是正好。"就打算使用地方庄园缴纳来的两年的财力,着手建筑,全部刷新,又加改造,一切都已动工了。

今年举行的加茂节会,听说非常好看。道赖中纳言说家里的人都很寂寞,叫大家去看,连侍女们都去。于是趁早新办车子,给大家新制衣服,一切都很讲究,准备非常忙碌。不久节会的日子到了。

预先在一条大路上沿路打木桩,行车时可以不受别人阻碍。车子的行列徐徐地前进。

前车五辆,连侍女共乘二十人;后车二辆,乘的是童子四人,工役四人。道赖中纳言与夫人共乘,前驱者有许多四位五位的殿上人。道赖中纳言的兄弟,本来是侍从,现在已升任少将。最小的兄弟已是兵卫佐。这两个兄弟也跟哥哥一同去游览。因此车子前后共有二十辆,都照顺序前进。

道赖中纳言从车子里向外探望,看见打着木桩的那一头,有一辆棕毛车和一辆竹帘车停着。停车的时候,中纳言命令:"男车不要太离开,和女车并列起来,要朝着大路,停在南北两面才好。"

人们说:"要叫那边的车子稍微让开些,这里的车子才能停下来。"但那边的车子颇有难色,一动也不动。道赖中纳言问道:"是谁家的车子?"人们回答说是源中纳言家的车子。道赖说:"中纳言也好,大纳言也好,地方尽管有,为什么看清了这打着木桩的地方而停车呢? 叫他们稍稍退开些。"

仆役们立刻聚集拢来,动手去推那两辆车子。那边的从者挺身而出,骂道:"这些人为什么这样粗暴! 真是神气活现的奴才。你们所仗着威势的主人,也不过是个中纳言吧。不可把这条大路全部占领。真是无法无天!"

这边嘴强的人回骂道:"即使是上皇,是太子,是斋宫,对我们的主人都要让路呢,你们不知道么?"另一人说:"你们说我们也是中纳言么? 不要把我们的主人一概而论吧。"

互相争执,车子终于不肯退让。这样,这里的车子自然不能全部进入。道赖中纳言便对随身的左卫门藏人带刀说:"你去安排一下,教他们稍微退向那边些。"带刀走上前去,那车子的人不说答应不答应,便立刻退开了。

源中纳言方面,随从的人很少,所以不能抵制。前驱者三四人,相与告道:"没有办法。这场争吵毫无意思。即使有勇气踢伤太政大臣的屁股,敢用一根手指去碰一碰这位老爷的饲牛人么?"大家没得话说,悄悄地把车子拉向人家的门里去了。

他们只是隔着帘子窥看这边的人,觉得表面上好像很可怕,而实际上非常和蔼可亲,这正是这位道赖中纳言的天性。

那边车子里的人都唉声叹气地说:"唉! 真没趣! 照这样子,怎么能报复呢。"

这时候那个叫做典药助的傻老头子自得其乐地走上前来,骂道:"这件事,不能随随便便地听他们说。如果我们的车子停到木桩里头去,自然没得话说;但现在是停在木桩外头,为什么要受干涉呢? 不要后悔,来,现在就去报复吧。"

带刀看见是典药助,年来本想看看这家伙。哈,真好极了! 道赖中纳言也看到了典药助,说道:"喂,带刀,为什么听凭他这样说?"带刀知情,对一个强壮的仆役使个眼色,此人便上前去对他说:"什么? 你说不要后悔,想把我们的主人怎么样?"挥动那把长扇,立刻把典药助的帽子打落了。一看,他的头发屈曲地打着一个髻,脑门上全秃,闪闪发光,看的人哈哈大笑。

典药助面孔涨得通红,用衣袖遮住头,想逃进车子里去,这里的男子们跟上去,用脚把他乱踢,骂道:"要报复吗?怎么样?怎么样?"典药助高声叫喊:"饶命饶命!我要死了!"打得太厉害了,使他透不过气来。

道赖中纳言连忙制止:"算了,算了。"典药助被打得昏头昏脑,卧倒在地。那边的人们把他拖上车去,连车子一起退避了。源中纳言家的男仆们都吓得发抖,不敢走出车子外面来。

这车子逃避得很远,仿佛不是一家似的。这边的仆役们干脆把这车子拉到离开大道的小路上,放在路的中央,他们才敢走出来,推动车子,样子显得十分尴尬。

车子里,源中纳言的夫人们说:"看完了,回去吧。"便把牛套上,准备回去。道赖家的男仆们把他们先登的车子上联结车篷的绳索剪断。这车子来到大路中央,车篷翻落了。路旁的闲人见了,都捧腹大笑。随车的男仆们由于过分慌张,弄得手足无措,一时装不起车篷来,唉声叹气地说道:"唉!今天诸事不如意,是个不吉利的日子,受到这般说不出的侮辱!"

乘车的人心情之恶劣,可想而知了。总之,大家吞声饮泣。就中那个夫人,叫女儿们坐在前头,自己坐在后面,因此车篷翻落时,那棍子掉下来,正好压在她手臂上,痛不可忍,高声哭叫起来:"唉,作了什么孽,碰到这样的事!"她的女儿们制止她:"静点,静点!"好容易侍奉的人们赶上来,看了这情况,大为吃惊,吩咐道:"把夫人的身体抬起来吧。"旁观的人们说:"这些真是不会乘车的人。"都嘲笑他们。

因为太没面子了,连仆役们也都默默不语,你望望我,我望望你,茫茫然地站着。好容易车子修好了,拉到大路上。夫人在车子里"啊唷,啊唷"地喊痛,只得叫牛慢慢地走,好容易回到了家里。夫人靠在别人肩上,走下车来,眼睛已经哭肿。

源中纳言看见了,吃惊地问:"怎么了? 怎么了?"他听了这事情的经过,懊恨不堪,说道:"受到这种耻辱,真是无话可说。我去做和尚吧!"他口头这样说,但为了可怜他的妻子,不能实行。

外间把这件事传为笑柄。道赖中纳言的父亲左大臣听到了,问道:"这传闻是真的么? 为什么叫女车吃这样的苦头? 听说这是二条邸内的人带头的。为什么做这样的事?"

道赖答道:"哪里,并没有这么厉害。是为了那边的车子停在打木桩的地方。仆役们责问他们:有的是空地,为什么定要停在这里? 这就引起了一场争吵。他们把对方的车子的篷剪断了。至于打架,是为了对方的人出言无礼,被这里的人打落了帽子,露出光头来。事情的经过,弟弟少将和佐兵卫当然都看到,不会假造的。这边的人不会无法无天的。"

父亲只是说道:"不可以被人非难。我也是这样想:你大概不会的。"

道赖中纳言的夫人,闻知此事,觉得不好意思,唉声叹气。卫门安慰她道:"不过,你也不必太懊恼。这些都是无聊的事。如果你父亲在里头,固然不大好。但现在是敲打那个典药助,是对他从前那种行为的惩罚呀。"

夫人责备她道:"唉,你这个人好凶! 你不要来服侍我,去跟中纳言吧。他正好是同你一样狠心的人。"

阿漕说:"那么我就去服侍主人吧。我想做的事,他都给我做了。他的确是比你更重要的人。"

源中纳言家的夫人,为了此事而气疯了。她的子女们替她求神拜佛,好容易渐渐复健。

卷　三

　　源中纳言家接连地碰到倒霉的事,但另一方面三条的邸宅顺利地完工了,定于六月中迁居。他们认为最近接连地发生不祥的事件,是这里的房屋方向不利之故,迁居会好些。所以他们忙着准备带女儿们迁居过去。

　　卫门不知从哪里听到了这消息,趁主人空闲的时间,向他报告:"听说三条的邸宅已经修筑得很好,他们一家就要迁居进去。夫人的已故的母亲,曾经屡次对夫人说,叫她住在这邸宅,不可放弃给别人,因为这屋子很幽雅,可给父亲养老。他们看得好,就这样地霸占去了。总要想个办法,不让他们自作自主才好。"

　　主人问道:"有地契么?"阿漕说:"当然我们手里有地契。"主人说:"嗯,那么很容易说话。他们哪一天迁居,你去打听清楚。"

　　夫人埋怨:"又要干什么花样了。卫门这个人变坏了。主人的性情本来已经如此,你还要去煽惑他。"卫门说:"有什么坏呢? 这是不通道理的事情呀,有什么办法呢?"

　　主人说:"什么都不要说了。夫人是个没有气性的人。虐待她的人,她还说人家可怜。"夫人灰心地说:"归根到底,谁都要责备我。"道赖故意把话头岔开:"哪里有这种话!"就站起身来走了。

　　到了下个月,卫门若无其事地向人打听:"哪一天乔迁?"知道是本月十九日,便把这消息报告主人。主人说:"好,那一天,这里的人大家一起进去。为此,要多来几个年轻的侍女。那中纳言家有没有相当的人? 如果有,不管哪一个,都叫到这里来。让他们气死吧。"卫门答道:"这便好极了!"

卫门心中的快活,在眼梢口角上流露出来。主人想:这个人的想法倒是同我一样的。便一切瞒过夫人,悄悄地同她商谈。

对夫人只是这样说:"某人有一所良好的住宅,我们已经弄到手,定于本月十九日迁居进去,请你准备各种装束。趁这期间,这里的屋子也可修缮一下。日子快到了,请赶紧些。"便把红绸和染料之类交给她。夫人全然不知道这种企图,便专心一意地忙着准备。

卫门运用手腕,把源中纳言家漂亮的侍女都叫来。其中有夫人身边的叫做侍从的美人,是个文笔很好的侍女,还有三小姐身边的典侍、大夫。外勤侍女中,也有叫做麻吕屋的姣美而上品的女子。卫门早就注意到这些人,现在用各种策略罗致得来,向她们劝诱道:"这是现今权势无比的人家。而且主人对底下人特别看得起,照顾周至,你必须来。"

这些都是年轻的人,看见现在的主人已经威势衰落,狼狈不堪,就个个没精打采,只想寻找更好的人家。正在这时候,听到了卫门这番好听的话,知道对方定是当世显赫的富贵之家,就立刻答应,连忙辞职而去。

她们做梦也不曾想到新的主人就是落洼姑娘,更不知道辞职出来新到的地方是同一户人家。她们都不声不响,互相把要去的地方保守秘密。

二条邸内有人出来迎接她们,从一边走过去,大家集中在一起了。

邸内需要的侍从人很多,今天来的人个个都打扮得非常漂亮。大家来到同一地方,在同一地方下车。她们互相看看,觉得很稀奇。

正如传闻所说,这里原有漂亮的侍女二十多人:有五六人穿着白绸单衫、青红花纹长袍、红色裙子;此外有红裙子上罩绫织单衫的,有穿淡紫色长袍的,有穿其他绫织衫子的。她们成群地出来迎接新来的侍女们,使得新来的人难为情。

主人怕夫人受暑气,自己出来接见。他身穿深红裙子,白绸单衫,上罩罗衣。新来的侍女们都觉得这男子相貌漂亮,神情潇洒,真是一位理想的主人。

主人把个个侍女都看过,说道:"都很好。卫门介绍来的,即使稍有缺点,也不计较。"又笑道:"哈哈,她是最可信托的人呀。"

卫门说:"倘说有缺点,是由于主人不知道详情之故。我一直和夫人在一起,没有工夫和各个人会面。这种过失,要请原谅了。"

大家看看走出来说这话的人,原来是阿漕! 她们都吃惊,想道:"啊! 这个人在这里当着重要的差使了。"阿漕故意装作初见面的样子,说道:"呀,奇怪得很。好像都是见过面的呢。"大家答道:"我们也都这样想。真高兴啊!"

阿漕说:"长久不见面了,大家隔得远远的,非常寂寞。"正在乐说旧事的时候,但见一个人抱一个三岁模样的白胖孩子从里面走出来,说道:"卫门姐姐,在召唤你呢。"一看,此人就是侍女少纳言! 大家说道:"真好像回到了从前。都是很熟悉的。"于是讲了种种旧话。这不期而遇,每一个人都觉得非常高兴。从前一向熟悉的人,现在聚集在这邸宅里受主人特别重用,大家都觉得是交了好运。

且说源中纳言家定于明日迁入三条邸宅,夫人吩咐把各种家具搬运过去,挂起帘子来,连佣人的行李也都搬进去。

道赖中纳言闻知这消息,把家臣但岛守、下野守、卫门佐以及许多仆役召集拢来,命令他们:"三条的邸宅,本来是我们所有的,正想迁居过去。那个源中纳言不知怎么一想,认为这是他自己的产业,叫工匠去修筑。我想他总会和我打招呼，我便可和他说理，岂知音信全无。而且听说明天就要迁居进去了。所以你们都到那边去，责问他们：'这是我们的场所，你们不打招呼，擅自迁入，是什么道理？'把他们搬进去的东西全部扣押起来。我们也准备明天迁居过去。所以你们大家立刻就去，看好了房间，就在那里把守。"大家知道了底细，立刻出发了。

走到那里一看，三条的屋子非常漂亮，院子里铺着砂子，有人正在挂帘子呢。

道赖中纳言家的人们雄赳赳地冲将进去。源中纳言家的人们慌张地问："这些人是哪里来的？"一看，知道是道赖家的家臣们。家臣们说："这邸宅是我们主人所有的。你们为什么不得到同意就迁居进来？我们主人说，一只脚也不准你们跨进来。"就不顾一切地走进去，决定了门房间、传达室、休息室等。

源中纳言家的人吓坏了，连忙回去报告："老爷，大事不好了！那边的家臣执事带了许多人来，不许我们进出。听说道赖中纳言明天也要迁过来，门房间、传达室等都已布置好了。"

源中纳言已经老耄，听到这种重大事故，吓得心惊胆战，说道："这是怎么一回事！他们又没有地契，当然是我女儿的屋子。除了这女儿的父母以外，谁能来管领呢？如果落洼活着，还有话可说。现在怎么办呢？不要直接和他们争吵，让我去告诉他父亲吧。"

源中纳言连迁居的事情也忘记了，没精打采地穿戴起衣帽，去拜访左大臣了。到了那里，对守门人说："我有要事禀告大臣，请你传达。"左大臣就接见他，问道："有什么事？"

源中纳言说："为的是三条的邸宅，本来是我所有的产业，最近加以修筑，即将迁居，家人们已将器具搬运进去。岂知令郎派了许多家人来，说:'这是我们主人所有的产业,你们不得到同意而迁居进来,是违法的。我们主人明天就要迁居过来。'我家的人便一个也不能进去。我受此阻碍,不胜惊异,为此前来拜访。那所房子,除了我以外是谁也不能管领的,除非是持有地契的。"他向左大臣哀诉,几乎要哭出来的样子。

左大臣答道:"我一点也不知道,实在无从答复。据你所说,小儿道赖是违法的。但这里面恐有缘故,待我向小儿问明之后,再行奉答。这件事我原本是不知道的,所以现在无论如何不能答复。"

左大臣只当作耳边风,不耐烦听,故如此回答,源中纳言也不能再说,只得唉声叹气地告退。回到家里,对家人说道:"刚才我去向左大臣请愿,他回答是这样。这究竟是什么道理? 花了许多时间用心修筑,结果成了世间的笑柄!"他不胜悲愤。

道赖中纳言从宫中退出,来到左大臣本邸,父亲便问他:"刚才源中纳言来过,说有这么一回事。到底是否属实?"

道赖答道:"确是事实。我常常想迁到那屋子里去住,派人去检点修筑,听说已被源中纳言家占领。我觉得奇怪,就派家人去查看是否属实。"

父亲说:"中纳言说,除了他以外,没有人可以占领这屋子,所以你这行为是无法无天的。你到底是什么时候获得这屋子的? 有没有地契? 是从谁那里得来的?"

道赖答道:"实际情况是这样:这原是住在二条邸那个女人的产业,是她外公传给她的。源中纳言完全昏聩,听信了他妻子的话,毫不慈爱,一味逞欲,厌恶之极,连这屋子也不肯给她。我的确持有地契。他没有地契而说除了他以外无人可以占领,亏他说得出来。真是笑话!"

左大臣说:"那么,不必多说了。赶快把地契拿出来给他看吧。他那样子非常悲痛呢。"道赖说:"马上给他看吧。"

他回到二条邸,决定了明天迁居的服务人员,分配了车辆座位。

源中纳言一夜睡不着,哭到了天亮。早上,又派他的大儿子越前守到左大臣家去,告道:"家父中纳言本当亲自前来,只因昨天回家后身体不适,只得派我作代,甚是失礼。昨天所说的事,不知怎么样了?"

左大臣答道:"昨天小儿回来,我立刻告诉他了。但他说的是如此这般。详细情况,还请直接向他探问为是。我因为一点也不知道,所以无法判断。不过,没有地契而说是自己的产业,确是笑话了。"

越前守告退出来,立刻去拜访道赖中纳言。道赖只穿一身便衣,坐在帘子旁边。越前守恭恭敬敬就座了。夫人在帘子里面,看到了眼前这异母兄的姿态,不知不觉地感到一种可亲的心情。

卫门和侍女少纳言也看到了越前守。她们相视而笑,告道:"从前这个人是我们所敬畏的主人呢。我们曾经委屈地奉承过他的。"

越前守一点也不知道。他对道赖中纳言说:"我已参见过老大人,问起情由,他说的是这样。你们持有地契,是否属实?我仔细检查的结果,觉得很可怀疑。这几年来,只要略微听到这是你们的财产,家父和我们就不会提出这要求。我们管领这屋子,已经有两年了。这期间全无音信,到了今天又提出这话,并不妥当,我们都在悲叹呢。"

道赖答道:"我们有地契在手。我知道房屋地产,除了持有地契的人以外,别人不能占有。所以我们放心地认定这是我们的财产,毫无顾虑。你们如果硬要迁居进去,那时候请勿见怪。别的不必多谈,你们有地契么?"他从容不迫地回答,一方面逗玩着膝上的小宝贝。

越前守拼命地想表达自己的意见,看到对方这种态度,实在火冒三丈,然而只得勉强忍耐,继续说道:"地契是遗失了。到处寻找,还没有找到。也许是有人偷去卖给你们了吧。这是一个疑问。不然,除了我们以外是没有人可以占领这屋子的。"

道赖说:"我的地契,不是从偷去的人那里买来的。我有正当的理由认为除我以外没有人可以占领这屋子。劝你们早些断绝了这念头吧。请你转告源中纳言,日内当把地契送给他看。"他说过之后,就抱了小宝贝走进室内去了。越前守没有办法,只得唉声叹气地回家去。

这番对话,夫人完全听到。她说:"这回迁去的是三条那间屋子吧。他们又以为是我在指使了。他们花许多时间修筑了,要迁居进去,我们却去阻碍他们,他们多么痛苦啊!教双亲受苦,神佛的惩罚是可怕的呀。不能照顾双亲,反要教他们受苦,很不应该。不但如此,所作所为又如此刻毒,真教他们难受。这一定是那个可恶的卫门摆布的。"她真心地气愤。

道赖对她说:"既然是你的双亲,怎么可以做出抢夺你屋子的傻事来!教双亲受苦的罪行,将来可以用孝行来抵偿。即使你说不高兴去,我和侍女们也要迁居过去。我已经说出,收回来是不成样子的。如果你要把那所屋子奉送给他们,等到你和他们见面之后奉送吧。"夫人没有办法,只得默然。

越前守回到家里,把事情的经过报告父亲中纳言:"毫无办法了!总之是房子被人夺去,受了一番耻辱,就此罢手算了。我当作一件大事向他请求,岂知这中纳言看得像儿戏一般,膝上抱着一个美貌的小儿子,同他逗着玩,对我所说的话,听也不听似的。最后这样答复了几句,便走进去了。那左大臣呢,说道:'我不知道。小儿持有地契,是合理的。'于是我就毫无办法。我们为什么没有地契?他们准备今夜迁居进去,正在调度车辆和人员呢。"

　　源中纳言只是茫然若失，唉声叹气，说道："这是落洼的母亲临终时让给她的。我也糊涂，没有向她取回地契，便让她逃走了。一定是她把地契出卖，被他们买得了，因此发生这样的事件。这真是世间一大笑柄！本来可以向朝廷奏闻，但现在这道赖正在全盛时代，谁还分别黑白呢？费了许多钱财修筑起来的，实在可惜。总之是自己命运不好，遭逢这种惨痛的事。"他仰天叹息，不知所云了。

　　且说道赖中纳言来到三条，赏赐诸侍女每人衣服一套。服务不久，便得这样的优遇，大家欢喜不尽。

　　源中纳言家派人来说："至少器具要还给我们。"但这里的人加以拦阻，一个人也不许进去。夫人听到这消息，挥着拳头，狠狠地说："这个道赖是几世的仇敌，对我们如此恨入骨髓呢？"但也毫无办法。

　　越前守说："无论如何也没有办法了。向他们要求：至少让我们把器具运回去。他们满不在乎地回答说：'总会还给你们的。'但是不让我们进去，要同他们争吵也争不起来。"大家懊恼得很，除了聚在一起咒骂道赖之外，别无办法。

　　这边于辰时迁入。车子十辆，行列非常体面。道赖中纳言下车，走进去一看，果然正厅方面已经全部施以装饰，布置着屏风和帷帘，铺席也铺好了。

　　照这样子看来，对方一定非常懊丧。也觉得有些可怜。然而这是要教源中纳言的妻子吃点苦头。

　　夫人推想她父亲的心情，对一切都不感兴趣，只觉得对他不起。

　　道赖中纳言对家人说："他们运过来的器具，不可散失，将来如数还给他们。"

　　这里正在纷忙的时候，源中纳言派人来察探情况，看是否已经迁进去。那人回报道:"这样那样,堂皇地迁进去了。"大家知道已无办法,只有相对叹息。这方面全不知道,正在忙着庆祝乔迁之喜。

次日,越前守前来告道:"我们运来的器具,请让我搬回去。"这边回答道:"三天之内,这些器具动不得。过了今天,明天再来取吧。这确是寄存的东西。"

这是什么意思呢? 源中纳言更加想不通了。这里开了三天宴会,非常热闹。

第四天早上,越前守又来了,恳求道:"今天请把器具给我运回去。女人用的梳头箱等日用品,都已经运到这里来,这几天很不方便。"道赖中纳言觉得有趣而且好笑,就按照目录,全部都还给他。

这时候,他说:"喏喏! 从前那只镜箱的旧盖也在这里了。连这东西一起还给他们吧。因为这是那位夫人的宝贝。"卫门觉得稀奇,说道:"这东西原是放在我这里的。"连忙拿了过来。不曾见过这东西的侍女们都笑道:"啊,好厉害呀!"道赖中纳言无意把它拿回来,对夫人说:"你在这里写几句吧。"夫人说:"这又何必? 在他们这样倒霉的时候,教他们知道我在这里,很为难呢。"她不肯写。中纳言频频劝请,她就在箱盖的里面写道:

"镜里愁眉长不展,

今朝始见笑颜开。"

他把这东西像礼物一般用彩色纸包好,插上一根花枝,交与卫门,对她说道:"叫越前守过来,把这交给他。"

道赖中纳言对越前守说道:"今回的事情,你们大概见怪了吧? 这是因为你们一点招呼也不打，擅自迁入，所以我们不能容忍。冒犯之处，见面时当由我向你们道歉。请你转告中纳言，务请他于明日惠临。你们大概都对此次之事感到不满，都可以来当面谈谈，以求互相谅解。"

他说时态度异常和悦，弄得越前守莫名其妙。最后他又叮嘱："望转告中纳言，请他必须来到，你也同样。"越前守恭恭敬敬地告退。

卫门在边门里等候，此时，叫人把越前守叫住："请到这里来一下。"越前守全然没有防到，茫然地站定了。但见帘子里有色彩美丽的衣袖，其人隔帘说道："请把这个交给你的母夫人，因为这是她从前很珍爱的东西，是我一直用心保存到如今的。今天你们来取回器具，我想起了，便拿进来还她。"

越前守问道："那么叫我对她说是谁送给她的呢？"帘内答道："她自然想得出来。古歌中说：'丹波市中旧杜宇，啼声还是旧时声。'你听了我的声音，总该知道了吧。"

他这才知道，这是阿漕！原来她在这里供职了。便答道："对这个连故乡也忘记了的冷冰冰的人，有什么亲密的往事可谈呢？你来到这邸内的时候，这个人是你的旧相识，也该看望看望吧。"

一旁就有人说："这里还有一个人呢。"便有另一侍女出来，一看是少纳言。弄得越前守莫名其妙：难道这些人都集中在这里了？甚是惊奇。

里面又有人说："古歌中说：'花容月貌都见惯。'你看到的美人太多，已把我们这种不足道的人忘记了，所以没有话可说。"这人原来是从前服侍二小姐的名叫侍从君的侍女。这女子曾经和赵前守发生关系，常常来往的。

对他说话的都是从前的侍女的声音。究竟是怎么一回事？他弄不清楚，答话也不大说得出来。

卫门又说:"那个名叫三郎君的小官人怎么样了?已经加冠了吧?"越前守答道:"他今年春天已经当了大夫了。"卫门说:"定要叫他到这里来玩。请你转告他:我要对他说的话,三天三夜说不完呢。"

越前守仓皇地答道:"毫无问题,他一定来。"他很想看看包里是什么东西,急急忙忙地回家。

他在归途上历历回想这邸宅里的情状,觉得奇怪之极。难道那个落洼姑娘已经做了道赖中纳言的夫人么?阿漕这女人样子非常威风。而且,从前的那些侍女,仿佛成群结队地集中在那里了,这是什么道理呢?他想到这里,觉得比起全不相识的人来,亲近得多,心中感到欢喜。这是因为此人一向住在任地,全不知道他母亲虐待落洼的情况之故。

越前守回到源中纳言那里,传达了道赖的话,并且把那包东西交与母亲。母亲起初莫名其妙,打开一看,原来是旧曾相识的那只镜箱。她记得这是给落洼姑娘的,为什么在这里了,心中惶惑不安。而且那箱底上写的字,无疑是落洼的笔迹。她眼睛和嘴巴都张开,闭不拢了。她想,如此看来,近年来使我们受到一言难尽的耻辱的,都是这个人所为的了。她的妒恨和懊丧不可名状。家中只为这件事骚扰忙乱。

父亲中纳言本来为了房屋被夺取而怀恨,现在知道这是自己的亲生女儿所为,这种心情便消失了。他忘记了她的可恨的罪行,也忘记了过去所受的耻辱,平心静气地说:"这个人在我的许多子女之中,是最幸运的。以前我为什么疏远她呢?三条那所房子,原是她母亲的产业,当然要归她所有。"

因为如此,那夫人更加愤愤不平了,说道:"那房子被占领去,就算是没有办法取回了吧,但是那些花了钱辛辛苦苦地种起来的树木,至少要给我取回来。我觉得买屋子的钱总要还给我吧。"

越前守说:"这是什么话! 不要说这种外人腔调的话吧。我们一族之中,没有高贵显赫的人,出门去就被人嘲笑:你家的白马怎么样了? 怎么样了? 实在没有面子。现在能够与这位在公卿中受到皇上无比恩宠的人结缘,岂不是莫大的幸运么?"

当了大夫的小儿子三郎接着说道:"屋子被占去,算得了什么呢! 落洼姐姐吃苦的状况,才惨不忍睹呢。"

越前守问:"你说吃苦,是什么意思?"三郎便把事情的始末一五一十地告诉他:"真是惨不忍睹啊!"末了又说:"唉,不知阿漕等人怎么说。母亲真是无颜和落洼姐姐相见了。"

越前守摇摇头说:"这是太厉害了。我一直住在任地,完全不知道。听了你这话,竟吓呆了。道赖中纳言正是为此事含恨,因为教母亲受到了这种耻辱。不知他对我们作何感想。我真觉得无地自容了。"他认为非常可耻。

母夫人说:"唉,真烦人,现在还要讲这些,有什么意思呢? 听听也没趣。什么都不必说了。总之,只不过是我讨厌这女孩子罢了。"她不再对他们说话。

侍女们听说原来这里的少纳言和侍从都在那边当差,相与告道:"我们为什么到现在还不调到那边去,而在这里过这种阴气沉沉的日子呢?"当差的人总是这般气质,她们都在羡慕。几个年轻的侍女说道:"放心好了。不久就会调过去的,落洼小姐气度宏大,一定会用我们的。"

姊妹们看见事出意外,大家吃惊。就中三小姐因为自己的丈夫藏人少将是被这一族里的人夺去的,所以要同他们攀亲,实在觉得没有面子。

还有四小姐,因为对方曾经陷害她,使她变成不幸之身,所以觉得要同他们见面,比同素不相识的人见面更为不快。她同少辅一结婚,就一连生了三个孩子。这三个孩子不像父亲,都是很可爱的女孩。她觉得自己毫无指望,曾经想落发为尼。但可怜这三个孩子,被她们牵累,不便离去尘世。她真心地嫌恶少辅,对他非常冷淡。因此近来这傻子也不同她往来了。

源中纳言呢,完全忘记了过去的怨恨。近来自己毫无声望,境况萧索,屡受他人轻视,颇以为苦。今后因此有了面子,不胜欣喜。道赖中纳言召请他,他连忙准备前往访候。他说:"今天已经天黑,明天就去吧。"

夫人听了,推想现在这落洼姑娘,一定比她自己的女儿优越得多了,心中愤愤不平。

三小姐对四小姐说道:"由于有这种瓜葛,所以那天到清水寺进香的时候,他们要喊'后悔了么'。到了最后,终于说出名字来,我们已经受了不少的耻辱了。接着,侍女们都辞职而去,也一定是落洼姑娘的主意。她长期被禁闭着受虐待,所以恨透了。"

夫人说:"这样地给我们种种恶毒报复,实在忍受不住。我总要复仇。"

女儿们说:"事已如此,还不如断绝了这个念头为妙。家里也有许多女婿,为此忍受了吧。那天他们痛打典药助,其根由也在于此。一定是道赖中纳言指使的。"她们你一言我一语地谈到了天亮。

次日,道赖中纳言来信了,信中说道:"昨日请越前守转致鄙意,想已奉达。如果有暇,务请于今日劳驾。因有事奉告也。"

回信说道:"昨日赐示,奉到无误。本当即刻奉访,只因天色已暮,甚是失礼。今当立刻前来。"便准备出门。越前守同行,乘在父亲的车子后面。

三条邸的人报告道赖中纳言,说源中纳言来到了。道赖立刻叫"请到这里来"。

在正厅南面的厢房中会面。夫人坐在帷帘内。吩咐其他人避开,他们都走到北面的屋子里去了。

道赖中纳言说道:"关于这所房子,我想对您有所说明。因为这里有一个人常常央求,希望和您见面,所以乘此大好机会,邀请您来作一次面谈。尊处当作自己的所有物而营造这所屋子,原属有理。然而依照地契上所写,住在这里的那个人,似乎比您具有优先的权利。我的住处并不很远,而你们并不向我打一招呼,就想迁居进去,简直是轻视我们。我不能忍受这种侮蔑,所以急急地迁了过来。然而你们几年来所费土木工程以及精心设计之劳,都被我采取了,实在太不成话。这里的那个人说,这屋子还是应该还给你们。倘蒙同意,即请收回为幸。地契当即奉上。为此邀请您来面谈。"他委婉地说明情由。

源中纳言答道:"呀,这话我不敢当。我有一个不明事理的女儿,前年逃出家去,至今存亡未卜,恐怕已经不在人世了。我这忠赖如果年轻,还可出走寻找,可是现在已经衰老,命尽今日明日都不可知。这女儿抛撒了我这父亲,形影也不给我见,想来她一定死了,我正在悲伤叹息呢。如果这女儿还在世,这屋子应该归她承受。但是现在毫无办法。我就认为这是我所有的,便在尚未坍损期间加以修筑。我做梦也不曾想到地契是在你手里。此事美满之极,真是希求不到的幸运!不过,此事隐瞒着我直到今日,大概是认为我这忠赖没有当父亲的资格吧?或者,你们认为把我那样的人当作父亲是有伤体面的,所以不来通知我吧?这两点疑问,都是教我丢脸的。至于地契,我怎么可以收受呢?我正想由我交给你们呢。我能活到今日,是意想不到的。大概是为了要教我再见她一面的缘故吧。现在回想起来真是感慨无量!"他愁容满面地低下了头。

　　道赖听了这话,也觉得可哀,答道:"这里的那个人,一直苦苦地想念你。几年以来,朝朝夜夜向我诉说。但我因另有道理,所以暂时搁置着。这道理就是这样:这里的那个人,还住在你家西边那间屋子里的时候,我就常常和她私通,知道你们对她的待遇,和对别的女儿完全不同,非常残酷。你的夫人性情太凶狠,我曾耳闻目睹,她对这女儿的责备,比对仆役还严厉。我想,你即使知道她还在世,也绝不感到欢喜吧。所以在这期间,我对她说,且待我像别人一样升了官位,能够孝养了的时候,再让你们父女相见吧。就中,把她关闭在贮藏室里,许配给那个典药助一事,实在是荒唐之极!既然如此,你即使听到她已经死了,也认为毫不足惜,真是太无情了。这种情况,铭刻在我道赖的心头,怀恨永远不忘。倒并非特别痛恨您一个人,但觉夫人的行为,太残酷了。所以在加茂祭迎神赛会的时候,闻知是你们的车子,我表面上加以制止,而实际上纵容仆役们对你们作了无礼的行为。你们一定认为这是不该的吧,我也觉得对不起。这里的那个人,希望同她的别的姊妹一样地能够朝夕和您见面,但不得如愿,常常向我诉说。她深恐不能孝养您,日夜叹息。我也切身地感到,血统关系的父子之情是特别的。并且,她所生的几个孩子也日渐长大了,很想给您看看呢……"

　　源中纳言痛感自己行为失错,面孔涨得绯红。他想,过去的种种事故,都是从前的怨恨所造成的吧。他心中恐惧,答话也不大说得出来。

　　他好容易才答道:"唉,我并不想把她和别的孩子分别待遇。有母亲的孩子,母亲总要强迫我照顾她自己的孩子,我受了劝诱,也真是可怜啊。这是一定的道理。所以你所说的,一一都是实情,我没有话可以辩解。关于典药助一节,实在荒唐之极。谁会把女儿许配给那样的人呢?至于禁闭在贮藏室里,我听到了便觉得不该,曾经表示反对,并且动怒。

这些都不必说了,我想看看几个小宝宝。他们在哪里?现在就请让我看看。"

道赖中纳言把张在面前的帷帘推向一旁,说道:"在这里。"又对夫人说:"来,你出来会面吧。"落洼便羞答答地膝行而出。

父亲一看,这女儿非常美丽。年龄大起来,姿容越发端庄,威风凛凛。她身穿纯白的绫织单衫,上面罩着青花的褛子。他仔细端详,觉得他所认为比此人优美而疼爱着的别的女儿,都比不上这个人。把这样的一个亲生女儿禁闭起来,荒唐之极!越想越觉得可耻,对她说道:"你是由于怨恨我,所以隐藏到今天吧。然而,今天能够相见,大家心情畅快,我真高兴啊!"

女儿答道:"我一点也不怨恨。正当母亲严厉怪责我的时候,那个人和我结识了。他看了这光景,认为太不讲理,这便成了种种不快的根源。他屡次阻止我,叫我不要把住处告诉你们,因此我也不便露面。至于那些无礼的行为,我一点也不知道,无可辩解。想必大家都在怨恨我了,我只能独自伤心。"她表示抱歉。

源中纳言说:"唉,那时候,确是使你受了无比的耻辱。我常在想,有什么怨恨而做到这地步?今天听了你们的话,才知道过去我们疏慢于你,罪有应得。我们哪里会怨恨!反觉得你的一片诚意是很可喜的。"他说时喜形于色。

落洼听了父亲这番谦抑的话,觉得可哀,说道:"虽然如此,我是不敢当的。"正说着,道赖抱着一个可爱的男孩走出来了。

说道:"请看这孩子!他的气品的确很优秀。我想即使是天下有名的凶夫人,对这孩子总不会讨厌的吧。"夫人听了觉得不好意思,说道:"唉,这话算什么呢!"

源中纳言一看见这孩子,由于老年人的固执心情,疼爱得不得了,笑逐颜开地说:"来,到我这里来,到我这里来!"想抱抱他。

孩子看见这个不相识的老人,有些害怕,用力抱住父亲的脖子。源中纳言说:"的确,即使是天下第一凶恶的人,也不会讨厌这孩子。"又说:"长得很大,今年几岁了?"父亲回答说:"三岁了。"源中纳言又问:"另外还有孩子么?"道赖中纳言答道:"他的一个弟弟,住在本邸里。还有一个女孩子,因为今天是禁忌的日子,改日再给您看吧。"

不久,办筵席来招待。随从人等都给了酒食,车夫们也都得到了丰厚的犒赏。

主人说:"卫门,少纳言,你们把越前守请出来,劝他喝酒。"卫门便请越前守到侍女值班室里来。越前守觉得难为情,逡巡不前。继而一想,这件事并非我所做的,怕什么呢? 便走进来了。

室内分隔为三间,都铺着崭新的铺席,有二十来个一样漂亮的侍女,并排坐着。这些人本来都是在主人身边伺候的,刚才主人吩咐她们避开,所以集中在这里了。

越前守原本是好色的,叫他到这里来,正合他的意思。他环视许多侍女,觉得神魂颠倒,嘴巴也闭不拢了。他本来相识的人,自少纳言以下共有五六人。他想,这些人一定是从他自己家里转移到这里来的。

卫门说:"主人吩咐我们灌醉他,如果仍让他面孔雪白,我们都要担不是。来,大家来劝酒吧。"于是你一杯我一杯地劝酒。越前守喝得烂醉如泥。

他说:"卫门姐姐! 请你照顾些,大慈大悲,不要虐待我吧!"后来他想逃走,那些年轻美貌的侍女,敏捷地联成一起,把他拦住。他无路可逃,狼狈不堪,终于醉倒了。

　　源中纳言和道赖中纳言也对酌传杯，都有了醉意，谈了种种的话。道赖说："自今以后，我定当尽力效劳。如有需要，务望随时吩咐，请勿客气为幸。"源中纳言无限欣喜。

　　日暮归去之时，道赖中纳言赠送礼物。送源中纳言的是一只箱子，其中装着一套外衣、一根束带。这是世间有名的、有来历的皮带。送越前守的是女装一套，外加绫织单衣一袭。

　　源中纳言说："我这老命活到今天，常觉得毫无意味。谁知也会碰到这样的幸运……"他已经喝醉，反复地说着这两句话。

　　随从人员不多，赠送五位的是衣装一套，赠送六位的是裙子一条，赏给仆役们的是每人绸带一枚。

　　大家认为这两家是互相仇视的，岂知完全不然，都觉得很奇怪。

　　源中纳言归家之后，把道赖中纳言的话逐一告诉夫人："你要把她嫁给典药助，是真的么？道赖中纳言从容地对我说起这件事的时候，我不得不面红耳赤。两个外孙的可爱，难于形容。这个女孩真是好大福气啊！"

　　夫人恨恨地说："呀，我听也不要听。你说这话，可你从前几曾把她同别的孩子一样看待？出主意把她关进贮藏室的，不是你自己么？不关我的事。她既然已被抛弃不管了，那么典药助也好，别的什么人也好，让他去私通吧。现在因为她被别人重视了，你就想把自己所犯的罪行嫁祸别人，是什么道理呢？看着吧，过分的荣华富贵是不能持久的！"

　　越前守喝醉了躺着，喋喋不休地称赞三条邸内的盛况："三十来个侍女包围了我，劝我喝酒。其中有的从前是三姐姐那里的人，有的是四姐姐那里的人，连做女佣的人，不计其数，个个都打扮得花枝招展、得意扬扬的。"

　　同在一起的三小姐和四小姐听到了他的话,三小姐说:"唉!人世间是可悲的。那人住在落洼小屋里不得露面的时候,做梦也想不到会升在我们之上而把我们的侍女都抢走了。我们在父母面前也没有面子了。真是可耻!怎么能够再活下去呢?还不如做尼姑呢。"三小姐哭起来,四小姐也哭了。她说:"这样一想,教人不能忍受。这是因为母亲不知道命运如此,待遇有差别,只管重视我们的缘故。到了现在,不知外人对我们如何议论呢!尤其是我,招了那个倒霉的夫婿,曾经决心出家为尼。可是不久就怀了孕,以致此愿未遂。孩子生出之后,大概是人之常情吧,就觉得应该照例把这孩子养育起来,因此苟且度日,直到今天。"她挥泪吟诗道:

> "昔日只知人受苦,
> 今朝轮到自身来。"

三小姐颇有同样的感慨,也吟诗道:

> "世间苦运原无定,
> 犹似斜川屈曲流。"

两人相与诉说哀情,直到天明。

　　次日源中纳言检点赠品,说道:"色彩和质量,对老年人来说都太漂亮了。尤其是这条带子,这是有名的物品,怎么可以收受呢?应该奉还吧。"正在此时,道赖中纳言派人送信来。大家争先恐后地看信。

　　信上写道:"昨日天暮,未得畅谈为憾。会面时间太过局促,胸中积愫,不能罄述。今后是否再能劳驾,不胜怅望。此地契何以忘记取去?还请迁过来住。不然,是否心中怀恨未消?这里的那个人非常担心呢。"

道赖夫人给四小姐一封信,写道:"年来情况如何?时深挂念。彼此平安无事,但欲说的话堆积如山。只因顾忌甚多,未得如愿。你大概已经忘记我了吧?

> 契阔深情坚如石,
> 世间谁似我思君。

深恐你正在恨我呢。母亲以及其他诸人,不久即可会面,思之不胜欣喜。我这点心情,请你详细地转达,是为至幸。"

姊妹四人同在一起,大家拿信来看,希望也有信给自己的才好。她们都想和落洼姑娘通信了。人真是任心任意的:当她住落洼小屋里的时候,情况如何,一向无人顾问呢。

源中纳言的回信中说:"昨日本当再度奉扰,只因估计错误,未曾成行,甚是失礼。今后早晚可以拜见,不胜欣喜,只此一点已可使我寿命延长了。送来地契,昨日曾表明辞谢之意。来示所云,实不敢当。宝带一条,在此老朽身上,正如衣锦夜行,本当奉璧。但念美意难却,暂且收受,道谢。"

四小姐的回信中说:"数年以来,无缘问候。今得来示,无任欣喜。'人远天涯近',旨哉斯言。

> 翩然一去无消息,
> 恋慕深情日日增。"

自此以后,道赖中纳言无微不至地照顾源中纳言。源中纳言也不怕烦琐地前往访问。越前守和大夫三郎,因见对方是高贵无匹的权门,也忘记了过去的耻辱,前往效劳。

道赖夫人觉得这是无上的欢乐,常想设法提拔他们。她把大夫三郎当作自己的儿子一般疼爱。

她对越前守说:"今后我很想和母亲及诸姊妹见见面,最好请她们也到这里来玩。我很小的时候就失去了生身母亲,就把这个母亲当作生身母亲看待。我常想报答亲恩,为了近年来的种种事件,她一定在生气了吧。务请你代为向各位问候。"

越前守回去向诸人传达,他说:"夫人对我这样说呢。她想提拔我们,真是再好没有的事。"

母夫人心中想:落洼现在有了财产,所以作如此想。我曾经那样地使尽手段,严厉地责难她。如果她不忘记的话,一定会痛恨我的子女。但现在她并不如此,可知那些报复的事,大概全是她的丈夫一人所作所为。叫她缝衣服那天晚上,生手生脚地帮她拉着缝物的边缘的人,大概就是这男子吧? 她逐渐地放松了顾忌的心情,有时也写信去,和她亲近了。

这期间,有一天道赖中纳言对夫人说:"源中纳言的确年纪大了。世人对老年父母总是要表示孝养的。有的在五十岁、六十岁上庆祝新年,举行管弦乐会,使亲心欢喜;有的在新年里供奉嫩果;有的举办法华八讲,供养佛经或佛像,花样繁多。我想也做一点,借以一新耳目。"

又说:"喂,做什么好呢? 也有生前作四十九日佛法供养的例子。但此事由子女举办,是不适当的吧。刚才我所说的各种花样之中,你喜欢哪一种? 请说说看。就照你所说的去做吧。"

夫人很高兴,答道:"管弦乐好听,趣味也丰富。但对于来世是没有益处的吧。四十九日佛法供养,我听听也觉得讨厌。就中法华八讲最好,对今世也有好处,对于后世也有益。我看还是举办法华八讲,请老亲来听吧。"

于是仿照释迦牟尼的八年说法,把《法华》七卷分作八次讲述,决定举行盛大的法会。

道赖中纳言说:"好,你的主意好极,我也是这样想的。那么年内就举办吧。因为看看老人家的模样,真有些不放心。"次日就着手准备了。

定于八月中举行。叫人写经文,请法师来主持。夫妇二人共同尽心筹划。由于权势盛大,各郡县都致送礼物:绢、丝、黄金、白银,堆积如山。全无一点缺憾。

在这期间,天皇忽然病重,降旨让位。于是皇太子即位。这是第一皇子。道赖中纳言的妹妹就是这皇子的女御。这皇子的兄弟就当了太子,他的母亲升做皇后。

道赖中纳言升任了大纳言。三小姐本来的丈夫藏人少将当了中纳言。道赖大纳言的弟弟当了中将。

如此,只有道赖一族升官晋爵,庆喜无量,威望盖世。这位新大纳言声望日高,他的岳父中纳言觉得自己也面目光彩,非常欣喜。

七月内朝廷行事甚多,无有空闲。但大纳言对八讲的准备工作,也不怠慢。终于决定了八月二十一日。他想,如果可以的话,最好在三条邸举行。但恐继母和小姐们不肯轻易来此,便决定在源中纳言邸内举行,并且亲自前往安排一切。他把屋子好好地布置一下,铺上白砂。帷帘和铺席都换上新的。

道赖大纳言的妹妹二小姐的丈夫左少弁和越前守等,都兼任了大纳言家的家臣。诸事都由他们办理。拆除寝殿的门窗,装修内部,在寝殿西侧修建大纳言的房间。法华八讲将于明日开始,所以大家都在前夜移住进去。深恐地方狭窄,故将侍女人数减了,只用六七辆车子。

此次大纳言夫人落洼要和继母夫人和小姐们见面了。她身穿深红色绫褂和女郎花色罩衫,色彩配合美不可言。此时,也许有人想起从前为了缝纫能干而赏赐一件旧衣的故事吧。

夫人和三小姐、四小姐等,在准备明天的事情的空闲时间,热情地纵谈往事。

从前被称为落洼姑娘的时候,相貌也非常美丽,并不损色,何况现在当了大纳言夫人,威风凛凛,相貌堂堂,姿态格外优美,使得同席的人个个都黯淡无光了。

源中纳言夫人想:时至今日,还有什么办法呢? 她只得断念一切,也来和大纳言夫人交谈,便说道:"你从小就被移交给我抚养,我完全把你当作一个小孩看待。我因生来性情暴躁,有时会不顾一切地多嘴。深恐使你伤心,不胜抱歉之至。"

大纳言夫人心中觉得有些好笑,从容答道:"哪有这话! 我一点也不伤心。我心中一点旧恶也不存在。我所念念不忘的,只是想尽力供奉,使您心情欢畅。"

源中纳言夫人说:"这是感谢不尽了。我的作为大都不济于事,一点也不能称心称意。你今天能够到这里来,大家欢喜无量。"

天亮了,早上开始举行法华八讲的仪式。到会的人,有许多是高官贵族。以下,四位、五位的人不计其数。来客都惊诧地想:"源中纳言近年来完全老耄昏聩了,怎么会有这样权势富厚的一个女婿? 真是好幸福啊!"

的确如此。女婿道赖大纳言年纪只有二十多岁,相貌威武堂皇,进进出出,时时照顾这源中纳言。源中纳言感到无上的光荣。老人容易动感情,他欢喜得流下泪来。

大纳言的弟弟宰相中将,以及三小姐本来的夫婿中纳言,都衣冠楚楚地来参与法会。

三小姐看见了新中纳言,即恩情断绝了的前夫,追思往事,不胜悲戚。她仔细看看,今天他的装束特别优美,便更加悲伤不堪了。她想:如果自己没有被抛弃、依旧幸福的话,则看到丈夫和大纳言联袂并肩、毫不逊色的样子,将何等欢喜! 但现在自身已经沦入不幸,只有偷偷地垂泪,独自吟道:

"愁绪满怀思往事,

　　无人顾问泪空流。"

不久仪式开始了。阿阇梨、律师等高僧、善知识,集中在一起,郑重地讲解经文。每日讲经一部,九日共讲九部。《法华》七卷中又加《无量寿经》及《阿弥陀经》。预定每日造佛像一尊。共计造了九尊佛像,写了九部经文,尽善尽美。

四部经文,用金银粉写在各种色彩的纸上。经箱用熏香的黑色沉香木制成,用金银镶边。每一卷经装在一个经箱里。其余五部,用泥金写在绀色纸上,用水晶作轴,装在景泰窑的箱中。景泰窑的图样中表现出各经文的要点。每部装入一箱。只要看到这些经卷和佛像,谁都知道这法会不是寻常一般的了。

给朝座、夕座的讲师每人都赠与灰色的夹衣。诸事都准备得十二分周到,毫无缺陷。讲座的庄严气象,日日增加。临近圆满的时候,一般参加者和公侯贵族,愈益增多。在相当于法会中期的《法华》五卷的讲座,即所谓供品之日,公侯贵族自不必说,其他各方面,都送来赠品,多得无地可置。这些供品也都是预先准备着的,袈裟、念珠之类,为数不少。正在纷纷奉呈的时候,左大臣派人送信给大纳言了。

信中写道:

"我想至少今天应该参与法会,不料脚气病发作,穿戴不胜其苦,甚是失礼。此赠品乃我一点诚心,务望供养。"

这赠品是一把青色琉璃的壶,其中盛着黄金制成的橘子。装在青色的袋里,上面束着一根五叶松枝。

还有左大臣夫人送给媳妇大纳言夫人的信。信中写道:"我早已料到你很忙,不会有信来,所以我希望尽一点诚心,你大约也不会知道的吧。现在我送上这点物品。女人之身,罪孽深重,欲借此以结佛缘,务望曲谅为幸。"

物品是中国制绫罗,村浓染法的枯叶色衣服一套,以及鲜明触目的绯色丝约五两,插着一根女郎花枝。这大约是作念珠带用的。

正在写回信时,新中纳言给二小姐的信来了。信中说道:"你参与了十分美满的法会。你不把其中盛况告知我,大概是不要我参与积有欢喜功德的人群之列么? 我好恨啊!"

其赠品是黄金制的莲花枝,略呈青色,叶上镶着白银制成的露珠。

又有皇太后的使者,是宫中的一位典侍,送信来了。对这使者必须郑重招待,在外面望不见的内室设席,由越前守及其弟大夫等侍奉,举杯献酬。

皇太后的信中说:"今日贵处想必甚为繁忙,我恕不奉扰了。着送微物,作为结缘的供养品。"这供养品是菩提树念珠,装在黄金制的念珠箱中。

在自己的同辈及许多亲人面前,由丈夫的显贵的一族人如此尽心竭力地致送供养品,大家羡慕落洼姑娘的幸福无量。

给皇后的回信,由大纳言亲笔书写:"仰承恩赐,无任感戴。此次法会,奉到珍贵供养品无数,谨依尊意,躬亲供佛。法会圆满之后,当即亲自入宫拜谢。"

犒赏御使的是绫绸单衣、裙、枯叶色唐衣、罗沙罩衫等品。

后来仪式开始了。王公贵族们各人手捧供品,在佛前巡行。各人所捧供品,大都是金银制的莲花枝。

只有源中纳言的供品,是用白银制成笔形,轴上像斑竹一样施以彩色,装在罗袋里。此外,衣箱、袈裟之类,多如山积。

还有,这一天的仪式中所用的薪,是将苏芳木割开,略染黑色,用美丽的带子捆成。好几天以来的仪式中,这一天的费用特别大。

众人欢看尊贵的王侯将相捧着供品巡行膜拜,都觉得这位源中纳言在衰老之年能够获得名誉和幸福,深可叹羡。他们都说:"做人还是要祈求神佛,生个争气的女儿。"

仪式在这样庄严隆重的形式之下圆满结束。

三小姐在心中等候新中纳言的消息。但是一天一天地过去,终于音信全无。

仪式终了,大家退散的时候,源中纳言暂时站定,把儿子左卫门佐叫来,对他说道:"怎么样?为什么对他这样冷淡?"好像从前的一个义兄的口气。

左卫门佐毅然决然地答道:"因为我对他向来不亲近。"源中纳言又问:"什么?他对你从前的关系你忘记了么?怎么样?还有人来么?""你说谁?""我问的不是别人,是你的姐姐三小姐呀!"左卫门佐故意冷淡地答道:"我不知道,也许来的。"源中纳言说:"那么,你去转告她:我觉得

旧曾来处今重到,

恋慕深情似昔时。

唉! 人世可叹!"说过,走出去了。

左卫门佐想,听听回音也好,自恨刚才对他太冷淡了。便走进里面去,对姐姐三小姐说:"父亲回去时叫我这样向你传言。"三小姐想,让我在这里再多住片刻也好。他来干什么呢? 无情的人啊! 但没有话可以回答,就此算了。

道赖大纳言在法会终了之后,大办开荤的筵席,然后回邸。大家请他再留住一两天,他说:"实在地方太狭窄了,孩子们吵闹得很讨厌。下次不带他们,再来奉扰吧。"

源中纳言说:"此次法会的盛大,自不必说了。尤其是皇后、左大臣,以及各位贵宾的盛情,使我衷心欢悦,寿命可以延长了。老汉笨拙,说的也是愚陋之言。在这样盛大的仪式中,对我这衰朽的老人,只要有一卷经的供养,也可心身获益。"他感激得流下泪来。夫人自不必说,道赖大纳言也很满意,认为这法会颇有价值。

源中纳言又说:"我这老翁有一件宝贝,多年来秘藏着,不知道传授给谁才好。前年,我的女婿藏人少将曾经向我恳求,但我没有给他。真好像是特地保留着给你使用的。现在我就把这个送给小外孙。"说着,从一只锦囊里拿出一支精美的横笛来送给了他。小外孙年纪虽小,也听得懂,笑容可掬地接受了,好像对这支笛是很喜欢的。这真是一件逸品,音

响美不可言。

　　夜深时分,回三条邸去。大纳言对夫人说:"中纳言欢喜得不得了!今后再做些什么给他看呢?"

　　如此这般地过了一段时期,有一天父亲左大臣说:"我年纪这么大,近卫的重务是不能胜任了。因为这是青春少壮的人才相宜的职司。"就把过去兼任的近卫大将的职务让给大纳言了。

　　这时代一切事情都可由他们一家自由支配,所以没有一个人表示反对。道赖大纳言兼任尊荣的职司,生活更加有光彩了。为了此事,源中纳言也觉得喜上加喜。不过,他虽然没有特别重病,总是日渐衰老,每天只是爱睡。道赖大将的夫人觉得可悲。她想:父亲那样地欢欣鼓舞,我们总该再尽些孝养。但愿他延长寿命。

　　源中纳言今年七十岁了。道赖大纳言闻知,说道:"倘是年纪还轻、随时可以祝寿的人,那么不妨慢慢地举行。但七十岁了,应该快做。也许外人觉得太频繁吧,也顾不得了。自己想做的事,应该就做。过去有过好几次经验教训了。并且,使对方欢喜的事,如果只做一次即便罢休,不免问心自愧。再者,死了之后,任凭你行什么事,他一点也不能感到欢喜了。大概只有这一次了,所以必须尽我的能力去办。"他这样决定了,便立刻着手准备。

　　各地的郡守,但求大纳言称心,竭力奉承。他们都想效劳,获得大纳言的青眼。所以命令每一个人担任一件事务,大家都负责办理。不久,当天招待来宾飨宴等事,很快地准备完成了。

　　已经当了卫门尉的带刀,又被委任为三河郡守。其妻卫门,请了七天假,跟他同赴任地。大纳言夫人替她饯行,送她旅途用具。白银杯盘一套,此外各种服装,十分周全。夫妇二人动身。

　　他们去后,这里派一个急使到三河去,对郡守说:"因有这等用途,请略办些绢来。"三河守立刻送大纳言绢一百匹,其妻卫门送夫人茜染绢三十匹。

　　此外,招集许多在贺筵前舞蹈的美貌童子,一切调度,尽善尽美。置办各种物品,黄金像汤水一般使用。

　　父亲左大臣起初有点不解:"为什么连续不断地举办大事呢?"但后来就明白了:"对啊,他的前途已经望得见了。让他在生前多得欢乐,确是好的。源中纳言的儿子们,我定当尽力照顾。"便和大纳言同心协力地从事准备。

　　原来左大臣非常钟爱这个儿子,所以凡是这道赖大将所要做的事,他无不赞成。

　　贺宴定于十一月十一日举办,这回在自己的三条邸内招待众宾。为避免烦冗,恕不详述。但气魄那么浩大,贺宴的盛况可想而知。

　　祝寿的屏风上的画和诗,琳琅满目,不能尽述,今仅举一端如下:

　　正月画些什么,原本脱落,只记其诗曰:

　　　　"朝霞笼罩吉野山,
　　　　春宵游侣越山来。"

　　二月画的是一人站着仰望樱花飞落。诗曰:

　　　　"今年看尽樱花落,
　　　　千代留芳永不忘。"

三月画的是三月三日桃花开，有人正在折枝。诗曰：

> "三千年来桃花开，
>
> 折取一枝为君寿。"

四月诗曰：

> "杜宇微鸣待春晓，
>
> 矇眬欲睡忽惊醒。"

五月画的是插着菖蒲的人家，有杜宇在啼。诗曰：

> "今日犹闻啼杜宇，
>
> 只因情重伴菖蒲。"

六月画的是水边禊祓之景。诗曰：

> "川边禊祓清彻底，
>
> 照见千年绿影深。"

七月画的是七月七日人家祭星之状。诗曰：

> "长空一碧天河近，
>
> 此夜星舟渡女牛。"

八月画的是事务所的人员在嵯峨野掘草花之状。诗曰:

> "成群来到嵯峨野,
> 留心掘取女郎花。"

九月画的是有人在观赏盛开的白菊花。诗曰:

> "怪道雪花何太早,
> 原是篱边白菊花。"

十月画的是有人站在美丽的红叶树下,翘首仰望。诗曰:

> "山中红叶经秋落,
> 行人到此举头看。"

(十一月诗上句脱落)下句曰:

> "万代千年为君寿。"

十二月画的是山家积雪甚深,一女子独自眺望。诗曰:

> "严冬积雪深山里,
> 只恐无人特地来。"

杖上铭曰：

> "此杖曾经八十坂，
>
> 今日犹能扶上山。"

祝寿那一天，在宽广的美丽如镜的湖中，泛着龙头鹢首的船，乐人不断地奏乐，气象万千。参与祝寿的王公贵族及殿上人，济济一堂。

左大臣也到席，赏赐的物品不计其数。皇后赠送大褂十袭，中纳言用的衣装十套，此外还有种种物品。

皇后宫中的侍女及女官，都从宫中退出，到三条邸来看热闹。这样的盛况，使得中纳言的老病忽然痊愈，真是莫大的庆喜。

每天从朝到晚，不断游乐。圆满之日，到更深方才退散。没有一个人不领受到祝仪的服装。对于身份高贵的人，另外添加赠品。

左大臣赠与源中纳言的是骏马二匹，世间有名的筝琴二张。此外，对于所有供职人员，都按照其身份而赏赐衣装或腰带。

道赖大纳言曾对源中纳言的长子越前守说："此次祝寿，一切依照你的计划办理。"把全权委托给他。因此越前守用心办理，一切尽善尽美。

源中纳言一家，被挽留在三条邸再住两三天，然后送回。夫人对于丈夫如此深厚的热情，衷心感激。丈夫道赖大将也觉得能尽心孝敬，非常满意。

卷　　四

不久，源中纳言的病逐渐沉重起来。道赖大将觉得可怜，深为慨叹，便在许多寺院里举行加持祈祷。

源中纳言说道:"我在世间已无遗憾,生命不足惜了。何必徒费手续,作此祈祷!"病势恶化了。

他说:"这回看来是要命终了。之所以希望少延残喘者,只为了自身长年不遇,使得后辈们至今还当小吏,不能升官,乃一大耻辱耳。我想,近蒙大将如此优待,如果我的老命尚存,总还有晋升的希望。但倘就此死去,则结果是命里生成不得当大纳言的了。只有这一点是遗憾。除此以外,我死后面目都有光彩,恐怕没有人能出我之上了。"他如此叙述胸中感想。

道赖大将听到了,觉得非常同情。夫人叹道:"最好能够让他升任大纳言,即使只当一天也好。这样,便可使他毫无遗憾了。"

大将听了夫人的话,便思量设法给他升官。然而,在定员以外再任命大纳言,是不行的;占夺他人的官职,也不可以的。好,就把自己的大纳言职位让给他吧。就去向父亲左大臣请愿:

"我有这样的想法:因为他虽然有许多子孙,都尚未成人,不能为祖父尽力,所以我想把我的大纳言职位让给他。要请父亲玉成其事。"

左大臣答道:"这很容易,你不须多虑。只要向皇上如此奏闻就好了。你当不当大纳言,是不成问题的。"这时势是他可以自由操纵的,所以他说这话。大将大喜,立刻向天子奏闻,拜领了源中纳言升任大纳言的宣旨。

新大纳言闻知此事,不胜欣喜,在病床中淌着眼泪拜谢。女儿落洼能使老父如此满足,功德实甚深厚。

源大纳言为了这件喜事,从病床中起身,特派使者去寺庙向神佛许愿。

寿命虽有定数,但别人都希望他稍稍延长,他自己也立愿要延长,果然有了效验。他的病略见好转,气力也有了,便从病床中起身,选定吉日入宫谢恩。把应该办理的事情分别交人办理,说道:

"我有七个儿子,然而其中哪有一个孝子能使我从今世转入来世时尝到欲喜的滋味呢?过去完全是为了在短暂时期把一个神佛一般的女儿加以疏慢,而获得了不幸的果报。两三个女儿,都招了女婿,但至今还是只顾自己的利益。不仅如此,还招得了一个莫名其妙的女婿,给我带来忧愁和羞耻。比较起来,道赖大将这个女婿,我丝毫没有一点好处给他,却如此诚心地照顾我,真使我汗颜愧悔。我瞑目之后,我的儿子和女儿,都不可忘记代我向他报恩。"他诚惶诚恐地说这话。

他的夫人听见了,心中略感不快,她想,你早点死了就好。她满肚子不快。

入宫的日子到了。源大纳言打扮得很漂亮,首先来到道赖大将邸内。正好大将夫妇都在家,他便行礼道谢。大将连忙上前拦阻,说:"这是不敢当的!"

大纳言说:"我对朝廷并不觉得多么恩宠,只有对你一个人,心中感激万分。今世看来是不能报恩了。我死之后,灵魂一定永远守护你家。"

他退出之后,又去参见左大臣,然后入宫。赠送各人的礼品,一概照例,非常丰厚,恕不详述。

从这天起,大纳言的病又沉重起来,躺在床上,反复地说:"现在我对这世间已毫无挂念,随便什么时候死去都可以了。"

大将夫人听说父亲的病已无希望,便来到大纳言邸内。父亲不言感谢,只觉得欢喜。五个女儿都来床前看护。但大纳言对于她们的照顾,并无什么感觉,只是大将夫人在他枕旁,使他心生欢喜。由于这欢喜,元气恢复,饮食也渐渐入口了。

　　但病势终于危笃。源大纳言在一息尚存的期间,想把家中财产加以处理。他看看子女们的性情,觉得兄弟之间感情不好,姊妹之间也缺乏亲爱,将来一定会发生争执。便叫长子越前守到枕边,把各处庄园的地契以及玉带等物拿出来,予以分配。

　　就中比较珍贵的东西,都给大将夫人落洼作为纪念品。他说:"别的孩子,绝不可以妒羡。即使是同样尽心孝养的人,遗产中优良的物品,总是留给身份最高的人,这是世间的习惯。何况长年以来一向照顾我的人,即使一点东西也没有,也非感谢不可。"他郑重其事地说这话。子女们都觉得有理。

　　大纳言又说:"这所房子虽然旧了,但地面宽广,环境很好。"他把这房子也送给大将夫人了。

　　继母听了这话,忍不住哭起来。她说:"你说的果然不错,但我不免怀恨。我和你从年轻时就做夫妻,我照料你直到六七十的高龄,全心全意地依靠你。我们两人之间又生了七个子女,为什么不把这房子送给我呢?你这办法是没有道理的。你看定子女们都是不孝的,但是请你看看世间做父母的:即使对于最没出息的子女,想起自己死后他们生活如何,也是要痛心的。大将方面,拿不到这所房子,毫无关系。大将要建造无论怎样讲究的房子,随时都可以建造起来。那三条的房子,我们用尽心血,建造得尽善尽美,也已送给他们了。儿子们没有房子,倒还无妨;还有两个已有夫婿的女儿,都没有像样的家,不过结果总是有办法的。只有老年的我和最小的两个女儿,如果从这屋子里被驱逐出去,叫我们住到哪里去呢?难道站在大街上讨饭不成?你的话岂非太没道理么?"她边哭边说。

但大纳言说:"你这话不是说我要抛弃自己的子女么?我虽然不给他们住漂亮的房子,但决不会叫他们去向人讨饭。虽然多年来靠子女服侍照顾,但做子女的总得孝养父母吧。越前守!你必须和我的一份合并起来,孝养你的母亲。讲到三条的房子,那不是我们的产业,本来是他们所有的。大将也住在这里头。我倘不把较好的东西献给他而死去,便是太不知情了。无论何人,无论怎样说,我决不把这房子传授给你们!我是命尽于今天或明天不得而知的病人,你们不要使我忧恼吧。此外,不要再多讲了,我痛苦不堪呢。"

夫人还想说些话,但子女们群集拢来,阻止并安慰她,不让她再说了。

大将夫人听了这些话,便向父亲劝请,说道:"关于这房子,母亲说的很对。我们呢,一点儿也不要领受,务请大家分得吧。尤其是,大家在这里住得很长久了,移居到别处去,是不成体统的。所以,就请送给母亲吧。"

但独断独行的大纳言,坚持不听劝告,他说:"罢了,等我死后由你们办吧。"他藏有几根世间少有的宝带,都拿出来送给了大将。

越前守等心中略感不满。但是在父亲所最钟爱的大将夫人面前,不便说长道短,所以大家默默不语。

这样,大纳言所要处理的事情,都已随心所欲地办好了。他看看大将夫人,感到欢喜,反复地说:"托你的福,我有了面子。"便请托她:"我身后,有许多无依无靠的女儿。务请你不要见弃,大力照拂她们。"

大将夫人答道:"我一定遵命。凡我能力所及,一切定当效劳。"

大纳言说:"啊,我真高兴!"又对女儿们说:"女儿啊,万事不可违背她的意旨,要把她当作主人看才好。"

他郑重地说完了这遗言,便衰沉下去。大家悲叹啜泣。大纳言终于死了,时在十一月初七日。

享此高龄,死去并不特别可悲。虽然如此,但人情总是难免,子女都哀号恸哭,叫别人听了伤心。

此时道赖大将陪着小孩们住在三条邸内。但自己天天到大纳言邸内来看视。他深恐自己身体不洁,所以站着表示哀恸。葬仪等事,他准备自己来照料。

但父亲左大臣坚决阻止他说:"新帝即位不久,你这样长期请假是不相宜的吧。"

夫人也说:"把孩子们接到这里来,则因有禁忌,是不可以的。叫孩子们留在三条邸内,你不去,也不放心。总之,你不要到此地来。"

继母孀居,大将就在自己邸内度送不习惯的生活,和孩子们做伴,寂寞地过日子。但他看见大纳言猝然长逝,就深深感到应早点多尽些义务。

大纳言命终后第三日,适逢吉日,便举行葬仪。随从大将来送葬的,有四位、五位的官员不计其数。真如已故大纳言所说,死后面目光彩无比。

在忌中,全家的人都移居在低小的丧舍中。请许多高僧在正厅里做佛事。

大将每天亲自到场,站着指挥众人。夫人穿着深褐色的丧服,天天素食,面色略见清减。大将觉得可悲,对她吟道:

> "袖头积泪如渊海,
> 　我泪与卿合并流。"

夫人答道：

> "泪多双袖重重湿，
>
> 丧服原来不会干。"

日复一日，三十日的丧忌已经终了。大将说："回到那边去吧。孩子们等久了。"但夫人说："不要，再稍迟些，等到满了四十九天再回去吧。"大将没法，晚间依旧宿在故大纳言邸内。

光阴荏苒，转眼满了四十九日，便在正厅里举行最后的法会。这回是丧忌满期，大将的排场特别盛大。故大纳言的遗孤，各各依照自己的身份而作供养。这法事隆重无比。

法事终了之后，大将对夫人说："好，回去吧！再住下去，又要被关进贮藏室里去了。"

夫人说："唉，你这话好难听啊！千万不要说这种话。如果被母亲听到了，总以为我们不忘旧怨，双方感情就丧失了。母亲是父亲的替身，我以为对她也要有好感。"

大将说："这话当然是对的。今后对于姊妹们，你也要表示亲爱才是。"

越前守听见他们即将回去，便拿了亡父决心要送给他们的东西和各处庄园的地契，赠与大将，说道："这些东西实在是不足道的，但故人遗言如此，故必须奉呈。"

大将一看，是三根宝带，其中一根就是以前他自己送给大纳言的。其他两根，品质也并不低劣。此外还有庄园的地契和这所房屋的绘图。

大将对夫人说："他们拥有很好的领地呢。这房子为什么不送给母夫人和小姐们？是否另外还有好的场所？”

夫人答道：“没有。这房子大家住得很长久了，所以我们不受，送给母亲吧。”

大将说：“那很好。你即使不拿到这房子，有我在这里，并无困难。为了送掉这房子，他们都怀恨在心吧。”

夫妇两人交谈之后，大将便呼唤越前守，对他说道：“我要问你，你大概知道这件事的详情吧。为什么送给我们这么多的物品？因为你们是大户人家，所以不好意思不送，对么？”

越前守答道：“不不，绝不是这个意思。只因父亲临终前，各种事情都处理好，交给我照办的。”

大将说：“你这操心是多余的了。这所房子，大家住得很长久了，怎么可以送给我？我早已辞谢了，应该归母夫人受得。还有，这两根宝带，你和你的弟弟卫门佐每人一根。美浓领地的地契和这根宝带，归我受得吧。因为过分辞让了，有负故人的厚意。”

越前守不同意，说道：“这使我为难了。即使不是故人自己分配，大将也应该取得的。况且这是遗言，怎么可以违背呢？而且，各人已经分得些了。”

大将说：“你的话真奇妙了。如果我的意见不合理，固然是不好的。然而，你只要依照我所说的去做，就等于我收受了。只要我在这里，我们是一点困难也没有的。这里有好几个子女，他们的前途，也不需担心。三小姐和四小姐早就没有可依靠的夫婿了，我正想尽力来照顾她们。这产业就请加入在她们所得的分内吧。对于上面的两个姐姐及其夫婿，我正设法帮助他们呢。”

越前守恭谨地接受了大将的厚意：“那么，我就把尊意向大家传达吧。"说着,便起身告辞。大将又说:"如果他们说要退还,你切不可以再拿回来!一件事情翻来覆去,讨厌得很。"越前守说:"那么,这宝带就请留着给随便哪一位用吧。"大将说:"以后我倘有需要,自会来拿。彼此都是自己人呀。"他一定不受。

越前守回去,把大将的话向母夫人及诸姐妹传达。母夫人说:"这房子我很爱惜,现在我真高兴。"她口上虽然如此说,但心中想:他当作自己的产业来让给我们,教人气愤。说道:"难道是那个落洼小姐吩咐他这样办的么?唉唉,我真倒霉!"

越前守听见她这样地发牢骚,心中冒火,冷淡地对她说道:"你这是真心话么?过去你对她做了许多无法辩解的可耻的事,应该觉得惭愧。现在这话,是人说的么?你是准备败坏我们么?从前你厌恶她的时候,她受尽了虐待,多么痛苦!现在反而仇将恩报。你却一点也不知感谢,竟说出这种话来。由此推想,可知从前你对她,骂得多么厉害!你称她为落洼,怎么叫做落洼?对别人、对自己,都是不合乎常理的。"他狠狠地责备她。

夫人说:"我从她受得了什么恩惠?已故的大纳言,是她的生身父亲,才应该受恩惠呢。我稍微说错了一点,叫她落洼,有什么不合常理的呢?"

越前守说:"你真是个不通道理的人。也许你以为你自己没有直接受到恩惠吧。但是你想,弟弟大夫晋升为卫门佐,是托谁的福?我景纯本来只是一个越前守,现在当了大将的家臣,爵位晋升,是谁作成的?大将不是一直这样照顾我们的么?还有几个弟弟,他们将来立身处世,完全要靠大将提拔呢。首先是,你没有房子,大将如果收受了这房子,今后你打算到哪里去度日呢?请你好好地想想前情后事。只要想想目前这一件事,就非感谢不可吧。我景纯当个郡守,并非没有收入,然而只能养妻子,没有多余的生活补贴可以送给你。现在也没有送给你多少,就因为我对你这母亲感情淡薄之故。连亲生的儿子,也对你如此疏慢,不加照顾,请看这种世态。所以对于大将的无微不至的照拂,自应感激涕零。"他提出种种理由来教导她。母亲也许是有所感悟了吧,默默不语。

越前守就郑重地说:"那么,这回信怎样写法呢?"

母亲答道:"我不知道。我一开口,你就说我有偏见啦,什么啦,闹个不清,我听了厌烦得很。让你这样有学问的、懂事的人,去好好地考虑一下,写回信吧。"

越前守说:"你不要当作别人的事而说这种话。这是你的事呀!大将说要设法帮助你,是他那位夫人的意思。即使是对同胞姐妹,哪里有这样诚恳的关怀呢?"

母亲被说得困窘了,答道:"也许大将是这样说的。但对我有什么好处呢?无聊得很!你看:我所得的丹波的庄田,一年一斗米也收不到。还有越中的庄田,那样的乡下地方,运送也很不容易。而二姑娘的丈夫弁姑爷的土地,一年可收到三百石以上。这遥远而低劣的庄田,就是你选给我的。"她任情地责备越前守。

然而大家都知道,这是已故的大纳言分配定当的,所以旁人都说:"不要这样地胡言乱道。如果这是事实,才好教人相信。应该互相帮助的母子之间,竟会有人怀着这样的心肠,何况……对前途应该是满意的吧。"

夫人说:"唉!好厌烦啊!大家集中起来攻击我,把我赶走了吧。总之,大概是因为大家穷困,为了贪欲才说这种话的吧。"

正在争论之时,越前守的弟弟左卫门佐也来参加了。他对母亲说:

"不是这样的。高尚的人不会任情任意,身世越是贫乏,志操越是优美。有事为证:大将的夫人住在这里的时候,几曾听见她有一句不满意的话?哪里?她一句话也不曾说呢!她对于母亲那种刻毒的话,绝不反抗。她的态度和言语常是镇静的。"

夫人说:"好。索性让我死了吧。大家怨恨我这做娘的,把我当作一个恶人看待。结果,恐怕你们都要担当不孝之罪吧。"

左卫门佐说:"唉,对不起,对不起。我什么话也不再说了。"兄弟两人就相继离去。

母夫人倒有些担心了,叫道:"喂,喂,那封回信代我写写吧。"她唤他们回来。但两人如同没听见一样,溜之大吉。

左卫门佐对哥哥说:"我们怎么会有这样不通道理的一个母亲呢?我想去向神明佛菩萨祈祷,把她的心肠改变一下才好。这样下去,在我们自身也是一个大问题呢。"他就同哥哥越前守商定了对大将的回信,信中说:

"拜读来信,不胜感激。此间诸人,所信赖者唯有大将一人。赐下各处地契,深恐违反故人遗志,顾虑实多。然又不敢忽视尊意,只得暂且收受。唯此邸宅,乃故人诚心奉赠之物,转赐他人,恐未便。主要是对亡父在天之灵,过意不去。故此屋契,务请收领为荷。"把房屋的契纸退还他。

越前守拿了这屋契,站起身来的时候,母夫人一想,真个要还他了?心中非常不安,便喊道:"为什么把这个拿去?他不是已经说定了么?快点拿到这里来!"她唤他回来。

越前守说:"你不要这样疯头疯脑。这是重要的东西,说什么拿来拿去……"他不睬她。

且说大将听了越前守的话,说道:"这屋契如果送给别人,是会使已故的大纳言不快的。这是你们一家所住的屋子,今后让给三小姐、四小姐,不是一样的么? 你们快收领了吧。"说过之后,大家回三条邸去了。

大将夫人临行之时,对诸姐妹说:"我过几天再来看望你们。请你们也到我们那边来玩。我要代替已故的父亲来照顾你们和母亲。无论需要什么,请吩咐我,不要客气。要同自家人一样相处才好。"

此后大将夫人每天派人送东西来。有趣味的东西送给姊妹们,日用品送给母亲。遣使朝夕往还,比大纳言在世时更加亲热。母夫人毕竟渐渐感悟了。她想,自己有许多亲生子女,但儿女们对她都很冷淡,只有这个非亲生的女儿,反而对她自己和姊妹们如此亲热,真是可感谢的。

不知不觉之间,一年已经过完。

春季除官时,父亲左大臣升任为太政大臣;这道赖大将升任为左大臣。同时,诸弟也顺次晋升。无暇一一详述,暂且从略。世人和诸姊妹都庆喜左大臣夫人的幸福。

已故源大纳言家二小姐的丈夫少将,家道贫乏,希望获得一个郡守的位置,向道赖左大臣的夫人求情。左大臣看他可怜,给他当了美浓郡守。越前守今年已满任,此人处理地方政治颇有才能,提拔并不费力,立刻升任了播磨郡守。其弟左卫门佐升任少将。

谁都全靠道赖左大臣一人的庇护而立身。他们聚集在母亲身边,欢庆谈笑,说道:"你看如何? 现在你还能说不受恩惠么? 所以今后切不可信口骂人啊!"母亲心中的牢骚也平服了。

此时世间纷纷传说:"今年春季的除官,只是为了这一族的光荣幸福。"

这样,道赖左大臣可以从心所欲地任官或免官,所以父亲太政大臣自己所做的事情，也要先和左大臣商量。如果左大臣说"这不行吧"或"请勿如此"，父亲即使要做，也要加以考虑了。又，太政大臣自己认为不好的事，经儿子两三次劝进，也无不照办。所以除官的时候，连职位极低的人，也托这位左大臣之福而晋升。

道赖左大臣相当于今上的伯父，所以今上对他另眼看待。此人身任左大臣，天赋与他贤明的才能。对于他的主张，公卿中没有一个人能加以辩论。父亲也认为在诸子之中，此子最为优越，所以特别疼爱他，对他竟有畏敬之感。因此别的儿子，对待他反而像对待父亲一般。

世人都明白知道这种情况，他们说："与其替太政大臣服务，还不如替左大臣服务。太政大臣也是重视这儿子的。"于是略有希望的人，无不来替左大臣服务。他家中人们出入不绝，非常繁荣。

已故源大纳言家二小姐的丈夫美浓守出门时，道赖左大臣夫人送他许多优美的物品作为饯别。道赖左大臣赏给他一副马鞍，教诫他道："这里对你的饯别如此丰盛，是为了有几句话要关照你。今后你赴任地，必须关心国政，不可失错。如果我听到你有疏略的行为，今后就不再睬你了！"

美浓守恭谨地接受了教言，庆幸自己有这个妻方的亲戚，回家后就把这事告诉妻子二小姐。二小姐也很欢欣，对他说："左大臣叫你勤理政务，不可疏误。你一身沉浮，完全出于他的恩惠。"

此外，道赖左大臣想给三小姐和四小姐找求适当的配偶，秘密地察访人才。然而找不到适当的男子，甚是遗憾，常常对夫人说起这事。

母夫人于大纳言在世的时候，已曾替三小姐和四小姐置办冬夏衣装及其他物品，甚是周全。这也是随着亡父在世时爵位晋升，万事受到照拂，因而如此丰富的。这期间有时诞生孩子，有时庆祝冠礼，无暇一一叙述。

道赖左大臣的长子若君,今年已经十岁,身材魁梧,性情贤惠,入宫任职,并无不称之处,就推荐他到太子宫中,当了殿上童子。

若君学问丰富,行动敏捷。天皇也还很年轻,把他当作很好的游戏伴侣。天皇吹笙的时候,常把吹法教给他。因此父亲左大臣也非常疼爱这孩子。

在祖父太政大臣身边抚养起来的次子,今年九岁,看见哥哥入宫了,他的童心中不胜艳羡,说道:"我也想早点到宫中去。"祖父异常疼爱这孩子,说道:"你何不早说?"立刻要把他也送到殿上。他父亲说:"他年纪还小吧。"祖父袒护他,说道:"不打紧,他比哥哥聪明得多呢。"父亲一笑置之。

不但如此,祖父太政大臣入宫,向人宣称:"这孩子是我这老翁最珍爱的孙子。请大家另眼看待他,比他哥哥加倍地提拔他。他办事的手段也在他哥哥之上呢。"回到家里,时时对家人说,"大家把他看作太郎吧!"像口头禅一样。便称呼他为弟太郎。

他以下的一个女孩,今年八岁,是天生丽质。大家特别怜爱她。她的妹妹今年六岁,最小的男孩今年四岁。他们的母亲似乎又有喜了。因此之故,大家重视道赖左大臣的夫人,并非无理的。

太政大臣今年六十岁,左大臣替他做寿。仪式之隆重、寿宴之丰盛,竭尽当代之精华。一切详情,任读者想象吧。

当天叫两个孙子表演舞蹈,两人都表现得非常优美。祖父大臣淌着欢喜的眼泪观赏。

凡是应该做的事,都不放弃机会。一家荣华富贵,声望日渐增高。

一年已经过去,左大臣夫人脱下了父亲的丧服。已故大纳言的几个儿子,生涯都很得意,所以这最后一次佛事做得十分体面。母夫人也知道儿子们的荣达都是托左大臣夫人之福,真心地感谢。因此左大臣夫人也很欢喜。

左大臣想早点替三小姐和四小姐求求夫婿,常把此事挂在心头。然而总是没有合格的人,颇感烦恼。忽然听到,有一位将赴筑紫当元帅的中纳言,突然死了夫人。经他调查,此人品性极佳。他就动了心,在宫中和他相见之时,有意和他亲近。有一次适逢机会,便向他隐约地提出这件婚事。元帅说:“这真是好极了。”口头作了约定。

左大臣回家对夫人说:“我已经和这样的一个人有了约定。此人也是上级公卿,人品又很出色,你看给三小姐好呢,还是给四小姐好? 给哪一个好呢?”

夫人答道:“这应该由你做主。不过我的意思,给四小姐好。因为她以前有过那件不快的事情,再嫁个好的,可以让她元气振作一下。”

左大臣说:“据说对方在本月月底要赴筑紫,所以早些结婚才好。请你把这意思转告你继母。如果同意,就在这里举行婚礼吧。”

夫人说:“写信呢,事情复杂,不胜其烦。我自己去同她面谈呢,又嫌过分张扬。不如把少将或播磨守唤来,由你对他说吧。”

次日,左大臣夫人把少将唤来,对他说:“我本当自己到你们那里去的,只因手头有点工作放不下,所以……为的是这样的一件事,不知你们以为如何。一个女子独居闲处,原是很安乐的。然而,生怕发生意外之事。而且,那人是个非常漂亮的人物。所以,如果大家没有异议的话,就请四小姐到这里来,由我们帮她办事。”

少将答道:“那是不敢当的。即使是不好的事,左大臣说的话,我们岂敢拒绝。何况这是一件极好的事情。让我回去向大家传言吧。”

少将连忙回家,对母亲说:"左大臣这样说。这是一件极好的事。不管对方是怎样一个人,左大臣当作自己女儿一般地主办这件婚事,我们决不可以疏略。为了那白驹的事件,我们忍受了世人种种非笑。左大臣的意思,就是要替我们洗雪这种耻辱。听说那男子今年四十多岁。父亲在世之时,曾为此事操了不少心,然而找不到这样好的机缘。左大臣提拔我们,无微不至,比父母还周到,实在是可感谢的。早些儿叫四小姐到三条邸去才是。"

母亲听了他的劝告,答道:"我身如果有了三长两短,这个人照现在那样住在家里,是很可担心的。所以本想在一般公卿中找一个相当的人物。现在说的那个人,爵位很高,真是再好没有的事了。左大臣如此无微不至地关心我们,令人感激。他比夫人更慈悲呢。"

少将说:"这是由于左大臣非常钟爱夫人,所以连我们也受到余惠。夫人常常要求他:你如果爱我,就请不分男女地照顾我母亲的孩子。因此我们能有这样的幸福呀。像我这样微不足数的人,对于女子,尚且要七搭八搭地结交。而那位左大臣呢,似乎认为天下除了这位夫人之外是没有女子的。他到宫中去,皇后身边的侍女之中虽有很多美人,他绝不同她们搭讪,绝不同她们交谈。夜间也好,早上也好,他朝罢马上退出,绝不在外宿夜。女子之受钟爱,可举这位夫人为实例。"

少将又说:"不过,她本人意见如何,请你问问她看。"

母亲就派人去叫四小姐到这里来,对她说道:"有这么这么的一件事,是左大臣说的。我们都认为,对于成了世间笑柄的你,实在是一件很好的事。你以为如何?"

四小姐面孔红了,答道:"这果然是一件好事。不过,像我这种人,身世茫茫……怎么能做这样的事呢?被对方知道了也可耻,因之与左大臣的面子也有关。这种世故人情,非考虑不可。我因身世如此不幸,曾经想出家为尼。因为想在母亲在世期间,把这些子女抚养长成,也是一点孝行,所以忍耻偷生直到今天。"说罢嘤嘤啜泣。少将也觉得她如此痛苦,甚是可怜,就陪着她流眼泪。

母亲说:"唉,不吉利的! 做尼姑有什么好呢? 还得改变想法,只要能够度送荣华的日子,即使短暂,也可知道世间有这等幸福。所以你应当听从我的话,成就这件亲事。"

少将问:"那么,怎样回复他呢?"母夫人说:"这个人这样说了,但我认为这是再好没有的事。所以应该如何,由你去从长处理吧。"少将答应一声"是",便起身前往。

少将来到三条邸,把事情一一陈述了。夫人听了,觉得四小姐十分可怜,叫少将去安慰她:"她有这种想法,原也是难怪的。但中间此种事例多得很,希望她胸怀放宽大些。"

左大臣听了少将的话,说道:"母夫人既然同意了,即使本人表示有所困难,也是早点做吧。元帅是个好男子。他月底就要下筑紫去。他的意思是最好早日成婚,所以叫四小姐早点到这里来。"

他这样命令了少将之后,拿起历本来一看,本月初七是黄吉日。这真是天作之合了。人们的服装,这里有预先准备着的,可以使用。仪式就在西厅举行。左大臣胸有成竹,便命令整理西厅。

派使者去催:"请四小姐快快迁居过来。"母亲和其他所有的人,都催促她走。但她本来不愿如此,因而感到痛苦与悲伤,瑟缩不前。母亲责备她:"即使非为此事,左大臣召唤,岂可不去? 你真是个顽强的人!"就把她送到三条邸去了。车中由两个年长的侍女和一个童子陪伴着。

她和那白驹所生的女儿,已经十二岁了,不像父亲,非常可爱。她希望跟母亲一同去,但因不成体统,硬把她留住了。四小姐和她分别,不胜悲伤。

左大臣等候很久了。会面之后,就把情况告诉她。四小姐反比初次结婚时更加怕羞了,差不多一句话也不回答。她比左大臣夫人小三岁,今年二十五岁。她十四岁上和白驹结婚,十五岁就做了母亲。左大臣夫人今年正是二十八岁的盛年。

结婚仪式以前,初三、初四两天,左大臣夫人陪伴着四小姐,郑重其事地照料一切。

到了初七日,大家移居到西厅。四小姐的随从人等,衣服已经破旧的,一概另发新衣。随从的人太少,左大臣夫人在自己的侍女中选出年长的三人,童女一人,加入其中。当天的装束,以及其他设备,都很华丽,母夫人和异腹的诸姊妹,都集中在西厅了。

将近日暮,左大臣亲自来来去去地指挥。四小姐的弟弟少将睹此情形,觉得欢喜,又觉得不敢当。

元帅于夜阑时分来到,由少将奉陪。

四小姐看见元帅人品优越,加之左大臣如此热心照料,觉得现在只有死心塌地,出席迎候。

元帅也感觉快适,非常满意。二人之间交谈的情话,笔者不曾听到,恕不记述了。

天明时分,元帅回去了。左大臣夫人不知元帅对四小姐感想如何,有些担心。左大臣说:"恋爱的伴侣,即使没有情书重重叠叠地往还,也能长久地和睦共处,世间确有其例,这绝不是疏远。不过,女的方面不肯开诚解怀而瑟缩不前,是不好的。当年我送给你情书的时候,并不像世间一般情夫那样地沉闷晦涩,一想起就来求爱。等到一度相逢之后,如

果这恋爱随随便便地切断了,多么伤心呢!现在想起了也觉得可惜。为
什么有这样的心情呢?"说罢,两人一同来到西厅。

四小姐还在帐中睡觉,母夫人喊她起来。此时元帅的慰问信来了。
左大臣接了信,说道:"我本想先看一看,恐有秘密事情,不得不顾虑。你
看过之后,如果可以的话,务请给我看看。"便把信塞进屏风里面。母夫
人接了信,交给四小姐。但四小姐并不立刻展读。

左大臣夫人说:"那么,我读给你听吧。"就拿信来看。四小姐想起了
从前那白驹给她的信,生怕又是那样的话,所以有些担心。只听见读出
来的是:

> "今日逢君深恨晚,
>
> 思君心似海边砂。"

是引用古歌的精神。古歌云:"刻骨相思何日忘,今朝行露起身归。"

左大臣夫人催促她:"快点写回信吧。"但四小姐不肯写。左大臣在
帷帘外面,大声地叫:"把信让我看看好么? 为什么看得这样仔细?"夫人
把信从帷帘中递出来。左大臣看了,说道:"嗄! 写得很简洁呢!"把信递
进帐中,说:"好,写回信吧。"夫人便准备纸笔,催促她写。

四小姐生怕自己的笔迹被左大臣看到,有些顾虑,不立刻就写。左
大臣夫人说:"唉,这算什么呢! 快点写吧。"四小姐漫不经心地写道:

> "定有私情非属我,
>
> 佳人多似海边砂。"

把信纸折好,递出帐外。左大臣说:"让我拜观一下。看不到这回信是可惜的啊!"说时态度非常美妙。

照例赏赐送信来的使者。元帅定于二十八日乘船出发。所以离开京都的日子必须稍早一点。

结婚后第三日之夜的庆祝会,左大臣办得非常体面,同初婚人一样。

他对夫人说:"做女子的,倘有父母疼爱她,丈夫对她的爱情也会增加。这个人没有父亲,更加可怜,所以请你也多方地照顾她。她的婚事是我们主办的,倘有疏慢,对她不起。"

夫人想起了从前自己无依无靠之身、初次和丈夫相逢时的情形,说道:"不知道你那时候是怎样想的。阿漕非常担心,怕我将被你遗弃。为什么你自从和我初次见面开始就这样地喜欢我呢?"

左大臣满面春风地笑着答道:"阿漕担心你会被我遗弃,是胡说八道。"他靠近她身旁,继续说道:"自从你被称为落洼而受虐待的那天晚上开始,我对你的爱情就增加了。那天晚上我躺着考虑的计划,后来果然完全实现了。为了报复,我尽情地惩罚了他们之后,又打算提拔他们,教他们又欢喜又狼狈,因此这样热心地照顾这位四小姐。她的母亲也许感到欢喜吧。景纯等都是明白了解的。"

夫人答道:"母亲好几次说过很欢喜呢。"

日暮时分,元帅来到了。这是结婚后第三日的庆祝,随从人员都受到各种赏赐物品。第四日起,天气晴朗,新夫妇于日高时分从容地归去。

元帅态度稳重,眉清目秀,没有一个人对他发生恶感,同那个白驹是不可比拟的。

他说:"下去的日期迫近了,还有许多事情要准备呢。但我早上回家,晚上到这里来,时间受了限制,很不方便。我看还是到我那边去吧,那边正好空着呢,随从的侍女们也可使唤。早点儿准备吧,已经只有十天了。"

四小姐说:"叫我离开了亲近的人们,到那么遥远的地方去,真是……"

元帅答道:"那么,叫我一个人去么？这样,做了几天夫妻就分别了。"这调笑也恰到好处。

元帅心中想:此人相貌倒很好,但不知性情如何。他略有些不满意。然而这是那样高贵的人介绍给我的妻子,说道今明日就要下去而把她遗弃,是不行的。就对新夫人说:"凡事都要同心协力才好。"就不管她答应不答应,决定把她迎回家去。

左大臣笑道:"这真是个世间独一无二的好女婿,立刻要把她领回家去了。"陪送的人,是适当的几个家臣和熟悉的几个人,车子三辆。

三条邸内的几个侍女,不愿意再去随伴他们,懒得动身。但左大臣夫人说:"还是要陪去的。"硬把她们加入在内。因为她不便亲自护送她到元帅家里。

元帅家里的侍女们相与议论:"很快地另娶一位太太来了,这回的新太太不知怎么样。但愿她疼爱这些孩子、不要亏待他们。这是高贵的左大臣的亲戚,恐怕架子很大的吧。"

前妻所生的两个儿子,长子是某地的权守,三郎已从藏人升到王位式部大夫。最近故世的第二位夫人生下一个女儿,今年十一岁,还有一个两岁的男孩。这两人是父亲所最疼爱的。

太郎权守和三郎式部大夫,为了给父亲送行,向朝廷请了假,准备陪同赴筑紫。元帅对各人都有赠品:诸人服装的衣料、绢二百匹,还有许多染草全部交给新夫人四小姐去分配。

但是,自幼娇生惯养是可悲的。四小姐眼前摆了这许多东西,不知道怎样处理才好。她就派人去请教母亲,对她说:"丈夫把绢料等物交给我,叫我怎么办才好?三条邸带来的侍女都是年轻人,不能同她们商量。而且,我希望和母亲见面,又想看看我的孩子。请你们悄悄地到这里来。"

母夫人把少将唤来,对他说:"你妹妹派人来对我这样说。我今夜悄悄地去吧。你给我准备车子。"

少将说:"你说悄悄地去,但恐怕不会不被人发觉。况且,旅行之际,车辆的行列很整齐,你带小孩去,不成体统吧。而且,元帅有一个十岁光景的女儿,是他的先妻的遗念,时刻不离左右。你再带女孩去,相见岂不可悲?所以还不如去向左大臣夫人处表示拒绝。如果她说可以去,你就去吧。"

母夫人想,事情不成功了,恨恨地说:"难道不得左大臣老爷的许可,母女别离也不得会见一面么?"又说:"唉!这位老爷在这里,什么事情也不容易办了。在从前,我是使唤别人的;现在呢,被别人使唤了。真伤心啊!赞成我的话的儿子,一个也没有。"

少将想:又是老毛病发作了。便回答她说:"你说的什么话!四妹妹因为没有人商量,所以要你去。你这样地骂她,不应该的!"说过后就躲避了。

原来母夫人虽然嘴上常常感谢左大臣的照拂,但旧恨多少还没有消尽,所以说这话。

少将来到左大臣邸,向夫人告知此事,他故意不说内容详情,只说"母亲非常想念她"。

夫人说:"这原是难怪的。快点陪同她前去吧。"少将说:"不过,元帅并不希望她去。突然前去,不嫌唐突么?"

夫人说:"这也说得是。那么,你自己先去,当着元帅面前,向四小姐传达母亲的意思。你可这样说:母亲想念得很,要请你回去一下,即使一刻儿工夫也好。远行的日期迫近了,她很悲伤,又很寂寞。如果方便的话,她想到这里来,趁你们在京城的期间,再会面一次。——你可这样说。那时元帅总有话答复你。他自然会了解你母亲的心情。那么,你们到那边去也好,四小姐到这里来也好。不过,这个女孩子,绝不可让元帅知道是四小姐生的。如果带她同去,表面上只说母亲一个人出门嫌寂寞,所以叫这个孩子陪伴。"

少将所了这番话,想道:真有见识! 这样办是一点也不错的。她具有这理想的性格,大可赞佩。而母亲呢,不通道理,只知道无缘无故地生气,说的都是废话。

便答道:"好,这话再妥当没有了。那么,我就这样办吧。"他就直接走向元帅邸内去。这个差使稍有点儿麻烦。但是母亲这样想念,自可同情。他就勉为其难了。

正好四小姐和元帅同在一起。少将对四小姐说:"有话奉告。"元帅说:"如果在这里不妨的话,就请说吧。"少将得到了允许,就照前述那样说了。

四小姐说:"我也实在想同她会面,我也想念得很。所以我昨天说过,想前去访问呢。"

元帅说:"你到那边去,须得我来往奔走,有些麻烦。失礼得很,请母夫人到这里来吧。如果有别人在,当然不方便。但这里只有几个小孩。如果嫌他们吵闹,可以叫他们到别的房间里去。我们在京城里,只有今明两天了。再不见面,怎么可以……"

少将觉得正中下怀,便说:"母亲也为此悲叹呢。"元帅说:"从长办理,早些儿陪她到这里来吧。因为叫她到那边去,很不方便。"少将说:"那么,我就回去把尊意传达吧。"四小姐又说:"你须得认真地劝告,一定要请她来啊!"少将答道:"一定遵命。"便告辞而出。

他来到母亲这里,把左大臣夫人所说的话如实地讲给她听。母亲刚才是愤怒得青筋突起,样子很可怕,现在转怒为喜,说道:"我一点也没有什么。左大臣夫人能够受到丈夫无比的怜爱,其理由可想而知了。她说话真是想得周到!我曾仔细想过,此人之所以能够交运,是因为有这个性格的缘故吧。"她如此称赞左大臣夫人。

母夫人能够去看望女儿,不胜欢喜,她说:"啊,到那好地方去,要受人注目的。三女儿啊,你来,我想今夜就去。"

三小姐阻止她:"你太性急了。明天去吧。"

天一亮,母夫人就急急忙忙地准备到元帅府去。她的衣服旧了,见不得人,为此心中懊恼,说道:"服装室里不知有没有新一点儿的。"

正在这时候,左大臣夫人听见母夫人要出门,料想她一定没有新的衣服,派人选了一套新装来,另附一套给四小姐的女儿,叫使者传言:"这套给孩子穿。出门应该穿得漂亮些。"

母夫人大喜,说道:"被我虐待的这个前房女儿,对我比亲生子女还关心。我有子女七人,哪一个这样无微不至地照顾我?我正在想:这孩子和那边的人初次见面,衣服这样破旧,怎么办呢?现在真是高兴极了。"她异常欢喜满足,左大臣夫人为了她要到元帅府去竟替她如此周到地打算。

日暮时分,乘了两辆车子出发,不久到达。

四小姐见了母亲,不胜欣喜,和她详谈这几天来积集在胸中的话。

女孩几天不见,似觉长大得多了,尤其是因为穿着新装,更加可爱。四小姐抚摩她,依依不舍,说道:"我正在伤心地思量着怎样可以把这孩子带去。只怕被人知道这是我的孩子,是可耻的。"

母夫人说:"左大臣夫人也是这样说的。这真是考虑得周到!而且现在我穿着的衣服和这孩子的衣服,都是她送来的。"

四小姐说:"此人情谊如此深厚,为什么从前疏慢她呢?她对我的关怀,反比父母对我更周到。她送了我一套膳食用具。侍女们的衣装自不必说,连帷帘、屏风等物也齐备,真是想得周到。如果她不送给我,以前早就住在这里的侍女们将对我作何感想呢?现在我真高兴。"

母夫人说:"我受前房女儿的恩惠,越来越多了。你对元帅的前房子女,切不可以嫌恶,应该比亲生子女更加疼爱。我从前要不是那样地嫌恶她,就不会受到这样的耻辱,不会遭逢这样的痛苦了吧。虽然这些耻辱和痛苦也只是暂时的。"

四小姐答道:"母亲说的的确很对。"

母夫人看看元帅,觉得此人威风凛凛、相貌堂堂,显贵之人的举止周旋,自是不同凡俗,她很欢喜。这一天邸内的人非常忙碌。

每天总有两三个新到的侍女来谒见,因此邸内非常热闹。容易感动的少将,对左大臣的恩谊非常感谢。

他的哥哥播磨守身在任地,四小姐再婚之事,还没有通知他。便派人前去告诉他:"左大臣夫人如此这般照拂四小姐。预定本月二十八日乘船出发。到达之时,望设筵招待。"

播磨守欢喜无量。他是四小姐的同胞兄,尚且不能照顾她的婚事。因此他竟把左大臣看成神佛派遣到这世间来救护他们的人。

于是纷忙策划,准备迎接这位新任筑紫大式的船。这播磨守是个好人,完全不像他的母亲。

左大臣家里派来的几个侍女,要求回三条邸去。但三条的使者来指示她们:"在京期间,一切无不照顾。若有愿意赴筑紫者,随从前往可也。"

侍女们想:在这里当差,并无什么辛苦。但现在这位主人,我们虽然只在短暂期间拜见,也觉得和我们的主人不可相比。原本在元帅府当差的人,随从元帅下筑紫去,是不得已的。但是我们呢,即使在同等程度的邸宅里当差,也要选择容易胜任的地方,这是人之常情。何况两者相差太多呢。舍弃了毫无缺陷的地方而跟随到筑紫那种地方去,不是正当的办法——连下级侍女也都这样想。所以陪同四小姐前往的人,一个也没有。

元帅带去的是年长的侍女三十人、童子四人、仆役四人。出发的日子越来越近了。四小姐的姊妹们都来和她话别。许多侍女齐集,都装扮得花枝招展。旁人看见了,悄悄地议论:"她们有左大臣夫人照顾,都很幸福呢。"也有人说:"这事的作成,还不是三条大臣的余光么?"

后天就要动身了。四小姐认为应当到左大臣家辞行,便前往叩见。随从太多是麻烦的,所以只用三辆车子。她和左大臣夫人见面,所谈的话从略。

左大臣夫人对此次随伴赴筑紫的人,都有赏赐:精巧的扇子二十把,嵌螺钿的梳子,景泰窑的匣子,里面装着白粉。她对司理应接的侍女说:"这些东西送给你们,作为我的纪念品。"传送这些物品的侍女,觉得夫人的关心真是周到,使得大家欢喜无量。她担任这个差使,亦觉欢喜无量。

受到赏赐的人们,感激不尽,大家向夫人表示忠勤之心,然后回元帅府去。她们私下议论:"这邸内原也很好。但是一看三条邸,便觉派头又不同了。我们能够设法到那边去当差才好。"

　　次日,左大臣夫人派人送信来了。信中说道:"昨夜我想,今后暂时
不能相见,欲将胸中积愫罄述,生怕冬夜也特别短促。世事茫茫难自料,
别后相思,愈觉可悲。正是

　　　　　　穿云渡岭遥遥去,

　　　　　　何日重逢不可知。

送上微物,聊供旅途使用。"

　　送去的是景泰窑衣柜一对,一只里面装的是赏赐用的衣服裙裤;另
一只里装的是给四小姐自己用的衣服三套,另有各种色彩的织物重重叠
叠地装着。上面盖着一只同箱子一般大的旅行袋,袋内装着扇子一
百把。

　　此外又附特别小型的衣箱一对,大概是送给四小姐的女孩的。一只
箱子里装着衣衫一套;另一只里装着一只黄金的小盒,盒内盛着香粉,还
有一只小巧可爱的梳妆箱。此外尚有许多东西,记不胜记。

　　另有给四小姐的女孩的一封信,说道:"过了今天,即将离别,正如古
歌中所咏:'可惜恋人留不住,白云一片去悠悠。'实甚可悲。

　　　　　　惜别牵衣留不住,

　　　　　　我心到处伴君行。"

　　元帅看见了这许多东西,说道:"这都是很贵重的物品,何必这样地
破费呢。"便重重犒赏来使。

　　四小姐的回信中说:"欲诉心事,不知从何说起。正是:

　　　　离乡背井心悲戚,

　　　　别后去向认不清。

承赐种种物品,见者无不欢欣,正在赞叹不止呢。"

　　四小姐的女孩的回信中说:"我也想在此期间,将种种心事奉告。我的心情,正如古歌中所咏:'不得分身随侍侧,灵犀一点伴君行。'正是:

　　　　若得分身常侍侧,

　　　　同行同止不须悲。"

　　母夫人看了今宵四小姐送给左大臣夫人的答诗,惜别伤离,吞声饮泣。四小姐原是她的最小偏怜的女儿呀。她说:"我已经年近七十了。怎么能再活五六年呢? 一定是不得再见就死去了。"说罢忍不住哭起来。

　　四小姐也觉得伤心,对母亲说:"为此,我早就对你说过,这件亲事怎么办呢? 是你劝我答应的呀。时至今日,无可奈何了。你也不必如此伤心,将来总会见面的。"

　　母亲说:"我几曾要你到这里来? 这都是左大臣老爷的主意呀。一定是他恶意地摆布,使我遭逢这种忧患。这种事情,我怎么会感到欢喜呢?"

　　四小姐安慰母亲:"到了现在,随便怎么说都是无益的了。我们必须暂时分离,也是前世预定的事。"

　　少将从旁劝阻:"不要只管如此悲伤吧。母女相别,也不必如此相对哭泣三番四次地说个不休呀。这是不成样子的。"

　　元帅到左大臣府上去辞行。左大臣接见他,对他说道:"过去承蒙厚意,至深欣幸。今后又须分别了。我有一个亲密的愿望:随伴四小姐的那个小姑娘,务请你多多照顾她。她是已故的大纳言所一向宠爱、在我身边养育长大的。母夫人为了她所疼爱的女儿独自远行,很不放心,所以要叫这个女孩随伴她。我也不好意思阻止。"

　　元帅答道:"一定尽我的能力照顾她。"

　　日暮时分告退。左大臣送他衣装一套、名马二匹。此外还有种种送别的物品。

　　元帅回到邸内,把左大臣吩咐他的话告诉了四小姐,便问:"这小姑娘今年几岁了?"四小姐答道:"约有十一岁了。"元帅说:"大纳言年纪那么大了,怎么会有这样小的孩子?"他全不知情地说这话,真是滑稽。

　　元帅接着又说:"三条邸随伴来的人,就要回去了。你送了他们些什么东西?"四小姐答道:"因为没有适当的东西,所以一点也不曾送他们。"

　　元帅说:"这话不近情理了。这几天来他们那样地辛苦,难道叫他们空手回去么?"他觉得难以为情,心中慨叹:这个人生性不大贤惠。便把剩余的物品取出来,送年长的人每人绢四匹、绫一匹、苏芳一斤;童子每人绢三匹和苏芳;下级仆役每人绢二匹和苏芳。侍女们都觉得元帅很客气,心甚欢喜。

　　出发的时候到了。天一亮,大家起来准备,声音嘈杂。

　　母夫人须得独自回去,无限伤心,拉住了四小姐而哭泣。正在此时,有一使者送来一只黄金制的镂空的箱子,有衣箱那么大小,束着一条美丽的绣花带子,装在一只枯叶色的熟罗制的袋里。

　　应接的人问那使者:"是哪一位送来的?"使者答道:"老夫人自然会

知道的。"说过便回去了。母夫人不胜惊诧,打开一看,箱中衬着海碧色
的熟罗,装着黄金制的洲渚的模型,模型上巧妙地绘着一只沉船、长着许
多树木的海岛和海边的景色。检看有无文字,但见一张写着细字的白纸
条贴在沉船上。把纸条取出来一看,但见写着:

"告别一声船去远,
　遥窥襟袖不胜悲。

欲申惜别之情,深恐遭人非议。已矣哉,夫复可言。"

　　这分明是那白面名驹的笔迹。事出意外,使人不胜惊诧。母夫人也
觉得奇怪,是谁教他做这种无聊的事情的呢?四小姐和这少辅,本来不
是情投意合的夫妻,也不曾共度像普通夫妻一般的生活,所以并无何等
回忆。但看了这纸条,毕竟不能没有怜惜之情。

　　少将说:"把这个奉赠与左大臣夫人吧。"贪得无厌的母夫人说:"这
东西很精美,还是我们自己要吧。"

　　四小姐想:左大臣夫人那样地照拂我们。便顺着少将说:"好,奉赠
与左大臣夫人吧。"少将也说:"就是这样吧。"他表示赞成,便拿着这东
西,说:"那么,我就送去了。"

　　这件事情,愚笨的白面名驹想也不曾想到。但他的妹妹们闻到消
息,想起两人之间曾经生过孩子,总是不能抛舍的,因此做了这件事情。

　　到了更深时分,母夫人回去了。元帅带领一伙人于早上卯正出发,
车子共十余辆。

　　朝廷再三宣旨,叫他早日赴任,因此道经山崎里时,不能从容地和故
人们道别,立刻下筑紫去了。对特来送行的人,元帅都给与赠品。

许多侍女回到三条邸,纷纷谈论近日来的情形。她们说起母夫人曾经愤愤地说:"这头亲事不是我做媒人的。"左大臣和夫人听到了,大笑不止。母夫人在暂时之间,为了恋念而哭丧着脸,但过了一天,也就茫然地忘怀了。

播磨守接待元帅,大摆筵席,替他接风。详情从略。

左大臣说:"这样,一个人已经顺利地安排好了。还有一个人也要设法处置呢。"

照这状态欢度岁月,可喜的事层出不穷。

元帅平安地到达大宰府,派人送许多物品来奉献左大臣。

左大臣家的太郎君十四岁上庆祝加冠;小姐十三岁庆祝穿裙。祖父大臣疼爱第二个孙子二郎君,舍不得教他落后,也给他庆祝加冠。父亲左大臣笑道:"这样地竞争!"

过了年,便要准备小姐入宫之事,对她的教养特别用心,又是流水一般地过了一年。

小姐于二月中入宫。仪式之隆重,不须记述,可想而知。这位小姐是个倾国倾城的美人,因此入宫后宠幸无限。尤其是相当于她叔母的皇后,非常疼爱这姑娘,对她比对以前入宫的女御优待得多。

播磨守升任了中弁。又,卫门的丈夫三河守升任了少弁,回京城来。

卫门当了少弁夫人,生了许多子女。她常常出入于三条邸,受到郑重的待遇。

这期间,太政大臣为了身体不适,希望辞官致仕。但天皇无论如何也不许可。

太政大臣说:"我身如此衰老,只为放弃朝政,于心不安,所以一直服务到今天。今年是必须谨慎的年头了,颇思闭门静养。然而既任此职,朝中紧急政事,自非参与不可,今我不言辞职,但希望左大臣晋升为太政大臣。他的才学相当可观。我这老人作为他的后援,尚能胜任呢。"他不仅自己说说,又托他的女儿皇后代为申诉。天皇说:"这毫无问题。无事息灾为第一。"

于是左大臣升任了太政大臣。年未四十,而位极人臣,世人无不仰慕。

新太政大臣的女儿晋升为皇后。夫人的弟弟少将升任中将,当了中宫的副官。太郎君兵卫佐也都晋升。他由兵卫佐迁任左近卫少将。

这样一来,祖父就不肯甘休,说道:"同是兵卫佐的弟太郎,为什么迟迟不升呢?"他表示不满。

新太政大臣说:"这事情很为难了。我一上任,立刻提拔自己的儿子,是不可以的。"

祖父说:"这是你的儿子么?不是这样的吧。他可说是我这老翁的第五个儿子,所以外人不会非难的。这之前,你的太郎当了左近卫少将,所以现在应该任命这孩子当右近卫少将了。叔父不可居侄儿之下,对不对?"他说的是无理之理。

新太政大臣说:"好好,一定遵命,看来非照办不可了。"就亲自去朝见天皇,坚决奏请,终于任命这弟太郎为右近卫少将。祖父说:"这便心平气和了。如果这孩子生得早些,要把我自己的官位让给他才好呢。"宠爱到这地步,也可说是无以复加了。

且说,新太政大臣的夫人,有一个可喜的谜,便是从前的苦难。穿着单薄的裙子住在落洼的房间里的时候,做梦也绝不会想到将来要当太政大臣的夫人和皇后的生母的。——还记得从前的情形的侍女们,悄悄地如此议论。此时三小姐已经当了皇后的御盒殿,即司理装束的女官。

元帅任期已满,陪着四小姐平安地回京城来。母夫人的欢喜自不必说。

母夫人眼看如此荣华富贵的景象,大概是有神佛保佑的缘故吧,并不早死,长生到了七十多岁。

太政大臣的夫人说:"如此长寿,应该行些善事,以求来世幸福。"她便接受劝告,出家为尼。仪式非常盛大。

她说:"奉劝世人绝不可嫌恶前房的子女。前房的子女是这样地可感谢的。"

继而又骂道:"我想吃鱼,却教我做了尼姑。不顾惜我的肚子的人,是恶意的。"

不久她就死了。丧事概由太政大臣办理,非常体面。

卫门当了皇后的内侍。以后的事,且待继续记述。

两个儿子,即太郎和次郎两少将,以后总是双双对对地晋升官位。

祖父临终时,反复地说一句遗言:"如果纪念我,须使次郎不让步于太郎。"太政大臣谨遵遗嘱,也十分重视次郎。后来两人逐步晋升为左大将、右大将。他们生身母亲的幸福,自不必说。

元帅仰仗太政大臣的提拔,当了大纳言。

那白面的名驹患了重病,做了和尚。以后消息全无。

那典药助不知何时被人踢了一脚,病死了。

太政大臣说:"典药助没有看到我们这位夫人的荣华就死去,是可惜了。为什么把他踢得那么厉害?我希望他再活几年呢。"

卫门的姨母的丈夫和泉守,当了女御邸中的家臣,万事顺利进行,因此卫门一向心甚感激。这个忠义的阿漕,现在也当了典侍。听说这典侍活到了二百岁。